KB201774

# 책방의 책들

# 책방의 책들

## 책들

이용훈 지음

첫 번째 책을 펴냈다. 애썼던 만큼 좋은 글을 썼기를 바란다. (기억이 뚜렷하지는 않지만) 어떤 작가가 말했다.

"좋은 글은 항상 맑다."

내 글도 그랬으면 좋겠다. 물론 희망 사항이다.

정말 쉽지 않았다. 나는 글을 쓸 때 변덕이 심했다. 어떨 때는 글짓기가 즐거웠고 어떨 때는 원한 만큼 글재주가 없어 짜증 났다. 지금도 마찬가지다. 내가 썼던 글들을 애지중지했다가 미워하고, 어루만졌다가 찢는다. 글 벽에 부딪힐 때마다 더욱 그렇다. 그만큼 간절했기 때문일까. 정말 글을 잘 쓰고 싶었다.

나는 글짓기가 좋다. 머릿속에 떠올랐던 관념들이 글로 변신할 때 너무 신났다. 글을 갈무리하고 마지막 마침표를 찍는 일이 얼마나 멋진지를 사람들은 잘 모른다. (물론 힘든 수정 작업이 남겠지만) 그래서 글을 마칠 때면 항상 마음이 뿌듯하다.

그런데 어떤 이들은 겉으론 "정말 대단해!" 해도 속으론 나를 흥볼지 모르겠다. 이렇게 말이다. (실제로 들었던 말이기도 하다.)

'지방대 나와서 글로 얼마나 성공하겠어, 헛바람 들지 말아라!'

마냥 틀린 말도 아니다. 나는 명문대 명문학과 출신도 아니고 특출난 글재주도 없다. 그냥 평범하다. 단지 글짓기를 사랑할 뿐이다. 그래서 가끔씩 불안하다.

'나처럼 평범한 사람이 글에 마음을 쏟는 일 자체가 헛바람이지 않을까.'

하지만 (아무리 골똘히 생각해도) 문제 될 게 있는가. 꽃망울을 맺어야 꽃이 활짝 핀다. 어렵더라도 승부를 걸어야 이길 확률이 있다. 결코 헛바람일 수 없다. 어떠한 인생 목표도 없으면서 꿈꾸는 사람들을 폄훼해선 안 된다.

나는 글을 일생의 업으로 삼은 이들이 부럽다. 사람들은 이들을 '전업 작가'라고 했다. 물론 전업 작가만이 글에 애정을 쏟는 것은 아니다. 누구도 그렇게 정할 수는 없다. 그런데 어쩌면 나 몰래 어떤 권위자가 그렇게 정했을 수도 있다. "이를 어쩐다…." 그래서 나는 작가가 아니라 글쟁이라 하겠다.

"나는 글쟁이다. 그리고 좋은 글쟁이가 되길 바란다."

헛꿈일지언정 꿈꾸겠다. 이것으로 되었다.


스물여덟 살에 평생 글을 쓰겠다고 다짐했다. (내가 대학원에 입학했을 즈음이다.) 정확히 말해 그렇게 살았으면 했다. 은사님은 이런 내게 말씀하셨다.

"글 쓰는 일은 어렵고 힘들다. 그래서 쓰러질 때도 많다. 하지만 절대 멈추지 말아라. 그래야 하늘도 너를 버리지 않는다."

훌륭한 가르침이다. 지금껏 마음에 새겨 뒀다. 삶이 위태할 때마다 꺼내 읽는다.

(항상 좋은 말만 듣고 살 수는 없다. 차갑고 날카로운 말도 많았다. 하지만 곱씹을수록 나를 단단하게 만들었다.)

한번은 이런 일이 있었다. 대학원 수업 때 글을 적어냈다. 그런데 지도교수님은 글을 읽다가 얼굴을 찡그리셨다. 글이 마음에 들지 않으셨던 것이다. 지금 돌아보면, 그 당시 내 글들은 겉멋이 잔뜩 들었었다. 있어 보이려 일부러 과장해서 글을 썼기 때문이다. 고약한 버릇이다. 그런 글 버릇을 매번 지적해도 제자가 고치질 않으니 지도교수님은 얼마나 답답하셨을까. 그래서 작심하셨는지 그날은 내게 이렇게 말씀하셨다.

"너는 네 글을 어떻게 생각하니? 솔직하게 말할게. 정말 좋게 봐줘서 C급이야. 물론 이렇게 생각할 거야. 열심히 연습하면 A급이 될 거라고. 그런데 거기까지 가는 길이 중요해. 어떻게 단박에 거기까지 가니. 그런데 너는 '거기에서' 글을 써. 마치 A급인 것처럼 자신을 속이면서. 얼른 내려와. C급이잖아. 힘을 빼. 일단 최상의 C급 글을 쓰라고. 사람들이 인정할 만한 C급을 말이야. 그랬을 때 다음 단계로 도약할 수 있어. 무작정 A급을 좇으면 겉멋이 들 수밖에 없잖아. 일단 기초부터 익혀. 한글부터 다시 공부해."(그래서 읽었던 책이 이오덕 선생의 『우리글 바로쓰기』였다.)

정말 옳은 말씀이다. 항상 고맙다.

넋두리를 좀 더 할까 한다. 글을 쓸 때면 매번 이렇게 다짐한다.

'쉽고 바르게 쓰자. 어려운 한자말 없이 고운 우리말로 깨끗하게 생각을 적자.'

하지만 잘 안 된다. 한 까닭으로, 이미 학자들의 난해한 말과 글에 오염되었기 때문일지도 모른다. 나는 오랫동안 철학을 공부했다. 그리고 학술 논문과 전공책을 많이 읽었다. 그래서인지 (평계지만) 어떤 글이든 습관처럼 어렵고 복잡하게 썼다. 물론 학술 논문을 생활 글처럼 편하게 쓸 수는 없다. 아무래도 고도로 정밀화된 개념들을 글에 정확히 배치해야 하기 때문이다. 그렇다고 아무 글이나 그렇게 어렵고 복잡하게 써서는 안 된다. 특히나 편히 읽히길 바라는 이 책마저 말이다. 그래서 굉장히 마음을 쏟았다.

(여담이다. 이 책의 초고를 끝맺고 친한 친구에게 원고 한 부를 보냈다. 녀석은 평범한 직장인이다. 그래서 일반 대중의 편에서 내 글에 대한 생각을 듣고 싶었다. 몇 주 뒤 친구와 만났다. 본인은 읽지 않았지만 제수씨가 글을 읽었다고 했다. 친구는 아내가 했던 말을 옮겼다.

"용훈 씨는 글을 왜 사전처럼 써?"

나는 초고 전체를 손보았다. 아주 즐거운 마음으로.)

좋은 글은 소리 내 읽기도 좋다. 쉽고 깨끗하니 절로 읽힌다. 나는 때때로 윤동주의 시들을 소리 내 읽는다. 참 좋다. 여기에 그의 시 「편지」를 적어 본다. 한번 소리 내 읽어 보시길.

**편지**

누나!
이 겨울에도
눈이 가득히 왔습니다.

흰 봉투에
눈을 한 줌 넣고
글씨도 쓰지 말고
우표도 붙이지 말고
말쑥하게 그대로
편지를 부칠까요?

누나 가신 나라엔
눈이 아니 온다기에.

누나를 그리워하는 마음이 애틋하다. 너무 애틋해서 처연하기까지 하다. 이렇게 맑은 글을 읽으면 저절로 글이 적고 싶다. 아랫글은 윤동주의 「편지」를 읽고 문득 글상이 떠올라 짤막하게 적어 봤던 글이다.

**봄을 생각하면 마음속 겨울은 녹아내려.**

누구에게나 마음속 겨울이 있는 법이다. 춥고 외로울 수 있다. 눈물을 멈출 수 없어 남에게 마음을 보이지 못하고 홀로 외떨어져 삼킬 때가 있다. 하지만 그럴 때일수록 봄을 생각하며 맘속 겨울을 녹여야 한다. 그러면 분명 마음 땅에 예쁜 삶을 꽃피울 수 있다. 우리는 항상 잘할 수 있다.

맑고 고운 글을 만나 반가운 마음에 남겼다. 복잡한 학문 글도 윤동주의 시처럼 깨끗하게 쓸 수 있기를 희망한다. 어쨌든 이렇게 읽기만 해도 마음이 따뜻해지는 글들이 있다.

글을 적다 보니 한참을 넋두리했다. 책을 끝맺고 나니 미련이 남아서일까.

넋두리는 이쯤에서 끝내고 책에 관해 말해 보자.

어렸을 때부터 책 읽기를 좋아했다. (안타깝게도 교과서를 빼고) 모든 책을 사랑했다. 책 욕심도 많았다. 얼른 읽지 않더라도 좋은 책들을 사서 모았다. 돌아보니 정말 잘한 일이었다. 그때 부모님은 이런 나를 예뻐하셨다. 그래서 (다른 것들은 몰라도) 사달라는 책들은 모조리 사주셨다. 평생 누리지 못할 특혜였다.

그런데 나는 왜 하필 책을 좋아했을까. 되짚어 보면 (이번에도!) 겉멋이 잔뜩 들었었기 때문이다. 학창 시절, 당시에 인기를 끌었던 소설책들을 많이 읽었지만, (마이클 크라이튼(M. Crichton)의 『쥬라기 공원』과 로버트 제임스 월러(R. J. Waller)의 『매디슨 카운티의 다리』가 문득 떠오른다.) 특별히 젠체할 수 있는 책들을 좋아했다. (이번에는 이문열의 『선택』과 이상의 『날개』가 떠오른다.)

지금은 어떨지 모르겠지만, 그때는 중고등학생들이 대학생 형과 누나 들에게 영향을 많이 받았다. (내게는 작은외삼촌이 그랬다.) 그들이 읽던 책들을 따라 읽었고, 듣던 음악들에 심취했고, 보던 패션잡지와 영화 들로 제 취향을 결정했다. 그랬던 때였다. 그러니 어린 지성 호소인들은 그럴듯한 이야기에 멋모르고 쉽게 불타올랐다.

직접 대학생이 된 뒤에야 친구 몇몇과 나눴던 현학적인 대화들이 일종의 허영이었음을 깨달았다. 그래서 그때부터 진짜 배우려 책을 읽었다. 나는 대학에서 서양철학을 전공했다. 철학과 교수님과 선배님들은 당연한 것들을 항상 의심하고 그런 의심들을 어떻게 해결하는지를 알려주셨다. 그리고 인문학 책들을 권하셨다. 나는 책들을 읽으며 앎의 소중함을 익혔다. (내가 읽었던 첫 번째 철학책은 니체(F. W. Nietzsche)의 『짜라투스트라는 이렇게 말했다』였다.)

책에는 온갖 지식들로 가득했다. 물론 책에 없는 지식들도 있다. 차향을 잘 우려낼 방법이나 상대를 유혹할 매력적인 사랑 기술과 장례식에서 해야 할 행동들이 그렇다. 그래도 다음과 같은 주제들은 책에만 있다. 삶과 죽음, 진리와 현상, 과학과 예술, 진실과 허구 등. 그리고 그에 관한 선배 지식인들의 훌륭한 관념들이 글월에 촘촘히 박혀 있다. 책을 읽지 않을 까닭이 없다.

하지만 철학대학원 시절 나는 (좋은 책들을 그리 많이 읽고도) 고질병을 앓았다. 즉 자만과 허영에 빠졌던 것이다. 학부를 끝내고 철학대학원에 입학했다. 그때부터 나쁜 버릇을 들였다. 특정 인물과 책들을 맹신했다. 헛된 자만심과 못된 우월감에 빠져 사람들을 깔봤다. 대화 도중 비꼬는 말투로 말을 끊고 끼어들었다. (그 허영에 찬 모습이란!) 읽었던 책들을 앵무새처럼 따라 썼다. 시야는 점점 좁아졌고 고

집은 갈수록 늘었다. 정말 혼란스러운 시기였다.

일부 지식에 갇혀 재잘거렸으니 교수님과 선배님 들에게 항상 이런 말을 들었다. "그래서 네 생각은 뭐니?" 어떤 생각도 없었다. 내 마음은 온통 남들의 생각들로 가득했다. 내 것은 없었다. 자신을 낮추고 자제했어야 했다. 부끄러울 따름이다.

(대학원생 때 내가 그토록 받들었던 (혹은 앵무새처럼 떠들었던) 철학자와 책은 스피노자(B. Spinoza)의 『에티카』와 칸트(I. Kant)의 『윤리형이상학 정초』였다. 좋은 책들이니 꼭 읽어보시길. 책들은 잘못이 없다.)

이제 어떻게 해야 할까. 나는 목표를 세웠다.

"책을 곱씹어 읽고 어렵더라도 내 지식을 만들자! 그리고 항상 겸손하자!"

이때부터 열린 마음으로 책을 읽었다. 자만과 허영이 아니라 생각 자체를 즐겼다. 그리고 소박할지라도 읽었던 책들에 관해 생각을 글로 정리했다. 동료들과 함께 그 글을 읽고 토론했다. 내 생각이 틀렸을 때는 기꺼이 수정했다. '진짜 공부'를 했다.

나는 현재 대학에서 철학을 가르친다. 늘 그랬듯 오늘도 학생들에게 말한다.

"얘들아, 책을 많이 읽어야 해. 그리고 그 안에서 무언가를 찾아야 해."

아쉽게도 학생들은 매번 심드렁한 얼굴로 나를 쳐다봤다. '뭘 어쩌란 거야.' 하며. 정말 뭘 어쩌겠는가. (특히 요즘에는) 책보다 훨씬 재미난 것들이 세상에 많을 텐데. 그래도 아주 가끔씩 내가 추천했던 책들을 읽고서 나를 찾았던 반가운 학생들도 있었다. 함께 산책하며 토론을 즐겼다. 이럴 때 정말 학자로서 사는 맛과 멋을 느꼈다.

어쨌든 이러한 마음가짐으로 책을 펴냈다. 이 책은 책수필이다. 내가 너무나 아끼는 책 열여섯 권을 소개했다. 그리고 틈틈이 다른 책들도 곁들였다. 되도록 (자세한 해설이 필요한) 어려운 책들은 피했다. 글이 너무 길어졌기 때문이다. 그래도 어렵지만 함께 읽으면 좋은 책들은 전문 용어를 배제하고 쉽게 풀어 썼다. (참고할 만한 내용도 덧붙였다.) 물론 수필인 만큼 형식에 얽매이지 않고 마음껏 적었다. 엉뚱하게도 책과 관련 없는 내 삶 얘기도 토해 냈다.

끝으로 학생들과 그랬던 것처럼 많은 사람이 책을 통해 서로 대화하길 바란다.

첫 번째 책

―――――――

마이클 샌델

『정의란 무엇인가』

## 폭리처벌법 논쟁

\* 마이클 샌델(M. Sandel)의 『정의란 무엇인가』를 교재로 삼았던
어떤 대학 수업의 첫날을 떠올리며 아랫글을 썼다.

2004년 여름, 허리케인 찰리가 플로리다를 휩쓸었습니다. 스무 명
가까이 목숨을 잃었고, 물질적 손실도 110억 달러에 달했습니다. 나무
들이 뽑혔고 건물들이 무너졌습니다. 사람들은 (허물어진 담벼락 앞에
서) 어떻게 대처해야 할지 몰라 망연자실했습니다. 날씨마저 무더웠으
니 몸과 마음은 지칠 대로 지쳤습니다.

그런데 이렇게 힘겹던 때에 황당한 일들이 벌어졌습니다.

전기가 끊겼습니다. 냉장고나 에어컨을 사용할 수 없었겠죠. 그래
서 사람들은 차선책으로 얼음주머니를 사서 음식물도 보관했고 더위
도 식혔습니다. 그런데 슈퍼마켓에 갔더니 단돈 2달러밖에 하지 않았

던 얼음주머니가 자그마치 10달러에 판매되었습니다.

비단 얼음주머니뿐만이 아니었습니다. 대체로 물건값이 폭등했습니다. 일반 상점에서 250달러에 팔렸던 가정용 소형발전기가 2,000달러에 팔렸고, 40달러밖에 하지 않던 모텔비도 160달러로 뛰었습니다. 그나마 하루를 묵을 수 있었죠. 일흔이 넘은 할머니는 노쇠한 남편과 장애인 딸을 데리고 태풍을 피해 모텔을 찾았지만, 바가지요금에 분통을 터뜨릴 수밖에 없었습니다. 사람들의 불행을 교묘히 이용해 이익을 챙기려는 악덕 업주들이 나타난 것입니다.

신문들은 이번 사태를 일제히 보도했습니다.

"폭풍 뒤에 찾아온 약탈자들!"

"사람들의 고통을 활용해 이익을 챙기는 악마들!"

당시 주(州) 법무장관이었던 찰리 크리스트(C. Crist) 역시 이렇게 말했습니다. "기가 막힐 일이다. 사람들의 고통을 돈벌이에 활용하다니! 도가 지나쳤다." 돈도 좋지만 남의 고통을 이용하면서까지 돈을 벌어야 할까요. 너무 비양심적인 행동이 아닙니까. 그래서 크리스트는 플로리다 주법인 (가격)폭리처벌법을 내세워 이러한 행동들을 바로잡고자 했습니다. 당연한 일이죠.

하지만 이때 몇몇 경제전문가들은 폭리처벌법에 반대했습니다. 무언가 오해가 있다는 것이었죠. 그들에 따르면 상품값은 항상 변동합니다. 어떨 때는 올랐다가 어떨 때는 내립니다. 하지만 시장은 기막히게 적정값을 찾아가요. 마치 살아 있는 생명체처럼 성장을 스스로 총괄합니다. 그런데 국가가 임의로 상품값을 결정하면 그만큼 시장의 건전성은 낮아집니다.

자유시장 옹호자였던 경제학자 토머스 소웰(T. Sowell)은 오히려 폭리처벌법이 안겨 줄 폐해를 이렇게 설명합니다.

"(폭리를 취하지 않고) 얼음주머니를 2달러에 그대로 팔면 상인들 입장에서는 재화와 용역을 공급할 욕구가 떨어질 것이다. 왜냐하면 수요가 많기 때문에 얼음주머니를 제때 공급해야 하는데, 이때 얼음주머니를 팔아 취할 수 있는 이익이 얼음주머니를 공급하기 위해 지불했던 유통가격보다 그리 크지 않기 때문이다. 그렇다면 판매자가 굳이 상품을 제공할 까닭이 없다. 상품값을 유지하는 대가로 플로리다 주민들이 받을 것은 고갈된 상품이다."

한번 생각해 봅시다. 어떤 상인이 값을 높게 책정해 얼음주머니를 10달러에 팔았습니다. 하지만 어쩔 수 없죠. 플로리다 주민들은 얼음주머니를 살 것입니다. 그런데 이를 지켜보던 다른 상인은 값을 조금 낮춰 8달러에 제공합니다. 즉 경쟁에 돌입합니다. 어쨌든 남는 장사가 아닙니까. 이제 많은 사람이 얼음주머니 시장에 뛰어듭니다. 그리고 경쟁력 있는 상품값을 책정합니다. 7달러, 6달러, 5달러. 하지만 이 이하는 안 됩니다. 마침내 값이 (안정적으로) 정해지고 얼음주머니는 계속해서 공급됩니다.

소웰과 같은 시장옹호자들은 말합니다.

"상품값은 구매자와 판매자 들의 자율적인 상호교환을 바탕으로 결정된다. 그랬을 때 시장주체들은 공정한 경쟁 속에서 상품을 사고팔 수 있다."

그래서 악덕 업주들을 뻔뻔하다며 탓할 수 없습니다. 그들의 탐욕은 시장경제에서 재화와 용역이 분배되는 일종의 시장메커니즘입니다. 전체 공리를 따졌을 때 (적어도 플로리다 사태에서는) 이득입니다.

그런데 솔직해져 볼까요. 그래도 싫습니다. 자연재해가 닥쳤습니다. 많은 사람이 피해를 봤습니다. 그리고 전 세계인들이 슬퍼했습니다. 그런데 이런 상황에서 어떻게 이익만을 생각합니까. 정말로 시장은 공정합니까. 교환과 결정은 항상 자유로웠습니까. 불황일 때도 정부는 그저 사태를 방관할까요. 하물며 플로리다와 같은 상황일 때도 말입니다.

물론 감정에 휩쓸려 사태를 왜곡해서는 안 됩니다. 냉정히 진단해야 하겠죠.

여러분은 어떻게 생각합니까? 상인들의 비양심적인 행동을 폭리처벌법으로 막아야 할까요. 혹은 시장옹호자들처럼 시장 자체의 자율적 메커니즘을 지켜야 할까요.

(법과 같은 강력한 권한으로 소위 나쁜 경제활동을 없애야 할까요. 혹은 경제에 대한 정부의 개입을 줄이고 시장 특유의 상호교환을 지켜야 할까요.)

## 이와 팔

(학생들을 찬찬히 살펴보며) 어려워요? 그러면 좀 더 쉽게 설명해

볼게요.

자본주의는 원칙적으로 부(富)를 창출하는 경제체제입니다. 그리고 시장은 이러한 원칙에 따라 상품을 만듭니다. 그 과정에서 노동자들은 일한 대가로 돈을 받고요. 그래서 오랫동안 가난과 싸워 왔던 이들은 자본주의가 좋았을 것입니다. 사람들이 안정적으로 돈을 벌 수 있게 돕기 때문입니다.

생각해 볼까요. 십칠 세기 근대에 산업화와 자본경제가 본격적으로 정착합니다. 그리고 사람들은 전보다 훨씬 잘살게 되었습니다. 직접 발품을 팔아 하루를 살았던 이들이 자본시장 안에서 월급을 받고 저축까지 합니다. '인간 존엄마저 상품 취급해서는 곤란하다!'며 그토록 돈을 비난하면서도 자본주의를 놓을 수 없는 까닭도 이 때문입니다. 즉 영(0)으로 출발했던 인류의 부가 안정적인 형태로 이(2)가 된 것입니다.

하지만 문제가 있어요. 영이었던 부가 이가 된 것은 좋아요. 그런데 나머지 팔(8)은 누가 갖습니까. 당연히 자본가들이 갖겠죠. 노동자들은 온종일 일합니다. 그래서 회사는 십(10)을 창출합니다. 이제 십을 어떻게 분배합니까. 노동자가 이를 가져요. 그리고 회사 사장은 어떠한 육체적 노동 없이 팔을 가집니다.

현재 전 세계의 부 80%를 소수의 20% 부자들이 갖고 있답니다. (사실 2%에 가깝다.)

2:8의 구조.

혹시 이런 생각 해본 적 있습니까. "어째서 몇몇 부자들만이 전체

부를 독점할까, 어째서 전 세계에는 빈자들이 많을까." 하고 말입니다. 이러한 불균형한 빈부 차를 어떻게 해결하면 좋을까요.

사람들이 돈 걱정 않고 사는 세상을 상상해 봅시다. 이 대 팔이 아닌 거꾸로 팔 대 이를 말입니다. 어떤 일들이 일어날까요. 땀 흘려 일한 만큼 공정하게 대가를 받고, 갑-을의 계층구조는 없어지고, 누구나 사회복지 시설을 편히 이용하고, 등록금 걱정 없이 마음껏 학교를 다닐 것입니다. 그리고 누구나 좋은 의료 혜택을 받겠죠. (누군가는 이런 세상을 사회주의라고 했다.)

어떻습니까, 이런 세상에 한번 살아보고 싶지 않나요. 상상력이 너무 지나쳤습니다. 그래도 20%의 소수들이 나라를 위해 얼마의 돈을 내놓으면 분명 세상은 지금과는 많이 달라질 것입니다.

물론 어떤 까닭에서도 부자들의 돈을 마음대로 갈취해서는 안 됩니다. "너희들은 부자니 돈을 내놓아라!" 말 그대로 폭력입니다. 빈부 차를 없애겠다고 폭력을 택해선 안 되죠. 그리고 분명 다른 의견들도 많을 것입니다. 좌우를 세심히 살펴봐야 해요. 무턱대고 한편만을 절대적으로 옹호할 수는 없습니다.

그래도 어쨌든 빈부격차나 양극화를 해결해야 합니다. 쉽지는 않겠으나, 머리 맞대어 열심히 고민하면 답을 찾지 않을까요. 안타깝게도 아직까지 해법이 떠오르지는 않습니다.

어쩌면 좋을까요. 어떤 방법이 옳고 그를까요.

적어도 자본주의는 일정하게 부를 만듭니다. 여기에 만족하겠습니까. 혹은 양극화나 빈부격차는 불공정한 분배 방식 탓이기에 격차를 확실히 바로잡아야 할까요.

어떤 의견도 좋습니다. 생각을 한번 말해 볼까요.

(학생들은 눈치를 살피며 일동 침묵한다.)

## 생각에 대해

그래도 어려워요? 그럼 이렇게 물을게요.

"여러분! 지금부터 취업 공부를 할래요, 아니면 사회운동에 매진할 래요?" 이제는 정말 쉽죠. 누가 한번 말해 볼까요. (이때 한 학생이 손 을 든다.)

### 맨 앞자리 여학생

교수님 말씀대로 우리는 여전히 불평등한 사회체제 속에 있다 고 봅니다. 개인적으로 사회 부조리를 봤을 때 너무 화가 납니 다. 하지만 시민사회에서 가장 중요한 것은 안정성입니다. 아무 런 대안 없이 마구잡이로 한 사회를 변혁하려 한다면 분명 부작 용이 생길 것입니다. 그래서 현 사회체제를 정확히 진단하고 냉 정히 판단하려는 노력이 필요하다고 생각합니다.

옳은 말입니다. 그런데, 그래서 본인은 어느 쪽입니까. 취업 공부?

사회운동? 난 그걸 물었는데···. (학생들이 짤막하게 웃는다.)

맨 앞자리 여학생

저는 취업준비를 할 것 같습니다. 왜냐하면 제가 아무리 사회운동을 해도 사회가 바뀔 것이란 보장이 없기 때문입니다. 그리고 분명 현실도 중요하다고 봅니다. 물론 올바른 사회를 만들기 위해 애쓰는 일도 중요하지만 저도 개인적으로 해야 할 일들이 있고, 할 수밖에 없는 일들이 있습니다. 차라리 안정된 삶을 살면서 다른 방식으로 사회를 변화시킬 수 있는 일들을 찾아보겠습니다. 제가 볼 때 투표도 그 방법 가운데 하나라고 생각합니다.

'혼자 힘으로는 사회를 개혁할 수 없다. 일단 현실과 타협하자. 대신에 현실 안에서 조금씩 변화를 만들자. 대표적으로 투표가 있다.' 이 말이죠? 좋습니다.

그런데 이렇게 생각해 볼까요. 일제로부터 탄압받았던 때에 선조들은 대한독립을 위해 어떻게 행동했나요. '일단 현실과 타협하자. 즉 식민통치를 달게 받자. 그리고 기회를 봐서 외교적으로 독립운동에 힘쓰자.' 이랬을까요. 아닙니다, 앞뒤 재지 않고 (목숨을 걸고) 싸웠습니다. 이러지 않으면 일제의 침략을 막을 수 없었기 때문입니다.

서구 여성들은 오랫동안 투표권이 없었습니다. (스위스는 유럽국 중 여성에게 투표권을 승인한 마지막 나라였다. 때는 1971년이었다!) 그래서 어떻게 했습니까. 여성들은 권위적인 남성중심 사회에 저항했고 투쟁했습니다. 속수무책으로 때를 기다리지 않았습니다. 이렇게 봤을 때, 현실에 안주하며 '무언가를 바꾸리라' 결심하는 일은 어쩌면 소시민의 헛된 꿈일지 모릅니다.

물론 오해 없기를 바랄게요. 저는 어떠한 폭력도 허락하지 않습니다. 다만 학생과 다른 생각도 있다는 점을 말해 주고 싶었을 뿐입니다.

여러분! 흥미로운 사실이 있어요. 지금까지 저는 세 번 질문했습니다. (폭리처벌법과 빈부격차와 취업과 사회운동에 관하여) 사실 꼼꼼히 따져보면 셋 다 비슷해요. 썼던 용어만 다를 뿐입니다. 하지만 여러분은 첫 번째와 두 번째 물음에는 대답하기가 어려웠습니다. 그런데 세 번째 물음은 쉬웠습니다. 왜 그랬을까요. 어렵고 쉽고의 차이였을까요. 저는 이 차이점을 말하려 질문을 했던 것입니다.

중요한 차이점은 이렇습니다. 끝 질문은 여러분 각자의 성향을 묻고 있어요. 그래서 대답하기가 수월했죠. 취업을 하든 시민운동을 하든 마음껏 택하면 됩니다. 굳이 이유를 댈 필요도 없어요. 각자의 마음이잖아요. 예를 들어 짜장면과 짬뽕 중 어떤 것을 택할지 세심히 따져가며 고민하지는 않죠. 설마 그렇게 고민합니까? (학생들은 피식 웃는다.) 그날따라 당기는 음식을 택하면 됩니다.

그러나 첫 번째와 두 번째 물음은 달라요. 두 물음은 여러분 각자의 성향과 전혀 무관합니다. 반대로 매우 본질적인 정치철학적 물음들입니다. 그리고 답변할 때는 상대를 설득할 만한 구체적인 이유가 있어야 했어요.

'한번 생각해 보자. 어떻게 말하면 좋을까. 왜 그렇게 생각하지.'

그리고 각자는 (사적 성향을 내려놓고) 공동체 구성원으로서 이 사안들을 결정해야 했습니다. 그러니 말하기가 매우 까다로웠죠. 왜냐하면 판단 이전에 사태들에 대한 냉철한 분석과 합리적 의심과 타당한 근거들이 필요하기 때문입니다. 이래서 더욱 치열하게 생각할 수밖에 없습니다. 첫 번째와 두 번째 물음들이 어려웠던 까닭은 바로 이 때문입니다.

그래서 우리는 생각을 많이 해야 합니다. 철학적 논쟁들에 관심을 쏟아야 합니다. 그게 가장 중요해요. 그리고 그러려면 (생각을) 연습해야 합니다. 이때부터 작은 변화들이 만들어져요. 이러한 열정적인 '생각연습'이 없으면 각자의 독특하고 색다른 의견들이 존중받는 세상은 더 이상 오지 않을 것입니다.

## 철학을 합시다!

철학은 오랫동안 맡은 일을 충실히 수행했습니다. 그래서 인류는 철학에 많은 빚을 졌습니다. 철학은 인류에게 지혜를 줬고 세상을 새롭게 볼 다채로운 관점들을 제공했습니다. 진리, 도덕, 자유, 민주, 정의 같은 개념들을 깨닫게 했죠. 그래서 철학을 했던 사람들은 알았습니다. 작은 개인도 철학 안에서는 세상 하나뿐인 독보적 존재가 될 수 있다는 사실을 말입니다. 한낱 개인도 진실을 환히 밝힐 수 있다는 사실을 말입니다. 그래서 철학은 나를 더 좋은 사람으로 만들고 내가 얼마나 소중한 존재인지를 알려줍니다.

하지만 철학은 여기서 그치지 않습니다. 그렇게 깨달은 진실을 타인과 함께하도록 돕습니다. 이것이 바로 철학이 갖는 미덕입니다. 철학은 이렇게 말합니다.

"당신은 세상에 하나뿐인 존재입니다. 그래서 충분히 존중받을 자격이 있습니다. 하지만 당신이 그렇다면 타인도 그렇습니다. 진실을 함께 나누세요."

철학을 하다 보면 이러한 연대 의식을 발견할 것입니다. 그래서 철학을 혼자서 공부할 수는 없어요. 사람들과 함께 해야 합니다.

저는 여러분에게 철학을 가르칠 거예요. 그런데 아마도 수업이 낯설 것입니다. 왜냐하면 철학은 여러분이 뻔한 방법들로 생각하도록 가만히 놓아두지 않기 때문입니다. 항상 귀찮게 할 거예요.

"좀 더 색다르게 생각해 봐!" 이렇게요.

우리는 여태껏 어떻게 공부했습니까. 항상 정답을 맞히려 했습니다. 관심도 없는 정답을 말입니다. 왜냐하면 시험에 합격해야 했잖아요. 그래서 명문 대학에 가고 좋은 직장을 구해야 하잖아요. 이러다 보니 물음보다는 정답이 더 중요했습니다.

하지만 철학은 달라요. 정답에 개의치 않습니다. 정작 중요한 것은, 앞으로 철학은 여러분들에게 물음 자체를 만들게 할 것입니다. 그리고 타인과 함께 답을 찾도록 할 것입니다.

"끊임없이 질문을 만들어라! 그리고 함께 정답을 찾아라!"

그러니 낯설 수밖에 없겠죠. 이렇게 공부해 본 적이 없었기 때문입니다. 그렇지만 삶에서 철학적 사색은 꼭 필요합니다. 어렵지만 연습하면 됩니다. 낯선 세상에 발걸음을 옮기려는 용기만 있으면 됩니다. 수업이 낯설겠지만, 우리 함께 낯섦 안으로 한 걸음 들어가 지금껏 못 봤던 진실을 봅시다.

수전 손택

『타인의 고통』

## 우리는!

주말을 맞아 당신은 사진전을 찾았다. 날씨도 맑고 상쾌해 발걸음도 가볍다. 표를 끊고 갤러리 입구에 섰다. 마음이 설렜다. 얼마나 기다렸던 사진전이었던가. 입간판엔 이렇게 적혀 있었다.

"로버트 카파(R. Capa)와 친구들: 보라! 전쟁은 이렇다"

(종군기자였던 카파는 손에 카메라를 들고 전쟁터를 누볐다. 그리고 전쟁을 찍었다. 포탄이 터졌고 총알이 빗발쳤다. 그래도 카파는 꿈쩍 않고 셔터를 눌렀다. 특유의 저널리즘적 성실성 때문에 전쟁을 압축한 장면마다 진실을 담았다. 그리고 이렇게 말했다.

"진실이야말로 최고의 사진이자 최고의 프로파간다이다. (The truth is the best picture, the best propaganda.)")

당신은 찬찬히 사진들을 들여다본다. 전쟁터, 참호, 사지를 웅크린 군인들, 겁에 질린 얼굴들, 시체들과 파편들 등. 재앙이 따로 없다.

**전쟁은 한창이었다.**

그만큼 끔찍했다. 훼손된 육신과 포탄에 뭉개진 돌조각들이 뒤엉켜 있었다. 군인들이 납작 엎드린 여인들을 폭행했다. 익명의 사람이 뜯긴 얼굴로 창밖을 쳐다봤다. 모두 소름 돋는 모습들이다. 그래서 당신은 사진들을 관람하며 심한 혐오감 때문에 감정들이 오르락내리락했다. 참상에 질릴 수밖에 없다.

얼마 뒤 당신은 관람을 끝내고 전시회장을 나섰다. 아직 들뜬 마음이 가라앉지 않았다. 그리고 마음속으로 외쳤다.

'전쟁을 일으키지 말라! 끔찍한 만행을 당장 멈춰라! 폭력을 없애고 세상에 평화를 이룩하자!'

사진전을 찾았던 사람들은 누구나 같은 마음이 아니었을까.

그럼 이것으로 되었다. 교양도 쌓았고 교훈도 얻었다. 할 만큼 했으니 일상으로 돌아가자. 할 일이 많지 않은가.

이렇게 말하자 당신은 화를 낸다.

"그게 무슨 말이냐! 나를 무시하는가! 어떻게 그리도 냉정한가! 그냥 일상으로 돌아가라니!"

왜 그렇게 화를 내는가. 곰곰이 돌아보라. 당신은 사진들을 관람하며 충격을 받았고 치를 떨었다. 전쟁 피해자들이 안타까웠고 마음 아팠다. 그리고 도덕적 진실 하나쯤은 깨달았다. "전쟁은 나쁘다, 전쟁 피해자들이 불쌍하다." 잘했다.

그런데 그 뒤에 당신은 뭘 했는가?

관람을 끝냈으니 우울했던 마음을 없애고 일상생활로 돌아가지 않았는가. 할 일이 많기 때문이다. 약속도 잡혔고 주말로 미뤘던 업무도

남았다. 한낱 전쟁 따위를 근심할 겨를이 없다. 당신에게

**전쟁은 끝났다.**

이처럼 사람들은 전쟁을 관람만 할 뿐 (전쟁을 없애려) 행동하지 않는다. 매번 이러한데 어떻게 전쟁을 오롯이 알겠는가.

최근 몇 년간 벌어졌던 전쟁들에 얼마나 관심을 쏟았는가. 텔레비전 뉴스에서 전쟁과 관련한 정보들을 접하며 당신은 이렇게 말했다.

"참 끔찍한 일이야….”

그런데 그러고선 금세 채널을 돌린 까닭은 무엇인가. 전쟁 피해자들이 겪었을 슬픔에 연민을 가졌다면 적어도 온라인에 올라 있는 반전단체를 검색해 봤어야 했다.

그러나 그러하지 않았다. 왜냐하면 (그대에게) 전쟁은 남들이 겪었을 그리고 겪을 일이기 때문이다. 내가 직접 겪을 일이 아니다. 사진전을 관람했던 관객들은 단지 전쟁에 멀찍이 떨어진 대한민국 땅에서 (매우 안전하게) 사진을 봤을 뿐이다. 그래서 전쟁 피해자들이 '안타깝다'고 생각했겠지만, 갤러리를 나서는 순간 그들을 외면했다. 어쩌면 "평화를 되찾자!"와 같은 반전 외침도 습관처럼 내뱉는 말일지 모른다.

(사람들은 대부분 전쟁에 관해 한목소리를 낸다.

"전쟁은 나쁘다! 전쟁 피해자들이 불쌍하다….”

그런데 골똘히 생각해 보면 다음과 같은 의문이 든다.

'사람들은 매번 똑같은 반응을 보일까. 어째서 항상 "전쟁 반대!"로 끝맺을까. 다른 견해는 없는 것일까.'

우리는 전쟁을 다르게 생각할 수 있다.

"전쟁은 인류 전체의 민주적 정신을 북돋을 전(前) 단계이다."

"한반도 평화 정착을 위해 핵무장을 하자!"

"옳은 이념은 폭력을 정당화한다."

나는 확실히 이러한 의견들에 동의하지 않는다. 하지만 그렇다고 허무맹랑한 소리처럼 들리지도 않는다. 전쟁에 관해 얼마든지 다양한 의견들을 낼 수 있다.

그런데 사람들은 항상 뻔한 (물론 너무나 중요한!) 말들만 내뱉을까. "전쟁은 나쁘다! 전쟁 피해자들이 불쌍하다…."라고 말이다. 철학자이자 문화평론가였던 수전 손택(S. Sontag)에 따르면 사람들은 그렇게 반응하도록 배웠기 때문이다.

전쟁 사진들을 볼 때도 그렇다. 큐레이터들은 말한다.

"이 사진 작품은 이렇게 보셔야 합니다."

학교 선생님들도 마찬가지다.

"전쟁은 나빠요. 전쟁 피해자들이 불쌍하죠!"

큐레이터와 선생님 들, 학교와 책, 신문, 잡지, 영화, 텔레비전은 전쟁과 관련한 일반적인 사고 틀을 만들었다. 그리고 사람들은 이러한 일반적인 틀에 편입하려 애썼다.

물론 "전쟁은 나쁘다! 전쟁 피해자들이 불쌍하다…." 옳은 말이다. 다만 손택이 지적했던 것은 전쟁을 능동적으로 성찰하지 않는 대중의 게으름이었다. 대중은 왜 그럴까. 앞서도 말했듯이 전쟁은 내가 겪을 상황이 아니기 때문이다. 그래서 깊이 들여다보지 않아도 된다. 그래

서 사람들은 "전쟁을 없애자!"며 외쳤지만 다음과 같이 웅얼거렸을지
도 모른다.

"그래도 전쟁을 쉽게 멈출 수 없어.")


최근에 보았던 영상이 있다. 잠시 살펴보자. 러시아의 우크라이나
침공이 한창이었을 때, 한 미국 기자가 우크라이나 군인에게 다가가
이렇게 물었다.

"이번 전쟁을 어떻게 생각하십니까?"

어쩌면 우리는 배웠던 대로 뻔한 말들을 기대할 것이다.

'전쟁을 당장 멈춰야 해요!'

'너무나 끔찍한 일입니다. 저희를 도와주세요!'

'평화를 지킵시다!'

그런데 우크라이나 군인은 카메라를 보며 격분했다.

"혹시 미국인이오? 당신네 나라(미국)는 어째서 이번 전쟁에 참전
하지 않는 것입니까. 왜 눈치만 봅니까. 어제 내 동료가 죽었오. 더 이
상 안 됩니다. 전쟁을 빨리 종식시켜야 합니다. 얼른 저희 편에 서주세
요!"

그리고 이렇게 끝맺었다.

"기자 양반, 마이크를 치우고 우리와 함께 싸울 테요? 그러지 않을
거면 비키시오."

우크라이나 군인은 참상을 직접 겪었다. 그리고 아직도 전쟁터에
있다. 그는 책에서 배웠던 뻔한 생각 대신 전쟁을 없앨 (옳든 그르든)

생생한 방법을 말했다.

'서방 세계는 빨리 이번 전쟁에 참전하라!'

그는 '우리'와는 확연히 달랐다.

그런데 방금 말했던 "우리"는 도대체 누구인가.

소설가 버지니아 울프(V. Woolf)는 한 인터뷰에서 "아직 인류에 대한 믿음을 잃지 않았다."라고 말했다. 그녀에 따르면 사람들은 고난에도 서로 사랑했고, 함께 슬퍼했고, 어울려 도왔다. 왜냐하면 누구에게나 마음속에는 '함께'라는 관념이 담겼기 때문이다.

"오늘 아침에 전쟁터를 찍은 사진 몇 장을 받았습니다. (사진들을 내밀며) 당신도 한번 보세요. 너무나 끔찍하죠. 이제 당신은 어떤 결론을 내릴 겁니까. (당신은 아직 말하지 않았지만) 저도 같은 생각입니다!"

이처럼 울프가 봤을 때 사람마다 다른 교육을 받았고, 다른 전통을 가졌더라도 '우리'는 같은 결론에 이를 수 있다. 즉

"전쟁은 재앙이야! 인류 최대의 죄악이야! 그러니 함께 손잡아야 해!"

물론 옳은 말이다. 다만 사람들은 그렇게 배웠기 때문에 똑같이 반응했던 것은 아닐지 의문에 휩싸인다.

예를 들어보도록 하자. 우리는 최근 벌어졌던 러시아-우크라이나 전쟁을 얼마나 정확히 공부했는가. 전쟁 피해자들에 (구체적으로) 얼마만큼 마음을 쏟았는가. 인류는 여태껏 폭력을 필요악이라 믿는 전쟁광들과 역대 권력자들을 어째서 설득하지 않았는가.

그 까닭은, 대부분 사람(울프가 그토록 믿었던 선의의 인류)은 지극

히 낯선 전쟁들에 명목상 관심을 쏟는 제삼자들이기 때문이다. 그리고 이들은 전쟁을 이렇게 배웠다. "전쟁 피해자들에게 연민을 갖자!"

(정작 학교는 전쟁 가해자들에 대항해 새롭고 효율적으로 행동하는 법을 가르치지는 않는다. 왜냐하면 솔직히 그럴 필요까지는 없기 때문이다. 우리는 제삼자들이지 않은가.)

그래서 어쩌면 울프가 언급했던 선의의 인류는 전쟁 피해자들과 뭔가 교감했다고 착각했던 제삼자들을 뜻할지 모른다.

(좀 더 꼼꼼하게 살펴보자. 울프는 잔혹하게 묘사된 전쟁 사진들을 내밀었다. 그리고 사진을 봤던 사람들은 같은 결론을 내릴 것이라 확신했다. "전쟁은 끔찍하다. 당장 중단되어야 한다.")

그런데 방금 봤던 사진들이 가짜라면 어떨까. 사진작가가 전쟁터를 극적으로 연출하려 이미지를 조작했다면. 만일 그러하다면 사람들은 실망할 것이다.

"진짜가 아니라니. 흥미가 떨어졌어."

그런데 어째서 실망할까. 연출됐더라도 반전 메시지를 담았지 않았는가. 그런데도 만일 실망했다면 사람들은 정확히 (전쟁이 아닌) 사진 작품을 봤기 때문이다.

(실제로 전쟁을 직접 봤던 내 할머니는 항상 전쟁 이미지들(사진, 영화, 책 등)을 피했다. 왜냐하면 이미지들에서 전쟁이 보였기 때문이다.)

이렇게 사람들은 사진 및 소설책, 영화, 드라마에서 '작품'을 관람했지 전쟁을 보지는 않았다. 그리고 만일 봤더라도 전쟁을 뭉뚱그려 관찰했다.

그래서 손택은 『타인의 고통』에서 다음과 같이 적고 있다.

"(영상 매체를 포함하여) 사진에 관해 사람들은 전혀 융통성이 없다."

타인들이 직접 겪고 있을 진짜 전쟁은 사진 밖 세상에 있다. 일단 이 사실부터 깨닫자.)

손택은 말했다.

"우리라는 말을 함부로 내뱉지 말자."

나는 여기에 이렇게 덧붙이려 한다.

"제삼자들이 아닌 우리가 되자!"

나라마다 각자 따로라는 관념을 버리자. 세상을 쪼갤 수 없다는 캠페인을 하자. 학자들은 정책 수단으로 전쟁을 활용하는 권력자들의 계략을 철저히 폭로하자. 그리고 대중은 그런 학자들을 보호하자. 선생님들은 어린이들에게 폭력과 억압이 얼마나 몰상식한 행동인지를 새겨주자. 교수들은 대학생들에게 구체적인 전쟁을 가르치자. 그리고 전쟁 피해자들에 관해 이러쿵저러쿵 클리셰만 떠올리지 말자. 진짜 사랑하는 방법, 진짜 남을 돕는 방법, 진짜 실천하는 방법을 공부하자.

끝으로 **우리**가 **함께** 하자!

## 행동한다!

2001년 9월 말, 뉴욕 맨해튼의 한 작은 갤러리에는 (같은 해 9월 11일에 있었던) 세계무역센터 테러를 촬영한 사진들로 가득했다.

(나는 2001년 9월 11일을 똑똑히 기억한다. 대학생이었던 나는 수업을 마치고 늦은 저녁에 집으로 돌아왔다. 그때 어머니는 심각한 얼굴로 텔레비전 뉴스를 보고 계셨다. 내가 "무슨 일 있어요."라고 묻자 어머니는 텔레비전을 가리켰다. "와서 보렴."

아직도 생생하다. (테러리스트들에 납치된) 비행기 한 대가 세계무역센터 건물을 냅다 들이받았다. 영화가 아닌 실제 상황이었다. 불길이 솟았다. 그리고 한 번 더 (테러가 일어났다). 세계무역센터 건물은 서서히 붕괴했다. 사람들은 흙먼지와 연기에 휩싸였다. 그리고 비명을 질렀다. 많은 사람이 죽고 다쳤다.

나는 이때 처음으로 테러를 알게 되었다.)

갤러리 입구에는 이렇게 적혀 있었다.

"여기가 뉴욕이다."

첫 주에만 수천 명이 갤러리를 메웠다. 전시회에 참여했던 사람들은 다들 엄숙했다. 사진들은 그때를 매우 거칠고 적나라하게 보여줬기 때문이다. 가슴이 먹먹할 수밖에 없다. (어쩌면 이것이 포토저널리즘의 힘이 아닐까 한다.)

어쨌든 사람들은 영화에서나 볼 법한 테러가 실제로 자행될 수 있다는 사실을 깨달으며 참상을 힘겹게 관람했다. 나아가 좀 더 성찰했다면, 국가들 간의 파괴적 불신과 문화적 단절, 왜곡된 신념과 정치적 셈법 속에서 실행된 최악의 테러 등 사진 밖 진짜 세상을 보았을지도. 물론 사진은 많은 것을 보여준다. 하지만 타국에서 벌어졌던 재앙을 제삼자로서 관람했다면 전시된 사진들에서 완벽한 정보를 들을 수 없다. 그래서 사진을 해설할 글들이 필요하다.

하지만 뉴욕 시민들은 사진 설명이 필요 없었다. 왜냐하면 이들은 참상을 직접 겪었기 때문이다. 그래서 사진에 찍힌 상황들을 정확히 알았다. (실제 세계무역센터 테러를 직접 봤던) 할머니 한 분은 이렇게 말했다.

"전쟁이 따로 없었어. 이렇게 엄숙하지 않았어. (사진 전시회는 엄숙했다.) 사람들은 공포에 휩싸였어. 악마들이 축제를 벌이듯 떠들썩했다고."

이처럼 테러 피해자들은 사진을 직접 설명했다. 글이 해설해 줄 때까지 기다리지 않았다.

(실제로 겪었던 일이다. 다들 알겠지만 2003년 2월 18일에 대구 지하철 참사가 있었다. 당시 의무경찰로 복무했던 나는 시청에 출동 중이었다. 그때 황급히 무전이 왔다.

"시내 한복판에 테러가 발생했다. 전 부대는 빨리 출동하도록!"

그래서 부대는 대구 지하철 1호선 중앙로역 입구로 달려갔다. 아직도 그때 봤던 광경을 선명하게 기억한다. 나는 속으로 중얼거렸다.

'정말 영화 같다.'

진짜였다. 마치 전쟁영화 속 한 장면 같았다. 일단 비명 때문에 멍했다. 땅 밑에선 시커먼 그을음이 뿜어져 나왔고 하늘에선 헬리콥터들이 부들부들 떨었다. (문학적 수사가 아니라 진짜 그랬다. 곧 추락할 것만 같았다.) 정말 전쟁이 따로 없었다.

특별할 것 없는 기억 하나. 나와 소대원들은 방독면을 착용하고 의경버스에서 하차했다. 그리고 급히 중앙로역 아래로 내려갔다. (솔직히 왜 내려갔는지도 모르겠다. 명령에 따랐겠지.) 숨이 턱 막혔다. 그래도 내려갔다. 그때 산소 호흡기를 착용한 소방대원이 올라왔다. 그리고 소대원들에게 소리쳤다.

"미친놈들아! 얼른 안 올라가! 다 죽어!"

딸랑 방독면 하나로 무엇을 할 수 있었겠는가.

어쨌든 의무경찰이었던 만큼 다른 진실도 보았다. 참사를 일으켰던 범인이 병원에 입원했을 때 부대원들은 병실을 지켰다. 그때 범인이 했던 말이다.

"배고파. 밥 좀 줘!"

나와 함께 경호했던 대원은 (그의 뻔뻔함에) 분개하며 병실을 뛰쳐나갔다.

다른 일도 있었다. 유가족들이 어떤 까닭으로 경찰서에 몰려와 달걀을 던졌다. 그리고 부대원들은 썩은 내를 참으며 깨진 달걀을 치웠다. 각계 인사들이 현장을 방문했다. 그런데 현장을 지켰던 우리를 무시할 때도 있었다. 피해가 그토록 컸던 까닭도 엿듣게 되었다. 스트레스 장애(PTSD)가 왔던 대원들도 꽤 있었다. 그 밖에도 많은 일이 있었다.

현재 대구 지하철 중앙로 역사 1층에는 참사를 기억하는 현장 사진들과 물품들이 전시되었다. 대부분 사람들은 기도를 올린다. (세월이 많이 흘러 지금은 아니겠지만.) 물론 피해자들을 떠올리며 울컥하겠지만, 추모 벽에 걸린 현장 사진들을 볼 때마다 나는 다르게 생각한다.

'정말 지긋지긋했어.'

그래서 제삼자들은 잘 모른다. 참사 피해자들과 혈육들, 경찰과 소방대원들, 책임자들이 겪었던 일들을. 이들은 "불쌍해, 끔찍해"와 같은 말을 내뱉지 않는다. 좀 더 구체적인 말들을 한다. 하지만 사람들은 이런 생생한 말들을 잘 듣지 않는다. 사진을 보았기 때문이다. 그만큼 타인이 겪었을 고통을 정확히 알기는 어렵다.)


열띤 토론을 떠올려 보자. 사람들은 약자 계층, 즉 경제적 빈곤층, 성소수자들, 장애인들에 대한 저마다의 생각을 내뱉는다. 물론 어려움을 딛고 밝은 대한민국을 만들려는 이러한 생각들이 민주와 자유로 가는 첫걸음이다. 하지만 잠시 돌아보자. 우리는 제삼자의 입장에서 저들의 실질적인 아픔을 한낱 토론거리로 활용하고 있지는 않은가.

실제로 우리는 어떻게 토론하는가. 약자 계층에 대한 구체적인 정책 없이 정치적 편향으로 입장을 결정하지는 않는가. 일일 체험으로 장애인들에 공감했다고 착각하지는 않는가. 사태를 잘 이해하기 위해서는 그들의 목소리를 똑똑히 들어야 한다. 성소수자들이 빠진 이성애자들만의 토론에서는 "도저히 이렇게는 살 수 없으니 어떻게든 우리가 살 방법을 찾자!" 같은 살아 꿈틀하는 말들이 나올 수 없다.

도덕적 책임감에 억지로 약자층에 대한 의견을 내뱉은 일은 일종의 학습된 결과이다. 만일 이러하다면, 약자들에 대한 정부 정책이 내게 해가 될 때 사람들은 얼마든지 그들을 악당으로 취급할 수 있다. 작년에 불거진 전국장애인차별철폐연대(이하 전장연)의 (장애인권리입법 제정을 위한) 지하철 시위를 보라. 정부 여당의 수장과 보수 언론들이 시위자들을 어떻게 취급했는가. 그리고 출근길을 방해했다고 사람들이 그들을 얼마나 욕했는가. 정치 이야기를 하자는 말이 아니다. 단지 여러 이유를 들어 장애인 시위자들을 너무 혹독하게 질타하지는 않았나 돌아보자는 것이다.

내 짧은 생각은 이렇다. 일단 불편함에서 오는 화를 정부와 서울시에 돌렸어야 했다.

"당신들이 일을 제대로 하지 않았으니 우리 모두(장애인들과 서울 시민들)가 힘들지 않은가. 그러니 우리 모두를 위해 장애인권리를 보장하라!"

그런 뒤 전장연의 시위 방식을 따져 물어도 된다. 이랬을 때 비장애인들은 장애인들과 함께 '우리'가 되지 않을까.

어른들은 어린이들이 착하기를 바란다. 어른들도 그렇게 배웠다. 그런데 어른들은 익명의 전쟁 피해자들을 촬영한 사진들에 돈을 지불하면서도 정작 그들을 돕는 일에는 그러하지 않다. 입장권 값보다 못한 그들이다.

행동하지 않으면 변화할 수 없다. 그러니 일반적인 뻔한 관념들을 잠시 내려놓고, 좀 더 적극적으로 행동하자. 타인들이 겪었을 아픔에

귀 기울이자. 물론 쉽지 않을 것이다. 여러 까닭을 들며 반대할 수도 있다. 하지만 노력해야 한다. 이랬을 때 사람들은 '우리 함께'라고 외칠 수 있다.

힘들겠지만 그렇게 하자. 습관적 연민과 학습된 공감이 아니라 (사실 이런 식으로라도 타인을 도우면 좋겠다.) 진짜 마음을 다하자. 출발이 어렵더라도 작은 발걸음을 내딛자. 적은 액수라도 기부해 보자. 약자들과 관련된 언어를 인터넷으로 검색해 보자. 특별한 날에는 SNS에 그들을 응원하는 사진을 올려보자.

사실 "남들을 돕고 살자!"고 말하기 창피할 때가 있다. 왠지 사람들이 "잘난 척하지 말라"고 흉볼 것만 같기 때문이다. 하지만 행동할 때는 다르다. 사람들은 선의로 가득한 행동들에 기뻐한다. 그러니 일단 행동하자. 그리고 함께하자.

세 번째 책

───────

카롤린 엠케

『혐오사회』

## 혐오를 가볍게 여기다!

혐오를 함부로 내뱉는 사람들은 어떤 이들일까. 아직 잘 모르겠다. 왜 그렇게까지 미움을 실천하고 타인을 공격하는지를. 처음에는 천성을 탓했다. 이렇게 말이다.

"못 배워서 그래! 천박함을 타고났어!"

그런데 이제는 아니다. 정말 갈수록 모르겠다.

꼼꼼히 들여다보면 이들에게는 나름대로 본인들의 증오를 정당화할 이론도 있었다. 어떤 이들은 특정 인물에 대한 거부감을 매우 정중하게 나타냈다. 언어는 또 어떤가. 잘 알겠지만, 혐오와 관련된 특정 언어는 일반적인 욕설과 달리 매우 정교하게 만들어졌다. 그래서 더욱 날카롭고 까다롭다. 어떨 때는 말문이 턱 막혀 괴로웠다. (화를 내야 할지 말아야 할지를 몰라서.)

직접 겪었던 일이다. 한번은 친한 지인이 내게 "저는 성소수자들이 불편합니다."라고 말했다. 까닭이 있었다. 그는 성소수자들을 마치 병균처럼 대했다. 그래서 (지인은) 불쾌했다. 왜냐하면 병균은 사람들에게 쉽게 전염되기 때문이다. 그리고 그에게는 특정 성소수자 몇몇의 예능 출연도 눈꼴사나웠다.

"자연스럽지 않아요. 일반적이지 않죠. 하지만 요즘 사람들은 성소수자들을 너무 쉽게 받아들여요. 인권을 말하면서. 정말 그럴까요. 그들이 내 아이들과 함께 있을 때도 인권을 말할까요. 생각하면 이상한 일이에요."

그가 봤을 때 성소수자들은 질서를 이탈했다. 그래서 예방하지 않을 수 없었다. (지인이 썼던 말 중에는 "진화와 변태"와 "반사회적"이 있었다. 일반적인 욕설이 아니었다.)

이제는 내가 불쾌했다. 전혀 동의할 수 없었기 때문에 언쟁이 있더라도 따져 묻고 싶었다. 격앙된 말투로 이랬다.

"의견이랄 것도 없어. 네 말에는 맹목적이고 미신적인 혐오가 깔렸어. 객관적인 진실도 없고, 단지 성소수자들을 병원체로 보려는 편견이야. 삶의 방식이 조금 다를 뿐이잖아. 인격과 존엄과 고유성을 관찰해야지."

즉 "못 배운 티 내지 말라!"였다. (글은 이렇게 썼지만 저처럼 점잖게 말했을 리 없다. 욕설과 악다구니가 난무했다.)

그러자 지인은 조용히 되물었다.

"그러면 이건 어떻습니까. 혈육끼리의 성관계도 받아들일까요. 소아성애자는요? 사랑법이 조금 다를 뿐이잖아요. 저마다 자기 생활이 있는 거죠. 당신이 방금 말하지 않았나요?"

나는 몸을 부들부들 떨었다. 분명 잘못된 비유인데 말문이 막혔다. 반박할 말들이 떠오르질 않았다. 그래서 "창피하지도 않아!" 하며 더 맹렬하게 달려들었다. 물론 횡설수설하며 말이다. 언쟁은 이렇게 끝났다.

다음 날이었다. 나는 아직 분이 풀리지 않아 씩씩대었다. 그리고 지인에게 반박할 논리를 만들려 애썼다. '딱 기다려, 뭉개줄게!' 그런데 이렇게 고심하던 차에 나는 갑자기 정신이 번쩍 들었다. 왜냐하면 내가 그토록 싫어했던 혐오주의자들처럼 굴고 있었기 때문이었다. 생각해 보라. 지인을 굴복시키려 지금 얼마나 정성을 쏟던 중이었는가! 어제만 해도 그랬다. 내 의견만이 절대적으로 옳았다. 그래서 이를 핑계로 맹렬히 달려들었다. 그리고 상대를 자극할 혐오적인 말들을 내뱉었다.

앞서 나는 "혐오를 함부로 내뱉는 사람들은 어떤 이들일까." 하고 궁금해했다. 이제는 너무 무섭다. 그 까닭은, 내가 저들일지 모르기 때문이다.

사람들은 말한다.

"저는 혐오주의자가 아닙니다!"

"저는 약자들을 괴롭히는 괴물이 아니에요!"

속마음이 어떨지는 모르겠지만, 겉으로는 다들 "모두가 평등하다!" 고 외친다. 상식이기 때문이다. 그래서 혐오를 실천하는 사람들을 볼 때면 우리는 "저들과 달라!"라고 말하는 것이다. 어쨌든 혐오주의자들 혹은 차별주의자들과 엮이고 싶지 않다.

그런데 알고 보니 저들과 내가 같다면 심정이 어떨까. 아마도 이렇게 본인을 변론할 것이다.

"무슨 말씀이십니까! 저는 온갖 혐오 행동을 싫어합니다. 그런 행동을 단 한 번도 했던 적이 없어요. 이념을 앞세워 증오를 조장한 일이 없단 말입니다. 저는 달라요! 아주 평범한 사람입니다."

일면 옳은 말이다. 하지만 이런 반응은 증오와 혐오 자체를 마치 아주 나쁜 괴물들의 특성쯤으로 여길 때 나타난다. 놀랍게도, 보통 사람들도 충분히 혐오주의자들처럼 굴 수 있다. 일상에서 툭툭 내뱉는 (다분히 혐오가 섞인) 말들을 보라.

"너도 '이찍(2022년 대선 당시 기호 2번 윤석열을 찍은 유권자들을 비하하는 말)'이니!"

"저런 사람들을 보면 토할 것 같아!"

"틀렸어! 넌 애가 왜 그러니!"

(농담일 뿐이었다고? 천만의 말씀이다.)

개개인의 인생사와 삶 법을 고려하지 않고 툭툭 내뱉은 말들이다. 그리고 상대를 함부로 평가하는 말들이다. 다른 의견들에 절대로 설득되지 않겠다는 반민주적 옹고집도 들었다.

한 정치인은 이렇게 말했다.

"우리는 가끔 토론할 때가 있습니다. 그런데 어떤 사람들은 상대방의 말에 집중하지 않고 머릿속으로 반박할 논리만 궁리합니다. 이런 사람들은 눈빛이 달라요. 꼭 혐오를 준비하는 사람들 같아요. 그리고 이때다 싶을 때 말을 딱 끊고 본인 얘기를 해요."

(어려울 것도 없다. 2023년에 개봉했던 영화 〈인어공주〉만 봐도 그

렇다. 에리얼(인어공주)을 연기했던 흑인 배우 할리 베일리(H. Bailey)에게 쏟아졌던 악성댓글들을 보라. 영화 자체에 대한 관객들의 실망감을 충분히 이해한다. 하지만 완성도가 떨어졌다고 해서 여배우의 피부색과 외모를 탓해서는 되겠는가.

"흑인 배우를 캐스팅했기 때문이야."

"하나도 예쁘지 않아!"

"그놈의 정치적 올바름(Political Correctness)!"

물론 정치적 운동인 피씨(PC)를 예술과 결합시켜 대중을 이끌려는 디즈니(Disney)의 경영 정책을 비판할 수 있다. 하지만 이를 핑계로 피씨주의 전체를 싸잡아 욕하는 것도 너무 편협하다. 영화가 어째서 실망스러웠는지를 비평할 수 있다. 그리고 댓글을 달 수 있다. 하지만 이때다 싶어 배우의 피부색과 외모, 피씨주의를 비평 소재로 삼는 일은 올바르지 않은 비평일 뿐 아니라, 좋은 영화를 보려는 관객들의 열망으로 가장한 혐오 표현이다.)

그래서 증오와 혐오를 그저 괴물들이나 저지를 범죄로만 떠올려서는 안 된다. 개개인의 작은 언행들도 한데 뭉쳐 약자를 위협하는 섬뜩한 이데올로기가 충분히 될 수 있다.

(상대방을 얕잡아 보는 시선, 익명에 숨어 인터넷에 적는 악성댓글, 정치적 편 가름과 선동, 설득할 혹은 설득될 의지조차 없는 편협한 시각 등이 한데 뭉쳤을 때 어떤 일들이 벌어질지 머릿속에 그려보라. 예를 들어 중범죄자 조두순을 살해 협박했던 유튜버와 일부 대중의 열광, 남성혐오와 여성혐오 단체들의 상대방을 향한 막말과 비방, 정치

인들의 선동과 정치적 팬덤의 공격성을 말이다.)

무심코 뱉은 말들을 주워 담아 들여다보자. 타인을 괴롭히는 미움의 말들이 아니었는가. 설득보다 조롱과 비꼼이 들어 있지는 않았는가. 내 옳음만을 믿고 거친 언사를 정당하다고 우겼던 것은 아닐까. 진실을 정직하게 말해야 한다. 하지만 진실을 전달하는 방법도 매우 중요하다. 그래서 한 번쯤 내 말들을 살펴야 한다. 그리고 상대방에 대한 신뢰와 존중을 근거로 충분히 설득될 줄 아는 훌륭한 경청자가 되어야 한다. 만약 그러하지 않다면 외골수와 독단론자가 될 확률이 매우 높다. 그리고 본인 신념에만 푹 빠진 이런 사람들은 저도 모르게 혐오 틀을 만들기 마련이다.

## 클라우스니츠 사건

대체 무슨 감정일까. 분노에 불붙은 사람들은 어째서 그토록 미워할까. 증오와 혐오는 사실 매우 정밀하게 가공된 감정이다. 그래서 하찮이 여길 것이 아니다. 그리고 이 감정들은 반드시 내뱉어진다. 그래서 더욱 위협적이다. 삭일 수 있는 여타 감정들과는 매우 다르다.

증오와 혐오가 형성되는 과정을 추측해 보자. 일단 혐오주의자들은 내면의 화(火)를 감지하면 화를 표출할 적당한 양식을 찾는다. 즉 "누구를 어떻게 미워할까." 하고 고심한다.

그리고 상대방을 자극할 말과 행동 법을 만든다. 그저 욕하고 난폭하게 굴어서는 안 된다. 말과 몸짓 하나에도 멸시와 조롱을 정성껏 담아야 한다.

또한 미워할 사람들을 엉뚱한 이미지로 몰아세워야 한다. 그래서 보수주의자들은 '수구꼴통'으로, 페미니스트들은 '꼴페미'로, 더불어민주당원들은 '개딸'로, 윤석열 대통령 지지자들은 '이찍'으로 (한낱 놀림감들로) 굴러떨어진다. 이렇게 되면 누구도 보수주의자, 페미니스트, 더불어민주당원, 윤석열 대통령 지지자임을 당당히 밝힐 수 없다. 별난 사람들로 낙인찍힐 가능성이 높기 때문이다. 아주 영리한 혐오 전술이다.

(최근 한 먹방 유튜버가 방송 도중 말이 헛나와 피자집 상호명을 다음처럼 잘못 말해 버렸다.

"저는 이재명(현재 더불어민주당 대표) 피자가 너무 좋아요."

순간 유튜버는 얼어붙었고 한참을 침묵했다. 시청자들은 그런 모습에 웃고 말았다. 그런데 이건 별로 좋지 않은 신호다. 잘못 말했다고 하면 될 일인데, 이 유튜버는 더불어민주당원으로 찍힐까 봐 무서웠다. 반대 당원들로부터 외면받거나 공격받을 수 있기 때문이었다. (그리고 사실 더불어민주당원이면 또 어떤가.) 그래서 얼어붙었던 것이다.)

그런데 정작 큰일은 따로 있다. 즉 혐오 틀이 굳고 단단해질수록 혐오는 널리 확산된다. 저널리스트 카롤린 엠케(C. Emcke)는 다음과 같이 예를 들었다.

"몇몇 언론 매체가 기독교인들이 저지른 범죄만을 보도했다고 가

정합시다. 그리고 이렇게 말해요.

–기독교인들의 범죄율이 날로 심각하게 치솟고 있다.

만약 이러하다면, 그 '몇몇 매체'만을 접하는 사람들은 기독교인들을 어떻게 생각할까요. 협소한 시각에서 일종의 나쁜 이데올로기를 형성할 것입니다.

'기독교인들은 나빠!' 하고 말입니다.

그러면 혐오를 내뱉기가 한결 수월하겠죠. 모든 기독교인이 범죄자는 아닐 거예요. 하지만 사람들은 기독교라는 혐오 틀 속에 개인들을 던져버립니다. 그래서 적대적인 차별이 쉽게 작동합니다."

이런 까닭에서 정말 잘 생각하자. 끊임없이 내적 필터링을 통해 왜곡된 생각들을 걸러내자. 만약 그러하지 않으면 혐오에 쉽게 전염되며, 혐오를 쉽게 분출할 것이다.

엠케의 다른 이야기도 들어보자. 2016년 독일 작센(Sachsen)주 클라우스니츠(Clausnitz)에서 반(反)난민 시위가 있었다. 지역 거주민들로 구성된 시위자들은 난민숙소로 진입하는 버스를 둘러싸고 큰 소리로 외쳤다.

"우리가 이 나라의 국민이다!(Wir sind das Volk!)"

"너희는 아니니 돌아가라!"

구호뿐 아니라 욕설과 폭력 행위가 뒤섞였다. 밖과 달리 난민들은 조용했다. 그럴 수밖에 없었다. 시위자들을 자극할 (아주 작은) 몸짓만으로도 독일 경찰들은 난민들을 무력으로 제압했기 때문이다. (가해자들이 아니라 피해자들을 그렇게 했다.) 그래서 난민들은 몇 시간을 죄인처럼 고개 숙였다.

그런데 시위자들은 어째서 저토록 분노했는가. 자세한 사연은 이랬다. 난민숙소는 원래 자동차 생산공장이었다. 그런데 경기 침체가 계속되었고 회사는 끝내 공장을 폐쇄했다. 그리고 동유럽으로 이전했다. 그래서 정부는 사장과 협상하여 공장을 난민숙소로 변경했다.

2년 뒤 난민공공수용시설이 완공되었고, 정부는 난민수송을 본격적으로 시작했다. 그런데 이때 2년 전 일자리(자동차 생산공장 일자리)를 잃었던 지역 주민들은 분통을 터뜨렸다. 주민들은 그동안 아무런 통보도 없이 공장을 폐쇄한 회사와 민원을 제대로 해결하지 못한 지자체를 상대로 항의했다. 자동차 생산공장을 재가동하라는 요구였다. 하지만 소용이 없었다. 그리고 끝내 난민공공수용시설이 열렸다. (앞서 말했던 난민숙소였다.) 지역 주민들은 이제 난민들을 상대로 증오를 배출할 준비가 되었다. 일자리를 잃은 상실감이 엉뚱하게도 난민들에 대한 증오와 혐오로 뒤바뀌었다. (엠케는 말했다. "이 얼마나 얼토당토않은 전가인가!") 클라우스니츠 사태는 이렇게 발생했다.

(공격 대상이 회사 간부들과 지자체 관계자들에서 난민들로 바뀌었다. 그래서 항의자들의 말도 난폭하게 달라졌다. 난민공공수용시설 건립으로 인한 경제적 손실과 대책, 범죄율이 높아질 것이라는 우려와 해결 방안을 촉구하는 행정 언어를 버렸다. 그냥 난민들에게 쌍욕을 한 바가지 퍼부었다. 점잖게 말해, 이랬다.

"너희는 이 나라 국민이 아니다!"

"우리가 국민이다!"

"돌아가라! 꺼져라!"

정상적인 언어가 절대 아니었다.)

이번에는 클라우스니츠 사태의 이면을 들여다보자.

항의자들은 충돌을 원했다. 왜냐하면 화가 풀리지 않았기 때문이었다. 증오와 혐오를 내뱉지 않고는 화병을 앓을 것만 같다. 그래서 난민들에게 더욱 맹렬히 달려들었다.

그런데 시위 현장에는 항의자들뿐 아니라 구경꾼들도 있었다. 구경꾼들은 (이번 사태와 아무런 상관도 없는) 마을 주민들로, 현장을 구경만 했을 뿐 난민들을 위협할 생각이 전혀 없었다. 오히려 더욱 격렬해지는 상황이 안타까웠다. 아이들도 엄마와 아빠 손을 잡고 현장을 쳐다봤다.

이때 엠케는 의아했다.

"구경꾼들은 도대체 무엇을 하고 있는가!"

한번 생각해 보라. 난민들이 봤을 때 항의자들은 몇 명이었을까. 구경꾼들까지 포함해서 항의자들이 두 배로 보였으리라. 그리고 사실 구경꾼들도 시위에 한몫했다. 이들이 있었기 때문에 항의자들은 더욱 고함칠 수 있었다. 관객이 많을수록 욕할 맛도 나는 법이다. 그래서 (언론 매체를 포함해서) 구경꾼들은 관객을 자처함으로써 항의자들의 폭력을 허락했다.

엠케는 구경꾼들에게 묻는다.

"왜 지켜만 봤는가."

"어째서 저들을 말리지 않았는가."

"언론들은 저들의 항의 법이 나빴다고 보도하지 않는가." (기자들은 시위를 부추기듯 카메라 셔터를 눌렀다. 그럴수록 시위자들은 거칠게 몸싸움했다.)

구경꾼들 중 누구도 시위자들을 향해 "그만하면 됐습니다. 이제 다들 돌아갑시다."라고 말하지 않았다. 물론 상황이 갈수록 격앙되니 말할 용기를 낼 수 없었을 것이다. 만약, 상황이 그랬다면, 구경꾼들은 집으로 돌아갔어야 했다. 하지만 그러하지 않고 어째서 현장에 머물렀는가. 시위자들의 규모를 왜 그렇게 커 보이게 했는가. 구경꾼들은 본인들이 (알게 모르게) 폭력 시위에 동참하고 있었음을 잘 알지 못했다.

구경꾼들 중에는 아이들도 있었다. (그 아이들이 무얼 알겠는가. 마실 가듯 어른들과 함께 구경했을 것이다.) 이때 한 어린이가 항의자들 틈에서 이웃을 발견했다. 그래서 아빠에게 물었다.

"저기! 옆집 아저씨다. 아빠, 아저씨는 저기에 왜 있어?"

아빠는 과연 어떻게 말했을까. 시위자들의 어긋난 분풀이와 혐오를 지적했을까. 아마도 무심결에 이렇게 말했을지도 모른다.

"일자리를 잃어서 화가 나서서 그래."

그러면 어린이는 이제 알겠다며 고개를 끄덕였을 것이다. 그리고 계속해서 시위를 구경했을 것이다.

부모들은 방금 집단적 혐오에 아이를 방치했다. 그리고 특별한 사연이 있을 때는 저렇게 행동해도 된다고 넌지시 알렸다. 일자리를 잃은 아픔을 십분 이해할 수 있다. 아마도 화가 치밀어 올랐을 것이다. 하지만, 그렇다고 난민들에게 분풀이를 해서는 되겠는가. 아무런 논리적 연관도 없지 않은가. 그러나 항의자들은 마치 모든 사태가 난민들 때문이라 믿으며 증오와 혐오 실천에 정당성을 입혔다. 그리고 그날 현장에 있던 아이들은 혐오를 (실천하는 법을) 배웠다.

엠케는 지적했다.

"증오와 혐오는 갑자기 폭발하는 우발적인 산물이 아니다."

옳은 말이다. 지금도 어딘가에서는 아이들이 어른들 곁에서 "아! 저래도 되는구나." 하며 혐오를 차곡차곡 쌓고 있다.


## 어린이들 마음

김소영 작가의 『어린이라는 세계』를 읽었다. (너무나 예쁜 글들로 꾸며졌다. 꼭 읽어 보시길.) 마음 따뜻한 글이 있어 한 토막을 여기에 들여 본다. (글을 짧게 요약하려 했지만, 작가님의 소중한 글을 자꾸 해쳤다. 그래서 본래 글을 그대로 옮겼다.)

"예지와 『사람 백과사전』을 읽고 이야기를 나누는 중이었다. 미리 내준 숙제는 '이 책의 그림을 모두 읽어 오는 것'이었다. 『사람 백과사전』은 사람이 태어나서 죽기까지 몸의 변화와 그것의 영향, 또는 영향 없음을 알려 주는 지식 그림책이다. 장애가 있는 어린이가 보조 기구를 이용하여 운동 경기를 즐기는 그림처럼, 다양한 체형과 신체 상태를 그림으로 보여 주는 점이 좋다. 그래서 예지에게 모든 그림을 꼼꼼하게 손으로 짚어 가며 읽어 오라고 했는데, 예지가 숙제를 잘해 왔다.

"이 책에 있는 사람들이요, 되게 다양하더라고요. 모습이요."

"그래, 맞았어. 작가가 왜 그런 그림을 그렸을지 생각해 보자. 그러니까 이런 그림을 그려서 결국 하고 싶은 이야기가 무엇이었을까? 그런 걸 주제라고 하는 거야. 주제를 찾아보자."

"음… 서로 몸이 달라도 무시하지 말자?"

"그것도 좋은 말이야. 그런데 보통은 '무엇을 하지 말자'보다 '무엇을 하자'고 하는 게 남을 설득할 때 더 좋은 말이야. 예지가 관심 있는 환경 운동으로 생각해 보면, '종이컵을 쓰지 말자'보다 '개인 컵을 가지고 다니자'가 더 효과적인 것처럼."

그러면서 칠판에 "서로 몸이 달라도 ＿＿＿＿＿자"라고 썼다. 내심 '존중하자'라는 말이 나오기를 기대하면서 예지의 답을 기다렸는데 선뜻 답을 하지 못했다.

"예지야, 그럴 때 '무시'의 반대말을 떠올려 보면 좋아."

"아! 알았다!"

유일한 답이라는 듯, 예지는 이렇게 썼다.

"서로 몸이 달라도 같이 놀자."

그 순간 나는 예지에게 백오십 번째로 반했기 때문에 정신이 혼미해졌지만 '존중'이라는 단어를 가르치겠다는 일념으로 다시 기회를 줬다. 예지는 이번에는 이렇게 썼다.

"서로 몸이 달라도 반겨 주자."

백오십 한 번째 반한 상태로 나는 두 문장 옆에 각각 하트를 그리고, 조그맣게 '존중하자'라는 말도 적었다. 이날 수업을 마치고 교실을 정리하는데, 차마 칠판을 지울 수가 없어서 한참을 바라보았다. 그리고 문득 깨달았다. "나눠 줘요!"는 '곱고 바른 말'이고, "같이 놀자" "반겨 주자"는 '상냥한 마음씨'다. 사전 뜻 그대로다. 어린이는 착하다. 착한 마음에는 아무런 잘못이 없다. 어른인 내가 할 일은 '착한 어린이'가 마음 놓고 살아가는 세상을 만드는 것이다. 나쁜 어른을 응징하는 착한 어른이 되겠다. 머리에 불이 붙고 속이 시커메질지라도 포기하지 않겠다. 이상한 일이다. 책은 내가 어린이보다 많이 읽었을 텐데, 어떻게 된 게 매번 어린이한테 배운다."

맑고 고운 이야기다. 글을 읽고 나도 예지에게 반했다. 김소영 작가가 말했듯이, 어린이들은 어른들의 길잡이다. 항상 예쁜 말과 행동으로 어른들을 일깨운다. 그리고 어른들과 달리 다툼보다 함께 어울려 놀려 한다.

(영화 〈우리들〉에서 누나 '선'은 친구에게 매를 맞고 온 동생 '윤'을 다그쳤다.

"다음에는 너도 꼭 때려줘! 알았지!"

그러자 윤은 말했다.

"그럼 언제 놀아! 연호가 때리고, 다음에는 내가 때리고, 또 연호가 때리고. 나는 그냥 놀고 싶은데.")

먹고 남을 만큼 식량을 많이 생산하면 어린이들은 망설임 없이 "나눠 줘요!"라고 말한다. 정말 어린이들 마음이다. 그래서 마땅히 그 자체로 대접받아야 한다. 어린이들 마음은 얄궂은 어른들의 생각보다 항상 낫다.

어린이들 마음은 잠시 뒤로 미루고, 이쯤에서 증오와 혐오에 관한 이야기로 다시 돌아가자.

증오와 혐오에 어떻게 맞서면 좋을까. 엠케는『혐오사회』에서 몇 가지 해법을 내놓았다.

먼저 침묵하지 말자. 그러려면 혐오폭력의 피해자들뿐 아니라, 가족과 이웃들, 텔레비전 시청자들과 라디오 청취자들, 독자들, 누리꾼들, 구경꾼들과 관망자들, 어른들과 아이들이 합심하여 약자들이 죄인처럼 외떨어진 곳으로 떠밀려 들어가지 않도록 소리쳐야 한다.

"당신은 우리와 함께 있습니다! 걱정 마세요!"

혐오주의자들에게 적어도 눈빛으로라도 "당신은 틀렸습니다."라며 경고해야 한다.

언제나 다음을 기억하자. "누구든지 배제와 멸시의 수법에 휩쓸려 피해를 입을 수 있다. 하지만 그럴 때마다 사람들이 함께한다면 피해자들은 다시 한번 우뚝 설 수 있다." 나는 이러한 협력이 결국 본인을 지키는 일일 것이라 굳게 믿는다. (남들과 함께 공정한 합의 속에서 살고자 하는 노력은 나 자신을 보호하고자 하는 바람이 확장된 것이다.) 약자들도 살 만한 세상은 모두에게 살 만한 세상일 것이기 때문이다.

또한 약자들이 살 만한 세상, 곧 열린 민주세상은 안전할 뿐 아니라 색다른 상상력과 이야기들로 가득하다. 그래서 열린 민주세상 사람들은 의견을 주고받는 일에 거리낌이 없고, 자기 삶을 스스로 계획하고 당당히 걸어간다. 나는 진정으로 이런 세상에서 함께 살고 싶다. 그렇지 않은가. 이런데도 가끔씩 혐오주의자들이 내비치는 보잘것없는 자의식과 자부심을 볼 때면 그저 어안이 벙벙할 따름이다.

다음을 또한 기억하자. 협소한 관점은, 다른 사람들도 어머니에게, 아내에게, 친구들에게 소중한 한 사람이라는 사실을 잊게 한다. 그만큼 타인에 대한 애정 어린 상상을 훼손한다.

잘 알겠지만, 낯섦과 다름은 감염률 높은 질병이 아니다. 기독교 신자들이 무슬림 여성의 히잡이나 유대인 남성의 키파(Kippa)와 접촉했다고 해서 기독교 신념이 오염될 리 있겠는가. 마찬가지다. 성소수자들과 만났다고 해서 성정체성 혹은 성염색체가 바뀔 리 없다. 하지만 마치 감염될 것처럼 다양한 존재 양식들을 결사반대하는 사람들을 볼 때면 "참, 저들은 어리석고 우습다."라는 생각이 든다.

색안경을 끼고 세상과 사람들을 바라보면 어떻게 될까. 한 색깔의 세상과 한 색깔의 사람들만을 볼 것이다. 그리고 그 밖에 다른 색깔의 세상과 사람들을 마치 세균을 대하듯 검열하여 없앨 것이다. 이러면 개개인의 실제 인생을 엿볼 수 없게 된다. 왜냐하면 이미 다른 사람들의 구체적인 삶과 진짜 모습, 즉 취미와 취향, 지성, 직업의식, 인생철학, 가족관 등에 대한 상상력을 잃었기 때문이다. 그래서 혐오주의자들은 다음처럼 묻질 못한다.

"저 사람은 평소 어떤 음악을 즐길까?"

"저 사람은 여행을 좋아할까?"

"저 사람은 꿈이 뭘까?"

한낱 개인의 인생사에는 관심이 없기 때문이다. (나와 절대 같아서는 안 된다는 방어 기제일지도.) 너무나 냉혹한 태도이다.

끝으로 내 생각을 덧붙이고 싶다. 엠케의 글을 읽다가 문득 앞서 소개했던 『어린이라는 세계』가 떠올랐다.

"서로 몸이 달라도 함께 놀아요!"

"함께 돕고, 나눠요!"

그리고 이런 어린이들 마음이 증오와 혐오를 없앨 해답임을 깨달았다. 그래서 글 처음에 김소영 작가의 글 한 토막을 들였던 것이다.

"어린이 마음을 갖자!"

이렇게 말하면 어른들은 피식 웃는다. 물론 비웃음이다. 그러나 이러한 비웃음에는 '어른들은 서로 미워하고 괴롭혀도 된다'는 이상한 사고방식이 깔려 있다. 이러면서도 어린이들에게는 "착한 마음씨를 길러야 해." 하며 헛소리를 지껄인다. 착각하지 말자, 어린이들은 이미 착하다.

(한번은 텔레비전에 아이들이 나와 율동을 했다. 그중에는 다문화 가정 어린이와 장애를 가진 어린이도 있었다. 그리고 어여쁜 조카가 텔레비전 친구들과 함께 춤췄다. 그때 나는 뭉클했다. 편견과 미움 없는 아이들 마음씨를 실제로 보았기 때문이었다.)

세상에는 착한 사람이 많다. 이들은 약자를 괴롭히는 행동이 잘못이라는 사실을 잘 알고 있다. 당신도 그런 사람이지 않은가. 그러니 이제 용기를 갖고 외치자.

"이 세상은 착한 사람들의 세상이다!"

차별받는 피해자들에게 귀 기울이자. 어쩌면 착한 사람들만의 말과 행동을 만들어야 할지도 모른다. 귀찮더라도 하자! 이처럼 우리 안에 있는 어린이 마음을 일깨웠을 때 누구에게나 살맛 나는 세상이 곱게 피어날 것이다.

마사 누스바움

『타인에 대한 연민』

## 정말 민주주의입니까

박근혜 대통령이 탄핵되고 치러진 19대 대통령 선거는 문재인 후보의 당선으로 끝났다. 대통령 탄핵이라는 아픔이 있었지만, 그래도 나는 유권자들이 이제 사랑과 포용하는 연대로 서로의 마음을 다독이길 희망했다. 그리고 대통령 당선인이 그런 마음들을 하나로 모아 어려움을 잘 이겨나갈 것이라 기대했다.

하지만 정치의 속성 자체가 원래 그렇게 비정한 것일까. 문재인 대통령은 국민통합을 내세웠지만 당선 이후 유권자들은 어느 때보다 칼같이 진영을 갈라 싸웠다. 상대 집단을 향해 증오를 노골적으로 표출했을 뿐 아니라 서로를 절대적인 악인으로 규정함으로써 연대를 허물고 협력을 묵살했다. 이러한 다툼 속에서 대통령은 통합의 몫을 제대로 해내지 못했다. 오히려 대통령이 말할 때마다 갈등이 증폭되었다.

'적폐청산'에 관한 생각도 아예 달랐다. 보수 세력은 적폐청산을 권력을 틀어잡은 대통령의 허울뿐인 '옳음'쯤으로 여겼다. 이들이 볼 때

문재인 대통령은 노무현 전 대통령을 위한 뒤틀린 복수심 때문에 (전직 대통령들을 포함하여) 보수 인사들을 마구잡이로 수사했다. 기존 관료들을 쫓아냈고 행정, 언론, 법, 문화예술 영역에 '내 사람들'로 채웠다.

물론 진보 세력은 다르게 생각했다. 이들은 문재인 정권의 적폐청산을 보수 정권 10년에 대한 민주적 심판으로 생각했다. 그래서 문재인 대통령의 정치적 선택은 대한민국을 옳은 길로 이끌려는 그의 희생과 용기 있는 결단이었다. 그리고 대통령이 임명한 관료들은 '내 사람들'이 아닌 '올바른 사람들'이었다.

이처럼 양 진영 지지자들은 첨예하게 갈렸다. 이렇다 보니 이들 사이에 조화로운 협력과 건강한 토론이 있었을 리 없었다. 대신 적대적 자세로 날이 선 말들이 오고 갔다. 일종의 '누가 더 상대에게 상처 주는 말을 잘하는가' 게임 같았다. 늘 있어 왔던 일이지만, 그래서 더욱 지긋지긋하다. 경청과 설득의 노력 없이 내 말만 옳다는 막가파식 선언과 상대를 악당으로 내모는 막말의 향연이지 않은가.

어쨌든 문재인 정권은 대한민국을 위한 좋은 일도 많이 했겠지만, 국민통합의 몫을 끝내 제대로 해내지 못했다. 그래서 사람들은 다음 대통령이 꼭 서로 화합하고 함께 손잡는 통합의 세상을 만들어주길 바랐다.

그런데 20대 대통령 선거에서 윤석열과 이재명 후보는 공격적인 타자화 전략을 택했다. 즉 상대를 나와 다른 외부 적들로 규정함으로써 적을 선택했을 때 대한민국은 망국에 이를 것이라는 전체주의적 전략이었다. 그래서 그들은 적을 소멸하고 건강한 대한민국을 만들길 바란다면 본인들을 뽑아달라고 고함쳤다. 이제 본격적으로 상대를 짓밟고 올라가는 극단적인 선거 경쟁이 펼쳐졌다.

상대 후보에 대한 개인적 부정행위들이 아무런 검증도 없이 쏟아졌다. (물론 그중에는 사실로 드러난 일들도 있다.) 후보들은 어떠한 모욕적 언행도 서슴없이 했고 상대의 정책을 그저 깎아내렸다. 정치 공동체에는 전혀 도움이 되지 않을 태도이다. 건전한 비판은 항상 옳지만, 상대를 적으로 내모는 원색적인 비난은 파괴적인 적개심일 뿐이다. 유권자들도 후보자들 못지않았다. 양 갈래로 나뉘어 상대편 유권자들을 괴물로, 정의(正義)의 적들로 여겼다. 대한민국을 건설적으로 만들려는 리더의 품격도 없었고, 후보들로부터 좋은 정책들을 이끌어내려는 유권자들의 희망찬 바람도 없었다. 오로지 "승자독식!"만 메아리가 되어 울렸다. 이러면서도 후보들은 지지자들의 고성방가를 자제시킬 생각은 않고 국민통합을 해내겠다며 겉치레로 말했을 뿐이었다.

20대 대통령 선거는 0.7% 차이로 윤석열 후보가 당선되었다. 어떤 이들은 0.7%라는 근소한 표 차이와 180석 가까운 야당의 의석수를 고려했을 때, 윤석열 대통령은 억지로라도 야당 정치인들과 손잡을 수밖에 없을 것이라고 전망했다. 그리고 대통령이 정치 초년생인 만큼 이념 대립의 낡은 정치 문법보다 평등 의식과 상호 존중의 화합 정치를 택할 것이라고 기대했다.

하지만 막상 윤석열 정권이 들어서자 그는 극보수주의자로 변모했다. 너무나 안타까웠던 일이다. 강력한 보수 이념을 앞세워 진보 세력 전체를 적으로 돌렸고, 20대 대통령 선거에서 함께 경쟁했던 이재명을 사법적으로 압박했다. 그리고 전 정권의 정책들을 대부분 폐지했고, 국정 운영의 패착을 문재인 전 대통령 탓으로 돌렸다.

대통령뿐 아니라 각 부처 장관들도 좌파 세력과의 다툼에 앞장섰다. 특히 한동훈 법무부 장관은 더불어민주당 국회의원들과 날카롭게 대립하며 대권 주자로 우뚝 섰다. 여야의 정치가들도 건설적인 정책 토론보다 유치한 이념 다툼을 이어갔다. 서로의 의견들을 묵살했고, 상대 진영의 정치적 승리는 망국으로 이어질지 모른다는 터무니없는 망상을 국민들에게 주입했다. 국민들은 분열했고 혐오와 증오로 서로를 위협했다. 그리고 지금도 그렇다.

서로를 배격하는 이러한 정치 다툼 안에서 좋은 말들이 오고 갔겠는가. 어디 한번 보자. 대선이 끝난 뒤, 보수주의자들은 이재명을 악랄한 범죄자로 낙인찍었다. 그래서 이들은 대통령이 하루바삐 이재명을 구속하길 촉구했다. (그런데 대통령은 그런 일을 하는 사람일까.) 그리고 (이재명 당대표를 포함하여) 더불어민주당 소속 정치인들과 지지자들을 싸잡아 멸시했다. 그럴 수밖에 없었다. 보수주의자들은 진보 세력을 함께 걸어갈 정치적 파트너가 아니라 무찔러야 할 적들로 여겼기 때문이다. 이러니 좋은 말이 나올 수 없다.

진보주의자들도 상대 진영을 욕했다. 정책이 달랐기 때문이 아니었다. 단지 이들이 봤을 때 윤석열 대통령은 '진짜 국민들(?)'의 나라를 전복할 독재자였고, 보수주의자들은 그런 대통령을 따르는 악인들이었기 때문이다. 그래서 욕설을 마구 내뱉었다.

정말 사회를 자멸로 몰아가는 상황이었다. 그래서 한 저명한 노(老)

교수는 이런 상황을 몹시 염려하며 양극단의 정치 혐오를 당장 멈추라고 조언했다. 그러나 좌파와 우파의 극렬 지지자들은 적을 향한 비난을 멈추지 않았다. 오히려 각 진영은 노교수를 공격했다. 내 편이 아니면 적인 법이다. 각 진영에서 봤을 때 노교수는 본인 편이 아니었던 셈이다. 너무나 어이가 없었다. 어떻게 이럴 수 있는가. 어째서 다들 "양극단의 정치 혐오는 민주주의를 가로막는다, 그러니 서로를 경청하고 존중해야 한다"는 말에 화가 날 수 있는가.

솔직히 말해, 그럴싸한 명분 아래 행해지는 막말은 극렬 지지자들에게 일종의 쾌감을 준다. 그래서 때로는 정치인들이 막말을 내뱉는다. 지지자들은 얼마나 좋은가, 적들의 위협에 맞서 '내' 정치인이 욕설을 뱉어주니.

최근 어떤 정치가는 영부인을 빗대 '설치는 암컷'이라 말했다. 정색할 일이었다. 하지만 극렬 지지자들은 환호까진 아닐지라도 적절한 비유라며 한바탕 웃었다. 당연히 상대 진영에서 사과를 요구했다. 그러자 이 정치가는 자신의 페이스북에 다음과 같이 적었다. "It's Democracy, stupid!(이게 민주주의야, 멍청아!)"

나는 상대방을 향한 조롱과 멸시가 일종의 민주적 다원과 자유의 증거라고 주장하는 몇몇 사람들의 의견(예를 들어 "국민이 대통령도 욕할 수 있는 나라가 진짜 민주주의지!" 같은)에 반대한다. 그건 민주주의가 절대 아니다. 상대방을 흉보고 물어뜯는 저열한 말과 행동이 어떻게 민주적 표현일 수 있겠는가. 민주와 자유를 그렇게 함부로 이용해서는 안 된다.

민주주의자들은 자기중심적인 행동과 편협된 관점을 극복하고, 공동체의 목표를 위해 반대 의견들과도 손잡는다. 그러기 위해서는 포용할 줄 알아야 하며, 확고한 신념마저도 양보할 수 있어야 한다. 이래서 민주주의를 실천하는 일은 어렵고 힘들다. 하지만 이러한 민주의 길을 함께 만들어가지 않으면 민주주의는커녕 개인들의 작고 소중한 삶마저 통제되는 독재와 전체주의의 위협에 휩쓸릴 것이다.

## 당신들의 패배가 아닙니다

왜 다들 정치만 떠올리면 예민해질까. 무언가 두렵기 때문일까. 윤석열 정부를 향한 진보 세력들의 지나친 상상을 보라. 이들은 현재, 윤석열 대통령을 온갖 비리에 연루된 것처럼 취급한다. 그리고 대한민국이 북한과 같은 독재 국가가 될까 봐서 겁을 낸다. (소위 좌파 유튜브 채널에서 패널들이 나눴던 대화들이 그 사례다.) 그래서 그를 대통령으로 뽑았던 유권자들을 덩달아 비난한다. "너도 똑같은 범죄자야!"라며 악다구니를 부린다.

보수주의자들 역시 상황은 똑같다. 그들은 한때 문재인 전 대통령을 좌파 빨갱이라며 매도했고, 그가 당장이라도 대한민국을 북한에 넘겨줄 것처럼 호들갑을 떨었다. 지금은 이재명 더불어민주당 대표가 다음 대통령이 될까 봐서 겁을 낸다. 그들이 봤을 때 이재명은 (대장동

개발 사업 특혜 논란을 포함해) 많은 불법을 저지른 범법자였고, 헌정 질서를 파괴할 공산주의자였다. 그래서 대한민국을 적들로부터 수호하려면 그를 일찍이 구속해야 했다.

(말이 지나쳤다고? 양 진영이 서로를 향해 내뱉는 막말을 한번 찾아보시길. 내 글보다 더욱 지나칠 것이다.)

이 얼마나 무책임한 두려움들인가. 정말로 상대방 때문에 대한민국이 곧 망할 것 같다고 생각하는 것일까. 만약 그렇다면 너무나 무르익지 못한 생각들이다.

(그런데 찬찬히 들여다보자. 누가 더 대한민국에 위협적인가. 일부 (극렬) 진보주의자들은 진심으로 윤석열 대통령이 불법을 저질러 독재자가 되기를 바라고 있지는 않은가. 그래야만 대통령을 탄핵해서 정권을 되찾기 때문이다. (그래서 아직도 혈안이 되어 대통령과 보수 진영을 헐뜯고 있는지도.) 그리고 그를 뽑았던 절반의 국민에게 "내가 뭐라고 했어! 너희들은 틀렸다고 했지!"라며 통쾌하게 말할 수 있다. 나라가 혼란스럽더라도 말이다.

(글을 쓰고 일 년이 지났다. 그런데 2024년 12월 3일 실제로 (저 일이!) 일어났다. 할 말이 없다.)

일부 (극렬) 보수주의자들도 진심으로 진보 정권들이 (북한이 침략해도 말 한마디 못 할 만큼) 국가안보에 취약하기를, 북한과 불법적으로 내통하기를 바란다. 이렇게 나라를 망쳐줘야 좌파들이 더 이상 이 땅에 설 수 없기 때문이다. 나라가 어렵더라도 그들로서는 전혀 손해 날 게 없는 장사다.

이쯤 되면, 진짜 위협은 누구인가. 대한민국이 실제로 위태롭기를 희망하는 저들 강성 지지자들이 아니겠는가. 절대 안 될 희망들이다. 아직 확실히 입증되지 않은 두려움 때문에 상대방을 배척하는 행동들은 민주주의를 가로막을 뿐이다.)

그럴 필요가 전혀 없는데도 강성 지지자들은 어째서 그토록 상대방을 두려워할까. 차분히 생각해 보면 얼토당토않은 상상인데 말이다. 그래서 몇 가지만 분명히 새겨두자. 마사 누스바움(M. C. Nussbaum)은 『타인에 대한 연민』에서 다음을 당부했다.

"대재앙을 맞이한 상황처럼 느껴질지라도, 두려워 말라. 세상은 그리 쉽게 끝나지 않는다."

물론 우려했던 대로, 상대방 때문에 대한민국의 발전이 잠시 주춤할 수는 있다. 하지만 그럴지라도 함께 협력하면 된다. 그리고 현재, 그렇게 협력할 때이다. 하지만 만약 이때를 놓치면, (미신적 형태의 비탄과 두려움이 위험을 과장하여) 불확실한 공포가 실제로 일어날지도 모른다. 왜냐하면 정치적 불안과 공포, 의심과 비난이 (어떤 과제가 대한민국 발전을 위한 진짜 과제인지에 관한) 종합적인 생각들을 말살하기 때문이다.

잘 생각해 보라. 중요한 현안은 따로 있다. 내수침체와 인플레이션, 고용불안과 자영업자들의 연체율, 청년층의 자살률 상승과 공공의료 대란 등 당장 해결해야 할 현안들이 산재했음에도, 정치인들은 내년 총선에서 본인들의 당선에만 혈안이 되어 상대 진영을 흠집 내고 있다. 정작 두려워할 일은 정치인들의 이러한 무신경한 행태가 아닐까.

또한 다음을 새겨두자.

"대한민국은 결코 완벽했던 적도 없었고, 앞으로 완벽해질 리도 없다."

어떤 사람들은 옛 추억을 머릿속에 그리며 그때로 돌아가길 희망한다. 달리 말해 "그때가 좋았어!"이다. 정치에서도 마찬가지다. 아직도 많은 사람들이 박정희와 노무현 전 대통령을 떠올리며 "이만한 사람이 없어!"라고 말한다.

하지만 단언컨대, 향수를 자아내는 과거보다 현재가 훨씬 살기가 좋다. 박정희와 노무현 전 대통령을 흉볼 생각은 전혀 없다. 다만, 대한민국 국민들은 지금껏 (알게 모르게) 정의롭고 포용적인 민주주의 사회를 이룩하려 애써왔다. 때로는 불화도 있었지만, 고비 때마다 협력했고 연대했다. (1997년 IMF 구제금융 요청 당시, 대한민국의 부채를 갚기 위해 국민들이 자발적으로 일으켰던 '금모으기 운동'이 기억난다.) 물론 우리는 과거에 (예를 들어 박정희 전 대통령의 경제 안정화와 노무현 전 대통령의 민주적 균형 발전에) 빚을 졌다. 그러나 그러한 부채를 미래 세대에게 갚으려 지금껏 얼마나 노력했는가. 그만큼 더 나은 대한민국이 되었다. 그런데도 그때를 떠올리며 특정 이데올로기에 빠져드는 일은 헛된 망상이다. 과거를 소환할 까닭이 전혀 없다. 옛 시절은 이미 과거지사다.

마찬가지로 "미래를 절대로 낙관하지 말라!" 왜냐하면 미래에 현혹된 사람들은 강력한 메시아주의에 빠졌을 확률이 매우 높기 때문이다. 잠시 우리네 살림살이를 보자. 현재 정말로 대한민국 경제가 어렵다.

하루이틀 일이 아니라지만, 특히 자영업자들과 하위 중상층의 경제생활이 어떤 때보다 녹록지 않다. "남들만큼만 살았으면…." 한숨이 절로 난다.

그런데 이때, 만약 당신이라면 불안과 무력감을 없애줄 누군가를 바라지 않겠는가. 사이비 종교 신도들을 떠올려보라. 그들은 불안정한 삶을 정상적인 상태로 돌려줄, 혹은 삶을 완벽히 통제해 줄 군주를 원했다. 즉 교주를 원했다. 실존적 불안과 위험이 신도들로 하여금 누군가에게 예속되기를 간절히 희망하도록 만든 것이다. 허황된 메시아주의는 이런 방식으로 생겨난다.

정치적 예속도 이와 같다. 양쪽 진영 사람들은 서로를 비방했다. (앞서 언급했듯이) 두렵기 때문이다. 불확실한 미래가 겁났기 때문이다. 그래서 어쩌면 두려움을 떨치려 이렇게 말했다.

"다, 너희들 탓이야!"

공포의 원인을 알면 어쨌든 마음이 한결 편하다.

이제 사람들은 내 편을 찾게 되고, 그러면서 자연스럽게 '내 정치인'에게 충성을 맹세한다. 그리고 다음처럼 믿게 된다.

"내 편이 정권을 잡으면 나라가 좋아질 거야. 자, 이제 모두 힘을 합쳐야 해. '내 정치인'이 꼭 대통령이 되어야 해!"

이게 바로 정치적 메시아주의다. 이처럼 정치적 메시아주의는 사회적 세계에 대하여 왜곡된 관념을 발전시킨다.

과거에도 그랬지만, 미래에도 대한민국은 완벽할 리가 없다. 어떤 국가도 그렇게 될 수 없다. 강대국인 미국마저도 그렇다. 그러니 특정

이데올로기와 특정 정치인이 권력을 잡으면 나라가 부유해질 것이라고 착각하지 말자. 이건 절대 회의주의가 아니다. 나는 단지 유토피아를 꿈꾸게 만드는 일이 메시아주의자들의 전략이라는 사실을 알리고 싶었을 뿐이다.

대한민국은 오랫동안 축적해 온 노하우(knowhow)가 있다. (전쟁과 독재와 외환위기를 어떻게 견뎌냈는가.) 그래서 국민들은 정치적 메시아주의에 기댈 필요가 없다. 노하우를 발판으로 삼아 난국을 충분히 극복할 수 있다.

이제 (두려움에 떨지 말고) 협력하자. 극단화된 진영 논리를 없애자. 함께 마음을 다잡고 힘껏 발돋움하자. 그리고 '내 정치인'이 낙선하더라도 너무 낙심하지 말기를. 그건 당신들의 패배가 아니지 않은가.

(끝으로 사견을 덧붙이며. 정치에 너무 몰입하지 말자. 대한민국은 쉽게 무너지지 않는다. 차라리 들에 곱게 핀 꽃들을 구경하자. 햇살이 밝은 아름다운 날들을 감상하자. 화사한 색의 옷을 입고 길을 거닐자. 그러면 정치적 불안과 두려움은 온데간데없이 사라질 것이다.)

## 차분히 생각할 때입니다

불안한 마음은 민주주의를 가로막는 큰 걸림돌이다. 누스바움은 말했다.

"적들을 물리칠 수 없다는 무력감이 분노, 혐오, 증오와 연결되어 폭력을 재촉한다."

공포가 지나칠수록 사람들은 (어떠한 민주적 절차나 검증도 없이) 적들을 무찔러 줄 군주를 요청한다. 왜냐하면 그가 강력한 권력을 앞세워 본인들을 지켜주리라 기대하기 때문이다. 그래서 군주는 사람들의 적개심을 대변한다.

정치인들이 말을 거칠게 내뱉는 까닭도 이 때문이다. 그들은 지지자들의 막연했던 두려움에 공감했고, 적들에게 욕설을 뱉음으로써 지지자들에게 쾌감을 줬다. 그리고 강성 지지자들은 (그와 같은 속 시원한 사이다 발언에) 화답했다. 본인들이 내뱉고 싶었던 공격적인 언어를 정치인들이 공적 지위에서 대신해 줬기 때문이다. 그렇다고 달라질 것도 없는데도 말이다.

"아, 속 시원하다!" 그냥 그뿐이다.

정치인들이 사람들의 불안한 심리를 자극했을 때 정치가 얼마나 끔찍해질 수 있는지를 살펴보자. 누스바움은 『타인에 대한 연민』에서 고대 그리스의 역사학자 투키디데스(Thukydides)가 전하는 암울한 에피소드를 들려줬다.

아테네 시민들이 회의장에 모였다. 전날 결정했던 의제를 재결정하기 위해서였다. 어제 채택했던 의제는 이랬다. 식민지 미틸리니에서 몇몇 사람들이 반란을 일으켰다. 물론 아테네 군인들은 그들을 단박에 제압했다. 하지만 응징이 남았다. 그래서 표결에 부쳐 (몇몇만이 반란을 일으켰음에도) 미틸리니 남성들 전부를 처형하고 여자와 아이 들을 노예로 만들기로 결정했던 것이다. 아예 싹을 자르려는 심사였다.

그러나 다음 날 아테네 시민들은 논의를 다시 했다. 그들은 전날의 선택이 대량 학살로 생각될 만큼 잔혹한 범죄일 수 있음을 깨달았기 때문이다. 반란군 몇몇 때문에 소(小)국가 전체를 멸망시킬 수는 없었다. 하지만 의견이 갈렸다.

맨 먼저 웅변가 클레온(Kleon)이 나섰다. 누스바움에 따르면 (성질 급한!) 포퓰리스트(populist)였던 클레온은 막연했던 대중의 불안감을 더욱 돋우며 이렇게 선동했다.

> 아테네 시민들이여! 반란자들은 아테네의 안녕을 위협했습니다. 당연히 죽어 마땅하지요. 그런데도 이대로 두면 다른 식민지들도 반란을 일으킬 것입니다. 아테네 전체에 여간 큰 골칫거리가 아닐 수 없습니다. 그러니 처음 표결대로 그들 전체를 처형합시다. 싹을 잘라야 합니다. 적이 전부 소멸될 때 우리는 안심할수 있습니다.

클레온이 연설을 끝맺자 시민들은 동요했다. 마치 당장이라도 반란군이 아테네를 공격할 것만 같았다. 적들의 위협이 공포를 일으켜 눈에 아른거렸다. 이제 생각해 볼 것도 없었다. 아테네 시민들은 클레온을 환호했다. 그리고 첫 표결대로 미틸리니 남자들을 처형하러 군함이 항구를 떠났다.

그런데 역사적으로 매우 중요했던 순간이었다. 비단 미틸리니 남성들을 몰살하기 때문만은 아니었다. 정말 급박했던 것은, 곧 있으면 아테네 시민들이 집단학살에 동참했던 악인들로 역사에 기록될 것이었기 때문이다.

물론 그들은 국가의 안녕에 관해 제대로 인식했다. 하지만 불안과 공포가 불거져 반란군에 관한 객관적인 성찰에는 실패했다. 즉 (반란군이 아테네를 위협했던 것은 사실이지만) 적들의 위협이 미틸리니라는 국가 전체를 말살할 만큼 아테네인들에게 위급했는가를 제대로 파악하지 못했다. 그리고 결정적으로, 클레온의 허황된 선동이 신중해야할 사람들의 선택을 마비시켰다. 그래서 아테네 시민들은 잘못된 두려움에 처참한 실수를 저질렀다. 말 그대로, 그들은 집단학살에 동참 중이었다.

(도널드 트럼프(D. Trump) 전 대통령은 재임 시절 이슬람 국가들을 (인류 전체를 위협하는) 악인 집단들로 규정했다. 그리고 (위대한 나라?) 미국이 이들 적에 위협받고 있다며 미합중국 국방부(US DoD)에 안보를 강조했다. 그래서 그는 (사상 검증과 무슬림 입국금지 행정명령을 포함해) 이슬람 국가들을 물리칠 모든 대책을 강구했다. (극우 지지자들의 결속을 도모하면서 말이다.)

하지만 이때, 누스바움은 다음을 지적했다.

이슬람 세계는 당시 내부적으로 전쟁 상태였다. 그래서 미국을 공격할 (과연 그럴 수나 있을지 모르겠지만) 새가 없었다. 그리고 미국은 어떠한 이슬람 국가보다도 국방력이 월등했다. 그들을 그렇게나 두려워할 필요가 없었다.

하지만 트럼프 전 대통령은 '그쪽'에서 온 이민자와 난민 들을 향한 미국인들의 염려를 부추겼다. 그리고 본인 정책을 더욱 굳건히 실행했다. 물론 그 곁에서 극우 지지자들이 적개심을 불태웠다. (재임 시절에서 현재까지 벌어졌던 일련의 사태들을 한번 찾아보시길. 예를 들어 2021년에 있었던 미국 의사당 난입사건이 있다.) 2024년, 재선에 도전 중인 이때도 그는 생각을 바꿀 마음이 없어 보인다. (2024년 11월 현재, 트럼프는 결국 미국의 제47대 대통령에 당선되었다.)

이제 미국인들도 매우 중요한 때를 맞았다. 자칫하면 민주주의의 나라였던 미국이 혐오에 휩싸인 나라로 역사에 기록될 수 있기 때문이다.)

다시 아테네 회의장으로 돌아가자. 시민들은 (적개심을 활활 불태우며) 클레온에 열광했다. 잘 알겠지만, 광기가 커질수록 진실을 제대로 파악하기가 어렵다. 그리고 이런 상황에서는 누구도 사태를 객관적으로 말할 수 없다. 왜냐하면 적으로 찍힐 공산이 크기 때문이다. 그래서 어쩔 수 없이 그들 생각에 동조할 수밖에 없다.

그런데 회의가 끝날 무렵 철학자 디오도투스(Diodotus)가 시민들을 진정시켰다. 그리고 그들의 선택이 잘못되었다고 지적하며 다음과 같이 말했다.

아테네 시민 여러분! 잠시 두려움을 잊고 화를 삼켜 주십시오. 아직 두려워할 때도 화를 낼 때도 아닙니다. 차분히 생각할 때입니다. 우리는 지금 어떤 결정에 환호하고 있습니까. 몇 명의 반란자 때문에 도시 전체를 말살하려 합니다. 현재 반란군이 아테네를 위협하고 있지 않는데도 작은 두려움을 크게 부풀려 미틸리니 남성들을 모두 처형하고 여성과 아이들을 괴롭히려 합니다. 물론 아테네의 안녕이 무엇보다 중요하지요. 하지만 아직 임박한 위험은 없습니다. 오히려 전면적인 공격은 식민지 전체를 불안에 떨게 할 것이며 그들의 충성심을 약화시킬 것입니다. 그리고 자칫 아테네의 많은 동맹국들을 적으로 돌릴 수 있습니다. 막연한 두려움 때문에 오류를 저질러선 안 됩니다.

디오도투스는 막연했던 공포를 조금씩 걷었다. 그리고 세련된 태도로 떨지 않고 진실을 전달했다. 시민들은 잠시 생각에 잠겼다. 연설이 끝날 때쯤, 사람들은 결국 결정을 번복했다.

사람들은 벌써 떠난 군함을 붙들기 위해 연락선을 급히 보냈다. 다행스럽게도 군함은 폭풍우가 몰아쳐 아직 멀리 가지는 못했다. 곧이어 연락선이 닿았고 시민들의 결정을 전달했다. 수천 명의 생명을 막 살린 결정적인 순간이었다. 만약 디오도투스가 적합한 때에 알맞은 방법으로 토론에 개입하지 않았다면 아테네 시민들은 역사에 오명을 남겼으리라.

많은 문제들을 협력하여 해결하고 불합리한 상황과 충돌을 합리적인 토론들로 논의한다면 민주주의는 한 걸음 성큼 다가올 것이다. 일단 그러려면, 우리는 항상 귀를 활짝 열어야 한다. 거짓말 틈에서 진실을 끝까지 보려 노력해야 한다. 하지만 어떤 사람들은 확실하지 않은 정보로 사람들을 현혹한다. 민주주의에 독을 퍼뜨리는 셈이다.

지금까지 선거가 임박할수록 이러한 악질 행동들이 더욱 기승했다. 하지만 아예 귀를 닫아서는 안 된다. 이럴 때일수록 함께 토론해야 한다. 두려움이 엄습할수록 냉철하게 성찰해야 한다. 물론 항상 옳은 결정을 내릴 수는 없다. 하지만 적어도, 지금은 싸울 때가 아니다. 차분히 생각할 때이다.

리처드 파인만

『파인만 씨,
농담도 잘하시네!』

## 파인만 씨는 유쾌하기도 하지

파이만 씨는 항상 유쾌하다. 그래서 아무리 짓궂은 장난도 그가 했을 때는 즐겁다. 물론 당하는 입장에선 썩 유쾌할 수만은 없겠지만. 그래도 파인만 씨가 경쾌한 걸음으로 콧노래를 흥얼거릴 때면 사람들은 궁금하다. "오늘은 또 어떤 장난을 친 걸까." 개구쟁이가 따로 없다. (파인만 씨의 사진을 찾아보시길. 웃는 얼굴에 장난기가 가득하다.) 그는 이렇게 말한다. "이봐, 장난에도 품격이 있어. 난 그 품격을 갖췄지." 사람들은 이런 파인만 씨가 얄밉지 않다.

그가 했던 몇 가지 장난을 떠올려 보자. 학창 시절 파인만 씨는 엠아이티(MIT) 클럽(fraternity) 문짝을 뜯어 기름 탱크 뒤에 감췄다. 순전히 장난으로 말이다. 당연하게도 클럽 회원들은 난리가 났다. '도대체 어떤 인간이 문짝을 뜯을 생각을 했을까.' 그들은 서로를 지목하며 자백을 강요했다. 아마도 파인만 씨는 이 상황을 즐겼을 것이다. 장난에도 품격이 있다고 했던가. 그래서 파인만 씨는 거짓말을 하지 않기로 마음먹었다. 그리고 학우들에게 정확히 두 번 진실을 말했다.

"파인만! 너야?"

"응, 그래. 내 손 좀 봐. 문짝을 옮기다 긁혔어."

"나 정말 심각해. 장난하지 마. 도대체 누군 거야!"

장난꾸러기는 절대 거짓말을 하지 않는 법이다. 어쨌든 상황은 생각보다 더욱 심각해졌고, 클럽 회원들이 문제를 해결하기 위해 회의실에 모두 모였다. 그리고 클럽 회장이 나섰다. "지금부터 클럽의 명예를 걸고 한 사람씩 얼굴을 마주 보고 묻겠습니다. 그러니 문짝을 훔친 범인은 이제라도 거짓 없이 진실을 밝혀주십시오." 클럽 회장이 말했다. 그는 돌아가며 한 사람씩 물었다. 이제 파인만 씨 차례다.

"파인만, 네가 문짝을 훔쳐 갔니?"

"예, 제가 가져갔다니깐요."

"농담하지 마, 파인만. 이건 매우 심각한 일이야!"

파인만 씨는 또 한 번 진실을 고하고도 범인이 될 수 없었다. 이렇게 끝까지 갔고, 충격적이게도 범인을 찾을 수 없었다. 클럽의 명예를 무시한 진짜 나쁜 쥐새끼가 있었던 것이다. 물론 파인만 씨는 클럽의 명예를 걸고 진실만을 말했다. 그 뒤 파인만 씨는 문짝을 훔쳐 갔다고 말했고 사람들은 그가 거짓말쟁이라며 비난했다. 하지만 파인만 씨는 웃을 수밖에 없었다.

"내가 가져갔다고 몇 번을 말해!"

이렇게 파인만 씨는 원치 않았지만 한층 업그레이드된 장난꾸러기가 되었다. 거짓말을 하지 않았어도 어쩔 수 없이 거짓말쟁이가 될 수밖에 없는 얄궂은 성격이랄까.

이런 일도 있었다. 파인만 씨는 어렸을 때부터 손재주가 남달랐다. 꼬마 파인만은 라디오를 즐겨 들었는데, 그러다 생각했다. '라디오 속은 어떨까. 어떻게 소리를 내는 거지? 왠지 멋질 것 같은데.' 이때부터 꼬마 파인만은 라디오를 뜯었다. 해체하고 조립하고. 그가 열두 살 때였다. 열두 살이라니. 파인만 씨는 이렇게 말했다. "한번 의문이 나면 그대로 덮어 둘 수가 없었어." (참고로 나는 덮어서는 안 될 것까지 덮어 두는 타입이다.) 이렇다 보니 꼬마 파인만은 웬만한 라디오는 금세 고칠 수 있었다. 그래서 사람들은 라디오가 고장 날 때마다 파인만을 불렀다.

한번은 굉장한 일이 있었다. 평소 알고 지냈던 인쇄업자가 라디오가 고장 나 꼬마 파인만에게 수리를 부탁했다. 그는 가난한 사람이었고 비싼 수리비가 부담이었다. 그래서 동네에 소문난 라디오 왕에게 수리를 요청한 것이다. 꼬마 파인만은 그의 집으로 가 라디오를 틀었다. 라디오를 틀자 엄청난 굉음이 났다. 이제 꼬마 파인만은 생각한다. '도대체 이런 일은 어떨 때 생길까?' 한참을 왔다 갔다 했다. 인쇄업자는 "뭐 하는 거니? 라디오를 고쳐 달랬더니 이리저리 걷기만 하잖아!" 라고 불평했다. 그러자 꼬마 파인만은 소리를 질렀다.

"생각하고 있잖아요!"

한참을 생각한 끝에 꼬마는 "오케이, 됐어!"라며 진공관을 빼서 돌려 꼈다. 예열이 끝나니 라디오는 아무런 잡음 없이 작동했다. 인쇄업자는 입이 떡 벌어졌다. 그러고는 만나는 사람마다 붙들고 말했다.

"아니, 세상에 그 꼬마는 생각만으로 라디오를 고치더라니까!"

이렇게 꼬마 파인만은 원치 않게 생각만으로 라디오를 고치는 마법사가 되었다.

만일 당신이 파인만 씨를 만났을 때 "혹시 뭐 하시는 분이시죠?"라고 물으면 그는 아마도 이렇게 대답할 것이다.

"나 말이오? 리처드 파인만입니다. 춤추기를 좋아하고 나이트클럽에서 여자를 유혹하는 법을 좀 알죠. 아참, 금고 문을 딸 줄 압니다. 그리고 봉고를 곧잘 치고 화가였던 적도 있었어요. 지금은 노벨 물리학상을 당근 마켓에서 팔 방법을 찾고 있죠. 뭐… 그렇습니다."

그러면 당신은 놀라며 "노벨상요? 혹시 유명한 물리학자신가요?"라고 물을 것이다. 그러면 그는 말한다.

"남들이 그렇게 부르긴 합니다. 하지만 전 물리학을 즐길 뿐이에요. 일종의 취미죠. 이론은 너무 시시해요. 정확하거든요. 전 그저 인생을 즐기고 있어요. 어떤 일이 일어날지 알 수 없거든요. 그래서 전 인생을 모험합니다. 아까 내가 뭐 하는 사람인지 물으셨죠. 한마디로 전 모험가입니다."

파인만 씨의 능청스러운 말에 당신은 웃으며 말할 것이다. "파인만 씨, 농담도 잘하시네요!"

잘 알려진 대로, 그는 이론물리학자다. 그리고 1965년에 노벨 물리학상을 수상했고 (이때도 파인만 씨의 장난은 멈출 줄 몰랐다. 학생들이 주관했던 노벨상 수상자를 위한 행사에서 그는 완벽한 개구리 울음소리를 내며 껑충껑충 뛰어다녔다. 자세한 내용은 파인만 씨가 쓴 『파인만 씨, 농담도 잘하시네!』를 참조하시길), 맨해튼 프로젝트 (Manhattan Project)에도 참여했다. (참고로 크리스토퍼 놀란 감독의 2023년 작품 〈오펜하이머〉를 보면 그가 잠깐 등장한다. 물론 배우가 연기한 파인만 씨이지만) 그렇지만 파인만 씨와 아무리 친해졌더라 도 당신은 그에게서 물리학을 절대 배울 수는 없을 것이다. 오히려 인 생사를 즐기는 방법을 배울지 모르겠다. 왜냐하면 파인만 씨는 그러려 고 물리학을 공부했기 때문이다. 파인만 씨가 볼 때 과학과 삶은 꽤나 닮았다. 둘 다 도전과 같은 진짜 활동 없이는 어떤 일도 일어나지 않는 다. 그러니 다른 사람들의 화려한 업적에 감탄할 때가 아니다. 그들의 발자취를 따르되 자신만의 무언가를 더할 때다.

## 파인만 씨와의 대화

어쨌든 파인만 씨는 당신에게 인생의 즐거움을 가르쳐 줄 것이다. 그러니 그와 끊임없이 대화하길 바란다. 물론 책을 통해서이겠지만. 다음은 파인만 씨와 나눴던 대화 일부를 적어 본 것이다. 엉뚱한 상상 이지만, 그 속에서도 파인만 씨는 유쾌했다.

날 좋은 휴일 오후 산책길을 걷다 파인만 씨를 만났다. 경쾌한 발걸 음을 보니 또 궁금하다. "오늘은 어떤 장난을 치신 걸까." 나는 파인만 씨를 반갑게 맞이했고 차 한잔을 청했다. 우리는 가까운 단골 카페로가 커피와 조각 케이크를 시켜놓고 이런저런 재밌는 얘기를 나눴다. 한참을 그렇게 얘기하다 파인만 씨는 내게 엉뚱한 질문을 했다.

파인만: 용훈 씨! 아직도 철학을 공부해? 그 어려운 걸 뭐가 재미있다고 하는지 몰라.

나: 교수님, 물리학에 비하면 철학은 애들 장난이죠. 도통 무슨 소린지….

파인만: 어허! 물리학이 뭐가 어려워. 어렵게 공부하니까 어렵지.

나: 그래도 너무 어려워요. 외워야 할 것도 많고….

파인만: 그걸 왜 외우고 있어! 어리석게. (잠깐 생각 끝에) 저기, 자전거를 타고 지나가는 아이가 보이지? (나는 "네"라고 대답했다.) 저 자전거를 움직이는 힘이 뭐야?

나: 당연히 페달을 밟는 아이의 다리죠.

파인만: 오케이. 책에 세 가지 그림이 나왔다고 생각해 봐. 첫 번째는 방금 봤던 자전거를 탄 아이, 두 번째는 자동차, 세 번째는 태엽이 달린 장난감이야. 이제, 다시 물어볼게. 무엇이 이것들을 움직여? (나는 이번에는 대답하지 못했다. 분명 아이의 다리는 아닐 테니.) 몰라? 아까는 아이의 다리라며. 이번에도 액셀을 밟는 다리, 태엽을 감는 손이라고 하면 되지? 물론 이렇게 답하면 분명 학교 선생님께 혼날 거야. "이 녀석 장난칠래!" 하고 말이야.

그럼, 책을 보자고. 아마도 책에는 정답을 에너지(energy)라고 했을 거야. 맞는 말이야. 자동차를 움직이는 것도 에너지고, 태엽이 달린 장난감도 에너지 때문에 움직여. 태엽을 감는 데 힘이 들잖아. "모든 것은 에너지로 활동한다." 책을 읽으면 누구나 알게 돼. 자네는 이제 이 사실을 알게 되었으니, 물리학 시험에서 적어도 한 문제는 맞힌 셈이야. 학교 시험에는 온통 이런 문제들로 채워졌어. 어렵지 않지? 물론 "이건 역학을 설명하려는 거야!"라고 해도 정답.

나: 음… 교수님이 어떤 의도에서 이런 말씀을 하셨는지 잘 모르겠어요.

파인만: 내 말이 그 말이야! 다들 물리학을 이렇게 배우니 어렵지. 에너지든 역학이든 실제 정체가 무엇인지를 밝혀야 할 것 아니야. 다들 잘 알지도 못하면서 아는 척하고 있어. 물리학을 개념들로만 알면 골치가 아파요. 예를 들어 내가 철학과 관련된 개념들을 달달 외워서 시험을 쳤다고 가정해 봐. 아마도 철학 교수들은 내 답안지를 채점하면서 "그래도 물리학과 출신치고는 꽤 답을 잘 썼는걸." 하고 말할 거야. 하지만 실제로 나는 철학 개념들이 도통 무슨 말인지 잘 몰라. 점수만 잘 받으면 뭘 하겠어. 정확히 익히지도 않고 쓴 답인데.

잘 들어봐. 지금 자전거 페달을 밟고 있는 사람은 누구야? (나는 "아이죠."라고 말했다.) 맞아, 그러면 아이는 페달을 밟기 위해 힘을 내야겠지? 차를 운전하는 사람과 태엽을 감는 사람도 마찬가지야. 그런데 먹지 않고는 힘을 낼 수 없어. 이제 밥을 먹어야 하는데 우리가 섭취하는 음식들은 대부분 빛이 없으면 자라지 않아. 당연하게도 태양이 있어야겠지. 자, 이렇게 볼 때 자전거를 움직이는 '에너지'란 것이 뭘까? 바로 태양이야! 태양이 반짝반짝 빛나기 때문에 모든 것이 활동할 수 있어. 바로 이때 "모든 운동은 태양의 변환 과정에서 생긴다"는 명제가 성립해. 이 전체 과정을 제대로 이해하지 않고 그저 에너지가 어떻고 역학이 어떻고 하니까 물리학이 어려운 거야.

나: 맞네요…. 교수님은 철학이 어렵다고 했는데 이런 뜻에서 하신 말씀인가요?

파인만: 어려워…. 개념들은 정직한데 눈에 정확히 드러나지 않아. 그저 머릿속에서 추상으로만 맴도는 것 같아. 그것을 가지고 자기들끼리 이해한 척 담론을 펼치고 있는 것을 볼 때면, 참 신기해.

나: (뾰로통한 얼굴로) 철학자들을 너무 무시하시는 것 아닌가요?

파인만: 하하하, 그렇지 않아. 나는 과학자잖아. 그래서 철학 개념들이 눈앞에 선명하게 보였으면 하는 거야. 몇 주 전에 뉴욕에서 열린 토론회에 갔었어. 주제가… '평등과 윤리'였을 거야. 토론자들이 저마다 뭐라고 말하더라고. 그런데 도대체 다들 무슨 말들을 하는지. 그래서 내가 손을 번쩍 들었어. "개념들을 좀 더 명확하게 설명해 주시겠어요?" 그때 청중들이 피식 웃더군. 나를 비웃었던 거지. 속으로 '그냥 얌전히 있을걸.' 했어. 그런데 어쩌면 저 사람들이 잘못된 것일 수도 있겠다 싶었어. 그래서 다시 한번 손을 번쩍 들었지. "그래도 잘 모르겠습니다. 좀 더 쉽게 말씀해 주시겠어요?" 그러자 토론자들은 또 이러쿵저러쿵 말을 늘어놓았어. 너무 현학적이야. 온통 추상뿐이었어. 개념들이 우리 삶에 어떤 모습들로 나타나는지를 자세히 말해주지 않으면 사람들은 몰라. 철학자든 과학자든 말이야. 이게 핵심이야! 나는 내가 생각하는 '평등과 윤리'를 이야기했어. 그랬더니 그렇게 쉽게 말해

서는 안 된다는 거야. 세상에! 개념을 함부로 쓰지 말랬어. 구체적이고 쉽게 말할 수 없으면서도 아는 척 잰 척하길래 나는 대화하기를 포기했어.

나중에 어떤 남자가 내게 말을 걸어오더라고. 이름을 밝히면서 "선생님은 교수가 아니지요?" 하는 거야. 그래서 "저는 물리학 교수입니다."라고 했지. 그랬더니 "아! 이제야 이해하겠네요. 저는 이번 토론회 속기사입니다. 모든 발언을 기록했죠. 그런데 다른 사람들이 말할 때는 타자를 치면서도 무슨 말인가 알쏭달쏭했죠. 하지만 교수님이 말씀하실 때는 내용을 정확히 알겠더라고요. 그래서 저는 교수님이 교수가 아닐 거라고 생각했습니다." 하하하 우습지?

나: 교수님 말씀을 듣고 나니, 이제부터라도 쉽고 명확하게 철학을 밝혀야 하겠어요.

파인만: 웅? 무슨 소리야. 철학 공부를 때려치우라고 한 말인데.

나: (또 한 번 뾰로통한 얼굴로) 너무해요!

파인만: 하하하, 농담이야. 그래도 이건 생각해 봐. 나도 자네처럼 열심히 공부했어. 물리학을 말이야. 그래서 많은 진실을 알게 되었지. 하지만 물리학을 공부할수록 (물리학이 알려 줄 수 없는) 다른 진실들을 알고 싶었어. 예를 들어 기분 좋게 산책하는 방법이나 이성을 유혹하는 방법, 혹은 정중하게 부탁을 거절하는 방법 등. 이런 진실들은 학문과는 아예 다른 차원의 진실들이야. 그래서 책에서 벗어나 진짜 삶을 겪어야 해. 나는 춤을 배웠고 악기를 다뤘어. 매번 새로운 진실과 마주했던 거야. 도전했던 거지. 그러면 세상이 책에서 배웠던 것과 다

르다는 사실을 알게 돼. 그걸 알아가는 일도 너무 즐거워.

　　나: 저도 교수님과 이렇게 대화하는 게 즐거워요. 뭔가 배워가는 느낌이랄까?

　　파인만: 크크큭, 그럼 철학을 때려치워! Just kidding!

　　파인만 교수가 쓴 『파인만 씨, 농담도 잘하시네!』를 읽으며 이렇게 즐거운 상상을 해봤다.

다자이 오사무

『인간 실격』

## 유년 시절

여기에 세 장의 빛바랜 사진들이 있다. 차례차례 들여다보자. 첫 번째 사진이다. 열 살 남짓한 어린아이가 굵은 줄무늬 예복을 입고 정원 연못가에 자세를 잡고 섰다. 환하게 웃는다. 그런데 어딘가 음흉하다. 아이는 매우 잘생겼다. 모습도 꽤 쾌활하다. 하지만 얼굴을 자세히 뜯어볼수록 기이하다. 그 표정이 너무 불쾌해 나는 벌레를 털어내듯 사진을 내던진다.

'이상하다. 어째서….'

그래서 나는 사진을 주워 들어, 다시 한참을 들여다본다. 그런데 바로 그때 깨달았다.

"앗! 필사적으로 웃고 있다!"

분명하다. 분위기를 망쳐선 안 된다는 듯 사람들 곁에서 억지로 얼굴 근육을 움직인다. 그래서 겉으로는 해맑게 웃는 듯하나 무서워 떨고 있다. 자세히 보면 한쪽 눈썹을 얇게 찡그리며 눈빛이 초점을 잃었다. 입술이 바들바들 떨리는 듯도 하다. 마치… 인간들을 흉내 내는 원숭이와 같다. 어쩌면 원숭이가 인간의 얼굴 형태를 한 가면을 썼는지도. "도저히 웃을 수 없습니다. 하지만 분위기를 망칠 수 없어 당신네 가면을 써봤습니다."라고 하는 듯하다. 그래서 조금 전에 나는 불쾌했던 것이다.

"원숭이 주제에 감히 인간을 흉내 내다니…."

이제 어쨌든 사뭇 궁금하다.

'어린아이가 어째서 저런 표정을 지었을까?'

사진 곁에는 글이 빼곡히 적힌 공책 한 권이 있었다. 표지에는 '요조의 생(生)'이라고 적혀 있다. 아마도 요조는 사진 속 어린아이일 테다. 나는 글을 끝까지 다 읽는다. 글쓴이는 분명 (성인이 된) 요조였다. 그는 공책에 어렸을 때부터 현재까지 (어쩌면 죽기 직전까지) 인생 전체를 기록했다. 나는 이야기의 끝에 도달하고 나서야, 어린 요조의 표정을 이해할 것만 같다. 그럼, 왜 그랬는지 지금 당장 확인해 보자.

요조는 태어날 때부터 염세주의자였다. 냉혹한 운명이었다. 아직 어렸지만, 요조는 세상이 지옥 같으며, 인생은 별 볼 일 없고, 인간들은 예외 없이 서로를 증오한다는 사실을 즉각 알아챘다. 이러니 아이는 하루하루가 불안했다.

하지만 인간들은 태연히 잘 살았다. 아무렇지도 않은 듯이 그랬다. 요조는 이러한 인간들을 도무지 이해할 수 없었다. "아니, 전혀 괴롭지 않습니까!"라며 따져 묻고 싶었다. 생각할수록 인간들이 신기했다. 요조는 그런 심정을 공책에 다음과 같이 적어 놓았다.

"나는 인간의 삶이라는 것을 도무지 알 수가 없습니다(『인간 실격』: 13)."

"오히려 서로가 서로를 속이면서도 맑고 밝고 명랑하게 살아가는, 혹은 살아갈 자신이 있는 것 같은 인간이 내게는 난해하기만 합니다(『인간 실격』: 28)."

하지만 어쩌겠는가. 그들과 함께 살 수밖에. 그래서 어린 요조는 인간 세상에 한번 적응해 보기로 결심했다.

"그래, 광대 짓을 하자! 저들처럼 웃자!"

이때부터 요조는 인간들처럼 행동했다. 그리고 그들에게 구애를 펼쳤다. 천진난만하게 웃고 떠들었다. 정중한 태도로 사람들과 교류했고 그들에게 호감을 샀다. 여기저기서 그를 찾았다.

아무리 배가 불러도 집안 어른들에게 "배고파요."라며 귀엽게 칭얼거렸다. 그럴 때면 어른들은 마음이 애틋해져 요조를 챙겼다. 그럴 법도 했다. 요조는 매우 귀엽고 잘생겼기 때문이다.

다른 광대 짓도 있다. 여름이 될 때면 요조는 얇은 옷 안에 겨울 털 스웨터를 입고 일부러 마을을 돌아다녔다. 그리고 마을 사람들에게 해맑게 인사했다. 사람들은 그가 어여뻐 견딜 수 없었다. 물론 그들이 시야에서 사라지면 요조는 태도를 돌변했다.

하지만 이럴수록 요조는 미쳐버릴 만큼 괴로웠다. 심한 구역질을 느꼈다. 점점 인간들의 틀에 갇혔기 때문이다. 극심한 스트레스였다. 항상 남들의 눈치를 살피는 일이 (하물며 어린아이에게) 어디 쉬웠겠는가.

한번은 이런 일이 있었다. 도쿄로 출장을 가게 된 아버지가 요조를 방으로 불렀다. 그리고 다정하게 물었다. "무얼 좀 사다 줄까?" 요조는 어떻게 말해야 할지 망설였다. 아버지를 만족시킬 만한 그럴듯한 선물을 말해야 했기 때문이다. 하지만 잘 떠오르질 않았다. 그래서 어물어물 있으니 아버지가 대신 말했다.

"사자탈은 어떠니? 사자탈 갖고 싶지?"

요조가 좋다며 손뼉을 치려는 그때 큰형이 가로막았다. "책이 좋을 거예요." 그러자 아버지는 시들해져 자리를 떴다.

그 순간 두려움이 온몸에서 느껴졌다.

'분명 불쾌하셨을 거야. 바보, 큰형보다 빨리 대답했어야 했는데… 아버지는 틀림없이 내게 복수할 거야.'

아버지와 나누었던 대화가 밤새 어지럽게 머릿속을 맴돌았다. 끔찍한 밤이었다. 인간 세상에서 쫓겨날지도 모른다는 불안감이 밀려왔다.

그날 새벽. 어린 요조는 서재에 몰래 침입해 아버지의 수첩에 삐뚤삐뚤한 글씨체로 이렇게 적어놓았다.

'사자탈. 꼭.'

며칠 뒤 아버지가 돌아왔다. 그리고 기분 좋은 얼굴로 사자탈을 내밀었다.

"녀석, 이게 그렇게 갖고 싶었어?"

아버지는 요조를 힘껏 끌어안았다. 이 얼마나 다행스러운 일인가. 위기를 넘겼다. 사실 요조는 선물이 뭐래도 상관없었다. 하지만 광대답게 사자탈을 하고 덩실덩실 춤췄다. 참으로 비참했다.

(요조의 본성에 관해) 몇 가지 사실을 짚고 넘어가자. 요조는 인간들이 싫었다. (정확히 말해 인간들이 무서웠다.) 하지만 그렇다고 그들을 멀리하지 않았다. 오히려 집착했다. 더욱 세심히 신경 썼다. 어째서? 심성이 착했기 때문이다. (어쩌면 나약했는지도. 선함과 나약함은 한 끗 차이다.) 어쨌든 요조는 그들에 들러붙어, 살아보려 노력했다. 그래서 원숭이 삶도 택했던 것이다. 괴로워도 잘 참았다. 인간을 경멸하거나 미워할 수는 더더욱 없었다. 그러기에는 마음이 너무 여렸다. 훗날 지인들은 그를 이렇게 떠올렸다.

"아빠(요조)는 술이 좋아서 마시는 게 아냐. 너무 착한 사람이라서…(『인간 실격』: 106)."

"우리가 알고 있는 요조는 아주 순수하고 센스도 있고, 술만 마시지 않았다면, 아니, 마셨어도… 하느님같이 착한 아이였어(『인간 실격』: 152)."

(하지만 이런 인간들이 진짜 최악이다. 될 대로 되라는 식으로 본인을 자해하기 때문이다. 요조도 그걸 알았다. 그래서 평생 자신을 괴롭혔다.)

또 다른 사실 하나 더. 요조는 세상에서 배제될까 봐서 늘 겁을 냈다. 요조는 직감했다. 본인이 벌레만도 못하다는 사실을 말이다. 이 생각은 단 한순간도 머리에서 떠나지 않았다. 그래서 요조는 항상 인위적인 태도로 정체를 감췄다.

"저는 벌레가 아니라 인간입니다."라고.

그런데 한번은 정체가 탄로 났다. 요조가 중학생 때였다. 그날 체조 수업, 아이들은 철봉 연습이 한창이었다. 요조는 또 한 번 원숭이로 탈바꿈해 인간들에게 재롱을 떨었다. 일부러 모래밭에 털썩 엉덩방아를 찧은 것이다. 반 친구들은 깔깔대며 웃었다. 요조도 매우 흡족했다. 하지만 수업이 끝나고 (평소 데면데면했던) 다케이치가 등 뒤로 다가와 넌지시 속삭였다.

"너, 일부러 그랬지?"

순간 요조는 두려움에 사로잡혔다. 그토록 감춰왔던 인간 세상을 향한 처절한 몸부림이 들켰기 때문이다. 요조는 다시 한번 생각했다.

'녀석은 내가 벌레만도 못하다는 사실을 알게 된 거야….'

요조는 상황을 얼버무리며 얼른 화제를 바꿨다.

이날부터 요조는 다케이치 곁을 맴돌았다. 그리고 온갖 정성을 가득 쏟았다. 불안했기 때문이다. 그가 남들에게 진실을 낱낱이 밝힐 것만 같아서였다. 이때만큼 끔찍했던 적도 없었다. 하물며 다케이치를 연모하기까지 했다.

(다자이 오사무는 소설(단편 「추억」)에서 학창 시절 실제로 한 남학생과 교제했던 사실을 전했다.

"나는 같은 반의 피부가 거뭇하고 조그만 학생과 은밀하게 사랑을 나누었다. 학교를 마치고 집으로 돌아갈 때면 언제나 둘이서 나란히 걸었다. 서로의 새끼손가락이 스치기만 해도 우리는 얼굴을 붉혔다 (「추억」: 40)."

소설의 일부인 만큼 실제로 있었던 일인지는 정확히 알 수 없다. 다만, 다자이가 본인 인생을 제 나름대로의 방식으로 적었다고 하니 그렇게 믿을 수밖에. 어쨌든 그런 일화가 실제로 있었던 듯하다. 이걸 감안했을 때, 소설 『인간 실격』에서 중학생 요조가 다케이치를 무릎에 눕혀놓고 정성껏 귀를 닦는 장면은 어떤 묘한 성적 에너지를 내뿜는다.)

나는 한 번 더 사진을 들여다본다. 어린 요조의 속사정을 알게 된 지금, 앳된 얼굴에서 절망과 체념 그리고 처절한 공허를 정확히 본다.


## 자살


(1930년 다자이 오사무가 스물한 살 때 그는 긴자 뒷골목에 있는 바에서 다나베 아쓰미를 만났다. 그녀는 작은 스탠드바의 술집 접대부였다. 그리고 사흘 뒤 다자이는 그녀를 부추겨 가마쿠라 바다에 함께 투신했다. 당시 연인이었던 오야마 하쓰요에 대한 갈망과 질투 때문이었다.

"너(오야마 하쓰요)는 나의 괴로움을 알아주지 않았기 때문에 이런 보복(어떤 여성과의 동반 자살)을 당하는 것이다. 쌤통이다. 나는 모든 육친과 헤어지게 된 일이 가장 괴로웠다. H(오야마 하쓰요)와의 일로 어머니와 형과 숙모를 질리게 만들어버렸다는 자각이 내 투신의 가장 직접적인 원인 중 하나였다.

여자는 죽고 나는 살았다(『도쿄 팔경』: 73)."

그는 곧장 자살방조죄로 유치장에 수감되었고, 취조 끝에 기소유예로 풀려났다. 그리고 몇 번의 자살 시도 끝에 다자이 오사무는 1948년 6월 13일 마지막 연인이었던 야마자키 도미에와 함께 도시에와 급류에 몸을 던져 동반 자살했다. 그때 그는 서른여덟 살이었다.

다자이 오사무는 말년에 자주 들렀던 술집의 주인 부부에게 유서를 보냈다. 유서에는 특별할 것 없는 말들이 적혀 있었다. 내용은 다음과 같다.

"오랜 세월 여러 가지로 친근하고 친절하게 대해 주셨습니다. 잊지 않겠습니다. 아저씨께도 신세를 졌습니다. 당신들 부부는 장사와 상관 없이 저희에게 잘해 주셨습니다. 돈에 관해서는 이시이에게.")

나는 이제 두 번째 사진을 들여다본다. 청년 요조는 등나무에 걸터 앉아 내게 조용히 미소를 보낸다. 모습이 세련되기 이를 데 없다. 앳된 표정과 곱상한 얼굴 윤곽이 도드라졌다. 무서울 만큼 아름답다. 하지만 여전히 그 무언가 때문에 나는 불편하다. 아름답지만 생명 없는 조화 같다. (자세히 보니 여전히 근심 가득한 눈빛에 표정은 어딘가 공허하다.) 물론 세월이 흐름에 따라 원숭이 티를 벗고 인간 형태가 자연스럽게 배어들었다. 그래도 역시 내가 이해할 수 없는 무언가가 있다. 나는 이때 화양연화(花樣年華)를 떠올린다. 꽃처럼 환히 빛나는 시절. 그러나 요조의 화양연화는 조금 다르다. 요조의 화양연화는 마치 약물 중독자가 폐인이 되기 직전, 느낄 법한 오르가슴(orgasme)이다. 그래서 매우 아름답지만 위험하다.

나는 요조의 글을 다시 탐독한다. 청년 요조는 사람들과 약간 거리를 두며 살았다. 이때만큼은 생이 평온했다. 그런데 미술학도 호리키 마사오와 교제하면서부터 다시 피폐해졌다. 요조는 호리키에게 많은 것을 배웠다. 특히 술과 담배, 매춘부와 전당포, 향락과 유흥을. 인생을 파멸로 몰아넣고 말 쾌락들이었다. 결국 불량 친구를 사귀었던 것이다. 요조도 그 사실을 잘 알았다.

하지만 요조는 그를 멀리하지 않았다. 호리키가 요조를 함부로 대해도 웃고 넘겼다. 오히려 그가 필요했다. 왜냐하면 그와 함께 했던 술과 담배, 매춘부와 전당포, 향락과 유흥은 요조를 인간 세상에 대한 환멸에서 잠시나마 도망칠 수 있게 도와줬기 때문이다.

> "술, 담배, 매춘부, 이건 모두 인간에 대한 공포를 잠시나마 달랠 수 있는 좋은 수단이라는 것을 나도 차츰 알게 되었습니다(『인간 실격』: 51)."

이때쯤 요조는 술집 접대부 쓰네코를 만났다. 두 살 연상이었던 쓰네코는 (요조에 따르면) "주위에 온통 차가운 늦가을 바람과 낙엽만 휘날리듯이 고독했던" 여자였다. 그런 면이 본인과 닮아서였을까. 요조는 곧장 쓰네코와 동거했다. 정확히 말해 쓰네코에게 얹혀살았다.

그 시절 요조는 매일매일 집 밖을 할 일 없이 떠돌다 새벽녘에 비틀비틀 술에 취해 집으로 돌아왔다. 매춘부들 품속에서 잠들었다가 갈 곳을 잃으면 쓰네코와 잤다. 돈이 떨어지면 쓰네코가 일하는 술집에 들러 술을 얻어 마셨다. 한마디로 꼴사나운 인생이었다.

(여담으로 요조는 쓰네코가 좋았다. 청승맞아서였다. 이런 일이 있었다. 추운 겨울 요조는 호리키와 간다의 노점에서 술을 마셨다. 지갑에 돈이 떨어지자 요조는 그와 함께 쓰네코를 찾아갔다. 그때 호리키는 추태를 부리며 이렇게 떠들었다.

"알았지? 키스할 거야. 내 옆에 앉은 여급(술집 접대부)에게 키스할 거라고. 알겠어?"

"마음대로 해." 요조가 말했다.

공교롭게도 쓰네코가 호리키 옆에 턱 하니 앉았다. 요조는 모른 척했다.

'이제 곧 쓰네코가 억지 입맞춤을 당하겠구나.'

하지만 호리키는 쓰네코에게 입맞춤하지 않았다.

"아무리 그래도 이렇게 청승맞아서야… 이런 여자하고는… (안 되겠어)."

쓰네코는 호리키 같은 호색한한테도 입맞춤을 못 받는 여자였다.)

어느 날 쓰네코가 말했다.

"같이 죽어요…."

"그래…." 요조는 쉽게 동의했다.

두 사람은 아사쿠사 롯쿠의 번화가를 헤매다 우유를 마셨다. 요조는 동전 세 닢뿐이었다. 돈이 부족했다. 그래서 쓰네코가 값을 치렀다. 죽기로 결심했지만 요조는 비참했다. 그리고 그날 밤 요조와 쓰네코는 가마쿠라 앞바다에 뛰어들었다.

"그 여자는 죽었습니다. 그리고 나 혼자 살아남았습니다(『인간실격』: 74)."

요조는 죽음 직전 저도 모르게 헤엄을 쳤던 것이다. '나약한 존재….' 요조는 중얼거렸다. 그날 이후로 요조는 (자책에 빠져) 매일 밤새 술에 취해 비틀댔다.

(일명 '정사 사건(다나베 아쓰미(소설 속 쓰네코)와의 동반 자살)'이 있고 5년째 되던 1935년 3월 중순, 다자이는 혼자서 가마쿠라로 갔다. 여전히 우울 증세가 심했다. 그는 가마쿠라의 어떤 산자락에서 목매달기로 작정했다. (다자이에 따르면 헤엄칠 줄 알았기 때문에 바다에 투신할 수 없었다.) 그리고 실패했다.

다자이는 열아홉 살 때 약을 다량 삼켰지만 죽지 않았다. 이때부터 죽음에 집착했다. 하지만 목숨을 끊는 것은 매번 힘들었다. 실제로 다자이는 매우 여렸다. 그래서 죽음 직전 항상 겁을 냈다. 하지만 밑바닥 생을 사는 것이 더욱 괴로웠다. 1948년 6월, 끝내 성공한다.)


## 중독

(1935년 3월 중순 다자이 오사무는 또 한 번 죽기로 했다. 그리고 가마쿠라 산자락에서 목을 매달았다. 하지만 죽지 않았다. 그저 목덜

미가 빨갛게 짓무른 채 집으로 돌아갔다.

그런데 다자이에 따르면 집에 돌아와 보니 "낯설고 신기한 세계"가 펼쳐져 있었다. 당시 아내였던 오야마 하쓰요가 그를 다정히 맞아 주었다. 그녀는 다자이의 등줄기를 살살 문질렀다. 큰형을 포함해서 다른 사람들도 거기에 있었다. 다들 다행이라며 다자이를 위로했다.

"인생의 다정함에 나는 멍해지고 말았다(『도쿄 팔경』: 84)."

어쩌면 이때 다자이는 태어나 처음으로 살아보고 싶었을지도 모른다.

하지만 어처구니없게도 삶은 다자이를 내버려두지 않았다. 며칠 뒤 그는 격렬한 복통에 정신을 잃고 아사가야의 외과병원으로 옮겨졌다. 맹장염이었다. 아픔이 극심했을 터였다. 그래서 외과병원 의사는 다자이의 환부를 가라앉히기 위해 아침저녁으로 마비제를 사용했다.

그리고 다자이는 마비제에 중독되었다.

"나는 그 약품에 의지하지 않으면 잠을 잘 수 없게 되었다. 나는 불면의 고통에는 극도로 나약했다. 나는 매일 밤 의사에게 부탁했다(『도쿄 팔경』: 85)."

첫 번째 수술 후에도 다자이는 목에서 핏덩이가 계속 나왔다. 그래서 전염병 환자로 세타가야 구 교도의 내과병원으로 옮겨졌다. 그곳에서도 다자이는 내과병원 원장을 졸라 마비제를 부탁했다. 약품 없인 삶에 대한 불안과 외로움을 견딜 수 없었다. 퇴원 후에도 여기저기 약품을 구걸했다. 참담한 중독환자가 되었다. 그리고 돈이 궁해졌다. 이때 그는 전에 써뒀던 작품을 남김없이 팔아치웠다.

그해 가을 다자이는 반미치광이 모습으로 도쿄 거리에 나타났다.

돈을 빌리기 위해서였다. 본인 작품을 담당했던 잡지사를 찾아가 행패를 부렸고 눈물로 호소했다. 작품을 써야 했지만 약물로 인해 재능이 고갈된 상태였다. 외상값은 더욱 늘어갔다. 그래서 더욱 돈이 필요했다. 그래도 이때 다자이는 죽지 않았다. 그는 빚을 깨끗이 갚기 전까지는 죽지 않겠다고 다짐했기 때문이다.

"【…】소설을 쓰기는커녕 나는 주위의 황량함을 견디지 못하고 그저 술만 마셨다. 내가 글러먹은 사내라는 사실을 절실히 깨달았다(『도쿄 팔경』: 89)."

"이 부근이 벌써 밑바닥이구나 싶었다. 큰형님이 매달 보내주는 돈에 의지하여 버러지처럼 말없이 살았다.

하지만 그것은 아직 밑바닥이 아니었다(『도쿄 팔경』: 89).")

나는 끝으로 세 번째 사진을 들여다본다. 나이를 정확히 가늠할 수 없지만, 요조는 백발을 한 중년이다. 그런데 청년 시절 보았던 아름다움은 온데간데없다. 흔적조차 없다. 이가 듬성듬성 빠졌다. 주름이 자글자글하다. 복장도 너무 허름하다. 딱 가난뱅이 모습이다. 그는 화로 곁에 앉아 두 손을 쬐고 있다. 멍한 얼굴이다. 어떤 특징도 없다. 그래도 곧 죽을 자살자의 얼굴은 아니다. 사실 그럴만한 의지도 힘도 없어 보인다.

요조는 글 처음에 이렇게 적어 놓았다.

"부끄러운 일이 많은 생애를 보내왔습니다(『인간 실격』: 13)."

얼마나 부끄럽게 살았길래 저렇게 적었을까. 글을 또 읽어보자.

요조는 또 다른 여인 시즈코를 만났다. 그리고 그녀에게 빌붙어 살았다. 시즈코에게는 다섯 살 난 딸아이가 있었다. 이름은 시케코였다. 아이는 요조를 아빠라며 잘 따랐다. 모녀는 그를 다정하게 대했다.

하지만 요조는 삶을 견딜 수 없었다. 행복할수록 불편한 감정이 몰려왔다. 왜였을까. 요조는 인생에 관해 이렇게 결론지었다.

'인생은… 아름답지 않아.'

오히려 끔찍할 따름이었다. 그래서 "행복은 없어… 모든 것이 아슬아슬해." 하며 행복을 만날 때마다 애써 외면했던 것은 아닐까. 어쩌면 아슬아슬한 삶을 즐겼을지도. 어쨌든, 그래서 그는 모녀 곁을 떠났다. 그리고 이번에는 교바시 근처 스탠드바 마담에게 빌붙어 살았다.

요조는 대낮부터 술을 마셨다. 술에 취했을 때만 자신을 망각할 수 있었기 때문이다. (훗날 아내가 될) 요시코와 손가락까지 걸며 술을 끊기로 맹세했지만 소용없었다. 그는 인생을 조금씩 갉아먹었다.

(언젠가 시즈코는 요조가 "너무 착해서" 삶을 술로 지탱한다고 말했다. 하지만 정확히 말해 요조는 나약했다. 삶을 통제할 수 없으니, 고주망태가 되어 삶이 없는 것처럼 굴었다.

아내(요시코)가 겁탈당했을 때 요조는 어떻게 행동했는가. (겁탈 행위를) 멀뚱멀뚱 쳐다만 봤다. 그리고 술을 마시러 갔다.

"나는 이제 더 이상 뭐가 뭔지 알 수가 없어서 오로지 술로만 치달았습니다(『인간 실격』: 131).")

요조는 매일 밤늦게까지 술을 마셨다. 그 때문에 아름답던 얼굴이 일그러졌고, 이가 듬성듬성 빠졌다. 폐인이 따로 없었다. 글에는 다음과 같이 자신을 기록했다.

"*두꺼비*. 그게 바로 나야. 세상이 허락하고 말 것도 없어. 매장되고 말 것도 없어. 나는 개보다 못하고 고양이보다 못한 동물이야. 두꺼비. 꾸물꾸물 꿈지럭거릴 뿐이야."

(겁탈 사건 이후) 요조는 (또 한 번!) 죽기로 결심했다. 다량의 수면제를 입에 털어 넣고 그대로 잠들었다. 이번에도 실패했다. 그때 문득 이런 생각이 들었다.

'그래, 죽지 못하면 술을 끊자!'

요조는 활기를 되찾았다. 갑자기 삶의 기적 같은 광채를 느꼈다. 그래서 무작정 동네 약국을 찾아 약사 아주머니께 빌었다. 눈물을 흘렸다.

"아주머니, 술을 끊고 싶어요….."

약사 아주머니는 요조가 안쓰러웠다. 그래서 약품(모르핀 주사액)을 처방해 줬다. 그리고… 요조는 약품에 중독되었다. 때때로 아주머니와 잤다. 약품을 얻기 위해서였다.

"죽고 싶다. 아예 죽어버리고 싶다. 이제는 어떻게도 내 인생을 돌이킬 수 없다. 어떤 짓을 해봐도, 무슨 짓을 해봐도 나는 점점 더 나빠질 뿐이다. 부끄럽고 또 부끄러운 짓을 쌓아갈 뿐이다(『인간 실격』: 141)."

*지옥*.

지인들이 요조를 찾아와 달랬다. 그리고 그를 설득하여 폐결핵 요양소에 입원시켰다. 요조는 순순히 따랐다. 젊은 의사를 따라 병동에 들어갔고, 문이 철컥 잠겼다. 그리고 갇혔다. 그곳은 폐결핵 요양소가 아니라 정신병원이었다. 그때 요조는 '이제 정말 인간이 아니게 되었구나.' 하고 생각했다.

**인간 실격.**

석 달 뒤, 큰형님이 요조를 데리러 왔다. 아버지는 지난달 말에 이미 위궤양으로 돌아가셨다. 물론 슬퍼할 힘이 없었다. 요조는 고향 땅 근처 도호쿠 지방의 허름한 초가집으로 옮겨졌다. 그리고 집사 할멈과 함께 평범하게 살았다. 글에는 아래와 같이 적혀 있었다.

"지금 내게는 행복도 불행도 없다. 모든 것은 그저 지나갈 뿐이다."

요조는 흰머리가 늘었다. 그리고 주름도 늘었다. 활력을 완전히 잃었다. 그래서 사람들은 그를 중장년쯤으로 여겼다. 그러나 요조는 그해 스물일곱이었다.

(한번은 한 학생이 날 찾아와 이렇게 말했다. "저는 너무 참혹해서 『인간 실격』을 끝내 다 읽지 못했습니다. 책을 읽다가 괜히 마음만 우울해졌어요. 다자이 오사무는 도대체 이런 소설을 왜 썼을까요? 사람들을 괴롭히려고 썼을까요?" 그때 나는 "그러게, 왜 썼을까."라며 얼버무렸다. 글을 정리하며 다시 생각해 봤다. '정말 다자이 오사무는 『인간 실격』을 왜 썼을까?'

한참을 생각한 끝에 내 답은 이랬다.

'어쩌면 누군가 글을 읽고 구원받길 바랐을지도.'

다자이는 "나 같은 생(生)도 있는데, 뭐가 그리 괴롭습니까."라며 되묻고 있지는 않을까. 그리고 이렇게 말하는 듯하다.

"당신은 아직 절망할 자격이 없습니다. 그러니 살아가세요.")

무라카미 하루키

『언더그라운드』

## 일본 지하철 사린사건

1995년 3월 20일 월요일. 아직 초봄이라 아침부터 바람이 차가웠다. 그래서 사람들은 코트를 여미었다. 출근 때였기 때문에 도쿄의 지요다 선 역에는 사람들로 붐볐다. 곧 전차가 도착했고 사람들은 전차에 탔다.

늘 그렇듯 전차는 사람들로 가득 찼다. 여느 때와 다름없었다. 그런데 어떤 남자가 정체불명의 검은 비닐봉지를 (그라인더로 뾰족하게 간) 우산 끝으로 찔러 터트렸다. 그러자 비닐봉지에서 묘한 액체가 흘러나왔다. 얼마 뒤 전차 안은 아수라장이 되었다.

지요다 선 역뿐 아니라 다른 곳에서도 일제히 이런 일이 일어났다. 총 다섯 곳으로, 그들은 사람들로 붐비는 전철과 출근 때를 택했다. 액체는 사린(sarin)이라는 독극물이었다. 독성이 청산가리의 500배나 되었고, 소량만으로 주변을 오염시킬 수 있었다. 그만큼 치명적인 독성 신경가스였다. 그런 액체가 방금 전철에서 살포된 것이다.

당시 전철에 있었던 사린사건 피해자 이즈미 기요타는 갑자기 '직격탄을 맞은' 것같이 숨이 딱 멈춰버렸다고 했다. 그녀의 말을 들어보자.

"그리고 방금 말했듯이 깊이 숨을 들이쉬는데 갑자기 고통스러워졌습니다. 아니, 고통스럽다는 말은 적합하지 않네요. 정말로 직격탄을 맞은 것같이 갑자기 숨이 딱 멈춰버리더군요. 더 숨을 쉬었다간 내장이 전부 입 밖으로 튀어나와 버릴 것 같은 그런 강렬한 느낌이었어요. 마치 진공 상태에 빠진 것 같았어요(『언더그라운드』: 37)."

당시 현장에 있던 많은 사람이 피해를 입었다. 기록을 살펴보면, 지요다 선을 포함하여 총 다섯 곳에서 무차별적으로 테러가 자행되었고, (사건 발생 전후 기준으로) 사망자 13명과 부상자 6,300명을 발생시켰다. 정신적 피해까지 고려하면 더 많은 피해자가 있었던 악랄한 테러였다.

출근길 평범한 일본 시민들을 대상으로 했던 범죄였기에 일본 사회는 더 큰 충격에 휩싸였다. 감히 상상이나 했겠는가. 하지만 대량 살상 범죄가 실제로 일어났다.

나중에 밝혀진 사실이지만, 당시 신흥종교 단체였던 옴진리교의 교주 아사하라 쇼코가 하야시 이쿠오 및 다섯 남자 교원들에게 도쿄 지하철 사린 살포를 지시했다. 일설에는 아사하라의 여러 만행을 무마하려 그가 직접 교원 가운데 강경파 행동대원 몇몇을 뽑아 도쿄 지하철 이곳저곳에 사린 살포를 명령했다. 훗날 재판 때 행동대원 다섯은 죄과를 모두 교주 아사하라 쇼코에게 돌렸지만, 범행 당시에는 '어쩔 수 없었다'는 식으로 명령을 순순히 따랐다.

어쩔 수 없었다니! 한번 생각해 보자. 제2차 세계대전 당시, 나치 독일이 화학 무기로 사용했던 사린가스를 평범한 평일 아침, 특히 사람들로 붐비는 전철 내에 살포하라는 명령이 '어쩔 수 없었다'는 식으로 받아들일 만큼 가벼운가. 마치 "오늘은 늦잠을 자버렸네, 어쩔 수 없지, 지각할 수밖에"처럼, 용의자들은 "교주님이 명령했으니 어쩔 수 없지, 사람들을 해칠 수밖에"라고 생각했다. 도쿄 지하철 사린사건은 이러한 편리한 사고방식에서 출발했던 것이다.

일 년 뒤, 소설가 무라카미 하루키는 사건을 직접 겪었던 일반 피해자들과 (테러 실행범들을 포함하여) 옴진리교 교원들을 집요하게 취재했다. 그리고 그들 기억을 바탕으로 아래 물음에 답을 찾고자 했다.

"왜 이런 일이 일어났던 것일까?"

이후 하루키는 두 권의 책을 출판했다. 『언더그라운드』와 『언더그라운드 2: 약속된 장소에서』였다.

## 왜 그랬을까

가노 히로유키는 대학 재학 중 건강이 악화되었다. 그래서 요양 삼아 옴진리교가 주재한 요가원에 등록했다. 그리고 얼마 뒤 교주 아사하라 쇼코의 권유로 완전히 출가했다. 가노에 따르면 교단생활 육 년은 "구름 한 점 없는 멋진 날들"이었다.

가노는 출가 전까지 습관적으로 자기 생각에 몰두한 채 몽상에 잠겼다. 그런데 생각이 엉뚱하다 못해 파괴적이었다. 예를 들어 어린 가노는 가위를 보며 생각했다.

'가위는 언젠가 망가질 것이다. 인간도 마찬가지다. 즉 파멸. 파멸은 우주의 법칙이다. 따라서 되도록 빨리 자살할 필요가 있다.' 곱씹을수록 섬뜩한 논리다.

어렸을 때부터 이랬으니 그는 마음껏 생각을 나눌 친구가 없었다. 아무도 상대해 주지 않았다. 어른들도 화만 낼 뿐 가노의 형이상학적 고민을 제대로 설명해 주지 않았다. 이때부터 그는 영적 체험이나 종교와 관련된 책들에 심취했다. 말하자면 독아론적 고독함 속에 침잠했다.

그러다 마침 옴진리교를 만났다. 가노는 당시를 떠올리며 이렇게 말했다.

"오늘날 세상에는 쓸데없는 고통이 너무 많아요. 사실 모두 욕망 탓입니다. 사람들은 통제할 수 없는 욕망에 시달리고 있죠. 옴진리교는 그런 심적 압박감을 낮춰줍니다. 그리고 각자의 역량을 높여주죠."

가노에 따르면 아사하라는 첫눈에 그가 불안정한 상태임을 알아봤다.

**"자네는 현세와 너무 안 맞아!"** 아사하라의 말이었다.

그 순간 가노는 아사하라를 전적으로 신뢰하게 되었다. 왜냐하면 누구도 몰라줬던 마음을 교주께서 알아줬기 때문이다.

교단생활은 그리 힘들지 않았다. 교원 누구도 그를 외면하지 않았고 가노의 엉뚱한 질문에도 성의 있게 답해 줬다. 특히 교단은 교원들에게 책임을 묻지 않았다. 가끔씩 실수하면 간부들이 혼낼 때가 있었지만, 교원들은 전혀 흔들리지 않았다. 오히려 실수로 인해 "내 때가 그만큼 씻겨나갔군." 하며 보람을 느꼈다. 말하자면 실수와 잘못도 수양이었던 셈이다.

(이처럼 책임감 없는 삶 자체가 옴진리교의 종교적 분위기였기 때문에) 가노는 사린사건의 주범으로 아사하라가 체포되었을 때도 전혀 놀라지 않았다.

"그 사건은… 피할 수 없는 일이었을 뿐입니다. 그래서 화낼 필요가 없어요. 옴진리교 신도들에게 화는 수준 낮은 행동입니다. … 옴진리교가 그 일을 왜 했느냐는 중요치 않습니다. 일어날 일입니다. 그보다 (사건 뒤에도) 자신이 계속해서 수행할 것이냐가 중요하죠."

가노의 말을 정리하면, 옴진리교는 교원들에게 책임감을 덜어줌으로써 정신적 고통을 없애줬다. 그리고 교단의 명령은 수행의 일부였다. 그저 따르면 그만이었다. 그래서 (사람을 죽일지언정!) 결과에 괴로워할 필요가 전혀 없었다.

가노에 관한 이야기를 좀 더 해보자. 그는 어렸을 적 어른들에 대한 불신이 강했다. 그럴 수밖에 없었다. 엉뚱한 질문들로 어른들을 귀찮게 했을 테니, 어떤 어른이 그를 좋아했겠는가. 오히려 무시하고 따돌렸을 테다. 그러니 그도 어른들을 탓하며 세상에 등을 돌렸다.

그런데 이런 생각을 하게 된다. 만일 어른들이 어린 가노를 따뜻하게 달랬다면 어땠을까. 그리고 그 생각들이 아직 무르익지 않았음을 찬찬히 설명했다면. 혼내기보다 격려했다면 말이다. 만일 그랬다면 그는 옴진리교로 출가하지 않았을 것이다. (가노 입장에선 아사하라 어른만이 관심을 줬다. 사실 그렇지도 않지만.)

사이비 종교는 불안정한 삶에 잘 침입한다. 과연 아사하라는 가노에게만 "자네는 현세와 잘 안 맞아!"라고 말했을까.

그렇지 않았을 것이다. 아마도 만나는 모든 사람에게 말했다. 그런데 그 많은 사람 가운데 안타깝게도 삶이 위태로웠던 가노가 걸려들었다. 진짜 어른은 저런 식으로 함부로 말하지 않는다.

이번에는 하야시 이쿠오의 사례를 살펴보자. 그는 지하철 지요다선 역 사린 살포 실행범이다. 그날 하야시는 떨리는 마음으로 전차를 탔다. 그런데 곧장 당황했다. 왜냐하면 본인 맞은편에 앳된 얼굴의 여성과 어린아이가 있었기 때문이다. 하야시는 속으로 생각했다.

'만일 지금 사린 액체를 뿌리면 저 여자와 아이가 틀림없이 목숨을 잃을 텐데…. 도중에 내렸으면 좋겠다.'

그렇다고 행동을 멈출 생각은 없었다.

'여기까지 와서 멈출 수는 없어. 이 또한 수행이야. 나약한 맘이 들어서는 안 돼.'

이 대목에서는 정말 이해할 수 없다. 어린아이를 봤는데도 어째서 행동을 멈출 수 없었는가.

하야시는 결국 사린 액체를 살포했다. 액체가 바닥을 흥건히 적셨다. 전철 안 승객들은 숨이 턱 막혔다. 과연 아이는 무사했을까. 어쨌든 사린 액체를 처리했던 역무원 두 명이 순직했다. 그리고 승객 231명이 고통을 겪었다.

하루키에 따르면 하야시는 일본 내 엘리트 계층에 속했다. 명문 게이오 대학 부속중고등학교를 졸업, 동 대학 의학부로 진학하여 심장혈관 외과 전문의가 되었다. 그 후 이바라키현 도카이무라 국립 요양소 병원 순환기과 책임의사로 근무했다. 모두가 부러워할 전문 직업인이었다.

하지만 이렇게 경력을 쌓던 중 옴진리교를 만났고 가족과 함께 출가했다. 물론 병원 관계자들은 그를 필사적으로 말렸다. 하지만 당시, 하야시는 의사 직업에 미련이 없었다. 언제부터인가 직업 자체에 회의가 들었고, 그때 마침 옴진리교에 흠뻑 빠졌다. 추측건대 아사하라는 하야시에게 이렇게 말하지 않았을까.

"자네는 현세와 너무 안 맞아! 옴진리교가 답을 줄 걸세."

일반 사람들은 이런 말에 쉽게 흔들리지 않는다. 오히려 아사하라 같은 부류를 경계한다. 당연하지 않겠는가. 인생은 그리 녹록지 않다. 진실이다. 그래도 사람들은 어쨌든 살아보려 애쓴다. 물론 직업에 회의를 품은 사람들에게 이렇게 말해 줄 수는 있다.

"당신은 이 직업과 맞지 않는 것 같아요. 다른 일을 찾아보는 건 어때요."

하지만 어느 누구도 "자네는 현세와 맞지 않아."라고 말하지는 않는다. 얼마나 추상적인 말인가. 그러나 하야시는 그 말에 홀렸다. 그만큼 삶이 위태로웠기 때문이다. 자신을 잃지 않으려 견딜수록 불안이 엄습했고, 실존적 책임 앞에 무력했다. 이럴 때 하야시 같은 사람들은 기댈 무언가를 찾는다. 정확히 말해 (아무런 생각 없이) 꼭두각시가 되고 싶었다. 그는 옴진리교 안에서 그렇게 살기를 바랐다.

하야시도 교단생활이 편했다고 했다. 앞서 말했듯, 옴진리교는 교원들에게 책임을 묻지 않았다. 그래서 그는 어떤 결정도 스스로 내릴 필요가 없었다. 교단과 관련된 선택은 전부 간부들 몫이었다. 교원들은 명령에 따라 자기 몫을 해낼 뿐이다. 얼마나 편리한 삶인가.

하야시는 다음을 몰랐다. 즉 "책임감은 고통이 아니다. 오히려 인생에 반드시 필요한 덕목이다." 일반적으로 사람들은 가족과 삶, 직업 등에 책임감을 갖고 열심히 살아간다. 때로는 그러한 책임감이 무겁게 느껴질 때도 있다. 하지만 이 '힘듦'이 매번 옳은 결정을 내리게 나를 돕는다. 의식을 더욱 뚜렷하게 한다.

『언더그라운드』에 소개된 사이토 도오루와 야나기사와 노부오 같은 의사들을 보라. 그들은 절체절명의 의료 현장에서 사린중독 피해자들을 돌봤다. 숙고할 잠깐의 여유도 없었다. 많은 피해자들이 병원으로 순식간에 밀려왔기 때문이다. 그래도 재빨리 상황을 판단했고 수습했다. 물론 결코 명쾌할 수는 없었다. 이런 다급한 상황에서 옳게 결정하는 일이 어디 쉬웠겠는가. 그래도 그들은 도망치지 않았다. 본인이 어떤 사람인지를 잃지 않았다. 그래서 꼭두각시처럼 멍하니 방관하지 않고 의사로서 상황을 책임졌다.

이와 달리 하야시 같은 사린 살포 실행범들은 상황을 책임지고, 적절한 행동과 적절치 못한 행동을 범주화하고, 타인과 더불어 삶의 공동체를 받아들이고, 연결하는 과정을 왜곡했다. 그리고 소중한 자아를 아사하라에게 양도함으로써 그의 꼭두각시를 자처했다. 그래서 아사하라는 하야시를 대신하여 그의 삶을 결정했다.

*그들은 도대체 왜 그랬던 것일까?*

이제는 말할 수 있다. 옴진리교 교원들은 자신이 어떤 사람인지를 스스로 증명할 수 없었던 것이다. 존재 자체가 텅 비었기 때문이다. (채울 생각도 없었다.) 그래서 살인 명령에도 아무런 현실감 없이 받아들였다.

'나는 무엇도 아니니까….'라고 생각하며 말이다.

## 인생 이야기

아침 출근길, 당신은 회사로 향했다. 만약 바삐 움직이지 않으면 지각할 것만 같다. '지각 좀 하면 어때'라고 생각할 수 있겠지만, 당신은 승진 관련 특별 평가 대상이라 그럴 수 없다. 오히려 다른 동료들보다 더 일찍 회사에 도착해야 했다.

그런데 도로 맞은편 철도역 출구에 사람들이 쓰러져 있었다. 당신은 잠시 걸음을 멈춘 채 그쪽을 쳐다본다. 지옥과 같은 풍경이 펼쳐져 있다. 많은 이들이 고통을 호소하며 널브러져 있고, 역무원들은 당황하여 우왕좌왕했다. 곧이어 사방에서 (구급차와 경찰차 등의) 사이렌이 울렸고, 사람들은 일제히 "살려주세요!"라고 외쳤다. 정말로 긴급 사태였다. 하지만 당신은 방금 지하철에서 어떤 일이 일어났었는지를 상상조차 할 수 없다. 그래서 '무슨 일이지?' 할 뿐이다.

(머릿속 상상이지만) 이제 당신에게 묻겠다.

"이제부터 당신은 어떻게 행동할 생각입니까?"

이즈미 기요카는 사린사건 현장에 있었던 피해자였다. 사린 발포 직후, 그녀는 역사를 황급히 빠져나왔다. 그리고 주변을 살폈다. 앞서 표현했듯이, 지옥과 같은 풍경이었다. 그때 몇몇 이들이 입에 거품을 물고 쓰러졌다. 본인 역시 몸 상태가 불편했으나 역무원 한 명과 함께 사람들을 돌봤다. 그러다 문득 도로 건너편을 봤는데 순간 기분이 이상했다고 한다.

"이쪽은 지옥이나 마찬가지였어요. 그런데 건너편은 너무나 평온했어요. 그저 제 느낌일 수 있겠지만 말이죠. 말하자면 그쪽은 평소처럼 직장에 출근하는 사람들의 세계였어요."

그녀에 따르면 건너편 행인들은 놀란 표정으로 '도대체 무슨 일이야!'라며 '이쪽'을 쳐다봤다. 하지만 그렇다고 걸음을 멈추지는 않았다. 물론 이쪽으로 건너오려는 사람들도 없었다. 도움이 너무나 절실했는데도 말이다.

"전혀 다른 세계였던 셈이죠. 자신들과 무관하다는 분위기였어요. 건너편 건물 수위 아저씨가 우리를 쳐다봤던 걸로 기억해요. 사람들이 맨바닥에 누워 구급차를 기다리고 있었어요. 그런데 아저씨는 아무런 조치도 취하지 않았어요. 적어도 건물 안으로 들어가 긴급 전화라도 했어야 하지 않았을까요."

'그쪽' 사람들은 어째서 걸음을 멈추지 않았을까? '이쪽'으로 달려오지 않았던 걸까? 단지 위험해 보여서였을까. 그렇다면 이즈미의 말처럼, 근처 공중전화기로 달려가 어딘가로든 사태를 알렸어야 하지 않았을까. 하지만 그러지 않았다. 왜?

출근 때문이었다. 당시 행인 대부분은 직장인이었다. 그리고 직장인에게 무엇보다 중요한 일은 늦지 않게 회사에 도착하는 일이다. 지각은 절대 안 된다. 물론 사람 생명보다 중요한 일은 없다. 그들도 이를 몰랐을 리 없다. (우리는 학교에서 충분히 배웠다. 토를 달지 말자.) 하지만 결국, 출근 때문에 걸음을 멈출 수 없었다. 만약 당신이라면 어땠겠는가. 뭔가 달랐을까.

그들을 다그치고 싶은 생각은 전혀 없다. 다만, 그렇게 행동했던 까닭을 들여다보자는 말이다. 내 생각을 말해 볼까 한다.

위에서 지적했듯이, 행인들은 '자아(자기 정체성)'를 회사에 맡겼다. 그래서 사건 당시, 회사 시스템이 작동하여 그들의 행동을 대신 결정한 것이다.

"너와 상관없는 일이잖아. 얼른 출근해야지. 이러다 늦겠어."

적어도 이때만은, 그들의 정체성은 직장인이었던 셈이다. 이처럼 회사라는 타율적인 시스템이 작동했기 때문에, 개인의 자율적인 결정 프로세스가 제대로 작동하지 않았다.

물론 책(『언더그라운드』)에도 나왔지만, 몇몇 사람들은 걸음을 멈추고 '이쪽'으로 건너와 사린 중독 환자들을 도왔다. 어떤 트럭 운전사는 몇 번에 걸쳐 환자들을 병원으로 이송했다. 선한 마음씨 탓일 수 있겠지만, 그는 애초에 직장이라는 타율적 시스템보다 본인 삶의 결정 프로세스가 더 강했다. 그래서 어떤 상황에서든지 자율적으로 판단할 수 있었다.

옴진리교 이야기로 돌아가자. 일본 언론들의 보도와 달리 옴진리교 교원들은 반미치광이들이 아니었다. 보통 사람들이었다. 고위직 관료, 의사, 교수와 같은 전문직 종사자들도 있었다. 남들이 볼 때 굉장히 부러워할 만한 직업들이다. 하지만 이들은 사이비 종교에 빠져 터무니없는 일을 벌였다.

**도대체 왜?**

삶을 남에게 넘겨주는 일만큼 편리한 일은 없기 때문이다. 옴진리교로 출가했던 사람들은 본인 인생을 던져버렸고, 재산을 몽땅 교단에 헌납했으며, 가족까지 외면했다. 언뜻 봤을 때는 이해가 잘 되지 않을 행동들이지만, 그들 입장에서는 인생을 자율적으로 설계해야 하는 과제에서 절실히 탈출하고 싶었던 것이다. 그래서 자아를 아사하라에게 넘겨줬다. 즉 옴진리교라는 종교 시스템에 삶을 맡겼다. 이제 교원들은 아사하라가 설계한 그 시스템에 본인들의 삶을 연동함으로써 지독했던 삶의 자율성을 회피할 수 있다. "알아서 해주세요."라고 외치며 말이다.

그래서 아사하라는 그렇게 해줬다. 그리고 교원들은 매우 만족했다. 명령 자체가 훌륭했기 때문이 아니다. 삶과 관련한 모든 결정을 대신 내려줬기 때문이다. 너무나 고마운 아사하라였다. 말하자면 서로 마음이 통했다. 이런 일련의 합심 속에 교원들은 테러 명령을 순순히 받아들였다.

그런데 납득할지 모르겠지만, 옴진리교 신도들과 앞서 언급했던 행인들이 어딘가 닮지 않았는가. (어쩌면 행인들은 우리일지도.)

사람들은 회사나 학교와 같은 사회 조직망 안에 서로 얽혀 있다. 그런데 이 속에서 삶을 자율적으로 설계하기가 매우 까다롭다. 하물며 꿈(인생 목표)을 꿔도 사회 조직망은 온갖 핑계를 들어 우리가 꿈꿀 수 없도록 만든다.

"네까짓 게, 어딜 감히 그런 꿈을 꿔? 취업 준비나 열심히 해!"

이러니 자율적인 결정 프로세스가 작동되기 어렵다. 세상은 꿈을 좀처럼 허락하지 않는다.

그래도 내 삶의 이야기를 스스로 만들어야 한다. 직접 체험했던 내용들로 '자아'를 채워야 한다. 이것이 개인이 느낄 실존적 고독을 치유할 유일한 방법이다.

하지만 말처럼 쉽지 않다.

"이럴 때는 어떻게 해야 하지?"

"뭘 선택하란 말이야!"

이처럼 결정이 힘들수록 남들이 이미 가꿔놓은 삶에 혹할 수밖에 없다.

하지만 그래서, 인생을 통째로 남들에게 넘겨주면 어떤 일들이 벌어지겠는가. 이때부터 정체성은 없어지고, 사람들은 타자 시스템에 맞춰 살게 될 것이다. 쉽게 말해 말 잘 듣는 성실한 일꾼이 되는 셈이다. (물론 그 대가로 삶의 온갖 책무들로부터 벗어날 수는 있겠지만.)

어떻게 생각하는가. (텅 빈 형태로 살았던) 옴진리교 신자들과 우리가 닮지는 않았는가. 물론 "살다 보면 저 사람들처럼 살인자가 될 수 있어!"라고 말하려는 게 아니다. 다만 저들과 정말 다르다면, 적어도 다음 질문에 꼭 답할 수 있어야 한다.

"당신은 대체 어떤 인생의 이야기를 만들고 싶습니까?"

(『언더그라운드』를 읽고 특별히 흥미롭게 여겼던 점은 지하철 사린사건을 평면적으로 정립하려 했던 일본 사회의 상황 인식이었다. 하루키에 따르면 일본 정부와 언론이 이번 참사를 다뤘던 방식은 아주 심플했다. 즉 이들은 아사하라 쇼코와 옴진리교 교원들을 광적인 미신종교집단, 미치광이, 절대적 악으로 규정했다. 그래서 지하철 사린사건을 마치 재수 없게 일어난 기형적 재난 범죄쯤으로 정리했다. 그래선지 대중도 "어쩔 수 없지."라는 투로 사건을 받아들였다. 말하자면 "살다 보니 이런 일도 일어났네."였다.

이렇게 간단히 정리해 버려서는 안 된다. 정말 중요한 진실은 이런 평면적 인식 너머에 있기 때문이다. 그러나 언론은 아사하라 쇼코와 옴진리교 교원들과 실행범들을 괴물들로 보았다. 그래서 마치 괴생명체를 해부하듯 이들에 관해 낱낱이 파헤쳤다. 당연하게도 자극적인 정보들이 아무런 필터링 없이 쏟아졌다. 언론은 거의 폭주 상태였다. "적어도 얘네들한테는 그래도 돼."라는 식이었다.

백번 양보해 그럴 수 있다고 하자. 하지만 사린사건 때 취재기자들이 보였던 행태는 마구잡이였다. 당시 호흡이 곤란했던 어떤 여자 어린이가 바닥에 쓰러졌다. 곧 구급차가 도착했고 구급대원 한 명이 황급히 아이에게 산소마스크를 씌웠다. 그리고 들것을 가지러 잠시 자리를 비웠다. 바로 그때였다. 매스컴 관계자들이 달려와 벌벌 떨며 울고 있던 여자애를 빙 둘러쌌다. 이 아이는 그날 하루 종일 텔레비전에 등장했다고 한다. 언론은 아이한테도 몹시 모질었다.

물론 언론도 수익을 내야 한다. 그래서 대중이 즉각적으로 반응할 수 있도록 흥미로운 이미지들을 만들 수밖에 없다. 생각해 보라, 신문 일 면에 (자극적인 헤드라인과 함께) 벌벌 떨며 울고 있는 여자아이와 환한 얼굴의 아사하라를 대조해서 실었다. 만약 그랬다면, 대중은 즉각 반응했을 것이다.

"저, 때려죽일 놈!" 그리고 신문은 날개 돋친 듯 팔렸을 것이다.

하지만 어떤 사태에 관한 것이든 언론은 뻔한 결론을 내려서는 안 된다. 당시 언론들은 하나같이 이렇게 보도했다.

"일본 지하철 사린사건은 광적인 종교집단의 극악무도한 테러 행위다."

그렇다면 답은 뻔하다.

"아사하라와 실행범들을 사형하자! 옴진리교 교원들을 일본에서 추방하자!"

이러한 충격적인 사건에서 얻을 교훈이 고작 "사형하자!"여서는 되겠는가. 자극적인 정보들만 캐내려는 취재 형태로는 진실을 정확히 밝힐 수 없다. 사건의 근본적인 원인을 찾지 않는 한, 이러한 참사는 언제든지 반복될 수 있다.

하루키는 『언더그라운드』에서 일본 지하철 사린사건이 아직 끝나지 않았다고 말했다. 괴물 몇몇을 박멸할지라도, 일본 사회에 축적된 근본 원인을 없앨 수 없다면 그런 괴물들은 끊임없이 만들어질 것이기 때문이다.

하루키는 이번 사태로부터 일본 사회에 감춰졌던(그리고 애써 감춰왔던) 어두운 심층(언더그라운드)을 발견했다. 앞서 언급했던 "양도된 자아" 개념이다.

'저마다 어떤 형태로든 삶을 타자 시스템에 양도했다'는 이 개념은 어쩌면 사람들을 매우 불쾌하게 만들 것이다. 왜냐하면 하루키는 "양도된 자아" 개념을 통해 옴진리교 신자들과 일반 사람들의 경계를 허물기 때문이다. 즉 삶을 직접 짊어지지 않는 한, (옴진리교 신자들이나 일반 사람들이나) 모두가 똑같다. 물론 일부는 이렇게 항의할 것이다.

"우리가 어떻게 저런 괴물들과 같은가!"

물론 맞는 말이다. 하지만 다음은 분명히 생각해 볼 문제다. 우리 역시 (교원들과 '그쪽' 행인들처럼) 특정 체계에 순응하며 살고 있지는 않은가. 일본(뿐 아니라 대한민국)은 (히키코모리와 같은) 비사회성 인간들을 받아들일 준비가 되었는가. 오히려 폐쇄적이고 책임 회피적인 사회적 체질을 갖지는 않았는가. 옴진리교 이외에 교원들을 따뜻하게 맞아줄 다른 조직망은 정말로 없었는가.)

이마누엘 칸트

『영원한 평화를 위해』

## 전쟁의 얼굴

전쟁이라고 하면 맨 먼저 어떤 생각이 떠오르는가. 나는 딱히 떠올릴 것들이 없다. 전쟁 세대가 아니기 때문이다. 6·25전쟁도 책이나 영상 자료에서 보았을 뿐 특별히 관심이 없다. 물론 애국심과 별개로 그렇다.

그래도 나는 역사 어딘가에서 벌어졌던 몇몇 전쟁들을 택하여 강연장에서 사람들에게 이러니저러니 떠들 순 있다. (전쟁 관련 책 몇 권만 읽으면 될 일이다. 아주 얄팍한 지식일지라도.) 그리고 특별한 반전 메시지와 함께 말이다.

"전쟁은 살인 행위다."

"이런 만행을 하루빨리 멈추자."

"전쟁 희생자들을 그저 보고만 있을 수 없다."

과장된 몸짓에 격한 목소리 톤을 덧붙이면 세련된 극적 장면을 연출할 수도 있다. 어쩌면 내 말을 들은 몇몇 사람은 감동할지도 모르겠다. 그렇다고 앞으로 전쟁이 지구상에서 완전히 없어질 것이라고 믿을 사람은 아무도 없을 것이다. 그러거나 말거나다.

아직도 러시아-우크라이나 전쟁이 한창이다. 최근 러시아 군대가 우크라이나 수도 중심부에 어마어마한 양의 화학 포탄을 쏟아부었고, 곳곳에 지뢰를 설치했다는 소식을 접했다. 그리고 끔찍한 전쟁 광경과 전쟁 피해자들의 신체 손상도 영상으로 보았다. 그런데 솔직히 슬프지만 충격적이진 않았다. 전쟁 영화에서 많이 봐왔던 장면들이다. (문득 스티븐 스필버그(S. Spielberg)의 1998년 작품 〈라이언 일병 구하기〉와 에드워드 버거(E. Berger)의 최근 작품 〈서부 전선 이상 없다〉가 떠오른다.) 나는 전쟁의 참상을 직접 겪지 않은 제삼자일 뿐이다. 전쟁이 정말 악임을 잘 알지만 전쟁 자체는 잘 모른다.

정말로 도대체 전쟁은 무엇일까. 만일 어떤 어린아이가 내게 물으면 어떻게 답하면 좋을까. 그럴싸한 말로 둘러댈 수는 있다. 그렇다고 내 마음이 편할 것 같지는 않다. 어쨌든 '우리'는 전쟁을 전혀 겪어 본 적이 없지 않은가.

그래도 포화 속에서 웅크리고 떨었던 참전 군인들, 전쟁에 혈육을 잃은 사람들, 카메라를 들고 소름 끼치는 광경을 취재했던 언론인들, 부역 노동자들, 그 밖에 직간접적으로 전쟁을 체험했던 이들의 목소리를 글로 읽을 수는 있다. 그리고 세월이 한참 지났어도 그들 내면에 항상 존재했을 전쟁에 대한 잔상을 함께 떠올릴 수 있다. 즉 작게나마 공감할 수는 있지 않겠는가. 어쩌면 전쟁에 직접 참전했던 생생한 그들 말에 전쟁의 실체가 담겨 있을지도 모른다.

그러면 이들이 직접 밝힌 그때를 잠시 들여다보도록 하자. 스베틀라나 알렉시예비치(S. Alexievich)는 제2차 세계대전에 참전했던 소비에트 여성들을 찾았다. 그들의 이야기를 직접 듣길 바라서였다. 그런데 알렉시예비치에 따르면 여자들은 침묵했다. 왜냐하면 여성들의 전쟁 얘기를 좋아할 사람은 아무도 없었기 때문이었다. 남자들이야 전쟁에 대해 이러니저러니 떠들면 영웅이 될 수 있었지만 여자들은 그럴 수 없었다.

"전쟁 중에 피가 흘렀는데 총에 맞았다고 생각했지. 그런데 도무지 아프질 않았어. 그래서 이상했지. 알고 보니 생리가 터졌던 거야. 이런 얘길 누가 좋아하겠어."

지금은 이미 돌아가셨을 여성 참전용사들은 이렇듯 사람들에게 전쟁을 설명할 수 없었다. 혐오스러웠던 전쟁 상황을 겪었던 일은 종전 후 그나마 여자로서 힘겹게 지켰던 '평범한 보통 삶'을 파괴할 수 있었기 때문이다.

그래도 알렉시예비치는 그녀들을 설득했고 어떻게 전쟁을 치러냈는지를 들었다. 이런 사연들이 모여 『전쟁은 여자의 얼굴을 하지 않았다』가 출판되었다.

알렉시예비치는 책에서 이렇게 적어 놓았다.

"나는 전쟁이 아닌 전쟁터 속 사람들의 얘기를 들었다."

즉 알렉시예비치는 전쟁을 상황 속에서 인식했다. 그들 목소리에는 오늘날 윤리적 감수성 이상의 진실이 들어 있다.

어떤 참전 용사의 이야기를 들어보자.

"3년이나 전쟁터에 있었습니다. 그 세월 동안 난 여자가 아니었습니다. 말하자면 여자로서 내 몸은 죽어버렸어요. 생리도 끊겼고 욕구도 거의 없어졌죠. 그래도 예전엔 꽤 예뻤는데….

그러다 전쟁이 끝났습니다. 지금의 남편이 내게 청혼했어요. 그이가 그러더군요. 전쟁은 끝났어. 그리고 우리는 살아남았어. 나랑 결혼해 줘.

나는 엉엉 울었어요. 고래고래 소리쳤어요.

'내 꼴을 봐! 난 여자이길 한참 멈췄어! 그런데 결혼하자니… 먼저 나를 여자로 만들어줘. 꽃도 선물하고, 데이트도 신청하고, 달콤한 말도 하란 말이야!'

정말 여자이고 싶었어요. 저런 일들을 얼마나 꿈꿨는데… 하지만 그땐 전쟁이 막 끝났잖아요. 누가 나를 그렇게 대해 주겠어요.

그런데 내가 이렇게 말하니까 그이가 울더라고요. 그때 그이는 얼굴에 화상을 입었어요. 전쟁터에서 포탄이 얼굴에 튀었죠. 그 상처를 타고 눈물이 흘렀어요. 아직 아물지도 않은 상처 위로.

그때 알았습니다. 그이도 내 마음과 같다는 걸. 남자이고 싶었던 거죠. 그래서 나도 모르게 '그래요, 우리 결혼해요.'라고 대답했습니다 (『전쟁은 여자의 얼굴을 하지 않았다』: 22-23을 참조)."

나는 앞에서 전쟁을 알지 못한다고 말했다. 하지만 사실 우리는 전쟁 없는 세상을 전혀 알지 못한다. 전쟁은 곳곳에 있다. (실제로 전쟁은 세상 곳곳에서 벌어지고 있다.) 책, 영화, 뉴스, 유튜브 영상, 할아버지와 할머니 들의 말 속에는 항상 전쟁이 있다. 그래서 만약 당신이

"전쟁을 잘 알지 못해."라고 말했다면 그건 그저 당신이 전쟁에 관심이 없다는 뜻일 테다. 어쩌면 공감조차 하지 않겠다는 말일지도.

그래서 더욱 궁금해졌다. '정말로 도대체 전쟁은 무엇일까?' 그런데 이번에는 윤리적 감수성에만 젖고 싶지는 않다. 마치 구경꾼처럼 전쟁 피해자들을 연민만 하지 않고, 정확히 전쟁 자체를 이성적으로 알고 싶다. 사람들이 전쟁을 왜 하는지, 전쟁은 정말 쓸모없는 것인지, 전쟁을 멈추고 평화를 찾으려면 어떻게 해야 하는지. 이렇게 전쟁을 인식했을 때 적어도 전쟁을 오랫동안 되새길 수 있지 않을까. 그래서 한참을 생각한 끝에 책장에서 고전 책 몇 권을 꺼내 펼쳤다.


## 어떤 혁명론자의 외침


고전적인 추론 하나를 해보자. 아득히 먼 옛날, 이제 막 태동한 세상에 원시인들이 살았다. (군이 말하면 다음 영화들을 참조하시길. 스탠리 큐브릭(S. Kubrick)의 1968년 작품 〈2001 스페이스 오디세이〉 속 첫 챕터 「인간 새벽(The Dawn of Man)」과 장 자크 아노(J. J. Annaud)의 1991년 작품 〈불을 찾아서〉. 앞으로 나는 이들을 '미개인(homme sauvage)'이라 부르겠다.) 과연 미개인들은 어떻게 살았을까. 18세기 프랑스의 정치철학자였던 장 자크 루소(J. J. Rousseau)는 그때를 첨예한 대립이 없는 모두가 평등했던 평화로웠던 행복했던 시절로 봤다. 정확히 말해 그렇게 추측했다.

루소에 따르면 인류의 본원적 형태는 평등이었다. 그는 이에 관해서 『인간 불평등 기원론』에 이렇게 적어 놓았다.

"인간은 본래 서로 평등하다(『인간 불평등 기원론』: 38)."

그가 어째서 그렇게 생각했는지 구체적으로 알아보자. 미개인들은 자연 그대로 생활했다. 그래서 자연환경에 쉽게 적응했고 몸도 튼튼했다. 물론 허약한 미개인도 있었겠지만 거친 세상에서 살아남기 위해 날렵함과 민첩성을 길렀을 테다. 그리고 병에 걸릴 일도 잘 없었다. 생각해 보라, 술과 담배, 사회적 압박감과 스트레스, 향정신성 의약품과 설탕도 없었다. 설혹 심한 상처를 입었어도 자연이 상처들을 치유했다.

당연히 미개인들은 노동하지 않았다. 그저 그때마다 배불리 먹었고 시냇물로 목을 축였으며 필요할 땐 잠을 잤다. 이렇게 욕구를 충족하면 그만이었다. 자기 생존 외에 앞날에 대한 불안 따윈 없었다. 자연은 그들을 돌봤고 미개인들에게 필요한 모든 것을 제공했다. 그리고 그들은 본능적으로 자연이 제공한 생산물을 이용했다.

이렇다 보니 미개인들에게는 사유 재산이나 소유 개념이 없었다. 세상에는 온갖 먹을거리로 가득했다. 그래서 앞날을 위해 토지를 경작할 필요가 없었다. 물론 "이 땅은 내 것이다."라고 외치지도 않았다. 힘센 미개인에게 영역을 빼앗겼거나 먹을거리가 소멸했을 때는 딴 곳으로 옮기면 그뿐이다. 집을 구할 것도 없었다. 옛날 원시 인류는 거처

할 집도 오두막도 어떤 종류의 혈연 집단도 없이 하룻밤을 잘 보낼 거처를 그때마다 정했다. 태풍이나 번개나 소낙비를 피할 안락한 동굴은 이들에게 멋진 호텔이었다.

무엇보다 미개인들은 울울창창한 대지에 본능을 싹틔웠다. 당시에는 본능이 인류 생존을 위한 최대 무기였기 때문이다. 그리고 지적 훈련이 덜 된 만큼 미개인들은 서로 간에 통용될 사회 규율이 없었다. 물론 선악 관념도 갖지 않았다. 동물이나 다름없었다. 그래도 야생에서 서로 물고 뜯는 동물들의 야만성을 악덕이라 하지 않듯, 따지고 보면 미개인들의 야만성도 악덕이라 단정할 수 없다. 오히려 그렇게 따지면 오늘날 문명인들이 훨씬 더 야만적이지 않은가.

여기까지 듣고 이들을 얕잡아 보지 말길 바란다. 루소는 미개인들의 소박한 인격을 믿었다. 즉 연민과 동정을 말이다. 이들 원시 인류는 안하무인격 태도를 지녔지만, 그렇다고 일부러 동료 인간들의 생명을 해치지 않았다. 그리고 편한 삶을 위해 다른 미개인을 노예로 삼지도 않았다. 굶주림 속에서 서로 다퉜을지는 몰라도 (루소가 추측하길) 건장한 미개인이 어린아이나 불구 노인이 힘겹게 획득한 먹이를 빼앗지 않았다.

결국 인류의 원시성에 대한 루소의 견해를 다음과 같이 요약할 수 있다. 미개인들은 지혜롭지 않았어도 본능적으로 자족할 줄 알았고, 상대를 괴롭힐 만큼 악덕하지 않았다. 남들 것에 욕심내지 않았고 허영심과 타자에 대한 굴종과 지배도 없었다. 홀로 고독했겠지만 풍족한 자연 생산물과 휴식이 있어 행복했다. 어떤 다툼도 불평등도 없이 자연 상태에서 생존했다. *원시 인류는 어린이처럼 씩씩하게 잘 살았다.* 너무나 아름다웠던 시절이 아닐 수 없다.

> "【…】 인간 개체는 항상 어린애로 머물러 있었다(『인간 불평등 기원론』: 99)."

그런데 이랬던 미개인들이 어째서 타락했는가. 어떻게 불평등이 싹텄으며 다툼과 대립이 사람들을 옥죄었을까. 천진난만했던 아이가 어떤 까닭에서 탐욕스러운 약탈자가 되었는가.

루소의 역사적 가설을 계속 따라가 보자.

오랜 세월 정신이 계몽됨에 따라 미개인들은 갖가지 기술을 습득했다. 단단하고 날카로운 돌도끼로 나무를 잘랐고 나뭇가지를 엮어 오두막을 만들었고 진흙과 풀을 섞어 벽을 쌓았다. 불을 활용했고 짐승들을 길들였다. 또한 혈연 집단이 생겼고 힘센 미개인 몇몇을 중심으로 함께 생활하는 습관을 지녔다. 즉 작은 사회의 출발이었다.

그 덕에 미개인들은 삶의 편리와 여유를 얻었다. 동물처럼 생활했던 인류가 춤과 노래를 즐겼고, 여러 개념과 행동 규칙들이 정립되었다. 조잡했지만 언어가 생겼고, 불을 활용함으로써 미식(美食)의 관념이 싹텄다. 무엇보다 인류는 안정된 터전에 정착했고 사회적 공동체를 형성했다. 말하자면 문명(civilization)을 세상에 꽃피웠다. (이제부터 나는 미개인들을 문명인들(homme civil)이라 부르겠다.)

그런데 똑똑해질수록 탐욕이 커졌다. 그리고 마치 판도라 상자처럼 악덕들이 세상에 쏟아졌다. 행복을 잃었고 사적 욕심을 앞세웠다. 어떻게 된 것일까.

이때부터 문명인들은 재산을 축적했고 남들보다 지나치게 많이 가지려 했다. 개인 소유물이 많을수록 안락함이 배가됨을 알았기 때문이다. 그래서 사적 이익 증대를 위한 얄팍한 셈법들이 세상에 뿌리내렸다. 사람의 존재 의미가 소유로 변질될 때였다.

이제 소유의 많음과 적음에 따라 강자와 약자, 부자와 빈자, 강대국과 약소국 같은 이분법적 불평등이 생겨났다. 약자에 대한 강자의 폭력과 약탈이 일어났고, 경제적 약자 계층의 반발도 심해졌다. 미움과 다툼, 국가 간 전쟁, 지배와 굴종, 살육과 중상모략이 세상을 어지럽혔다. 타인을 희생시키지 않고는 재산을 늘릴 수 없는 법이다.

(루소의 이러한 추측과 가설이) 사실 틀린 말도 아니다. 세상 곳곳에서 벌어졌던 (그리고 벌어지고 있는, 또한 벌어질) 싸움들은 결국 탐욕스러운 욕망(착취와 최대 이윤추구 법칙) 때문 아닌가.

하여튼 루소는 일반적으로 강자와 약자 들의 대립(부자들의 지나친 재산 축적과 그에 대한 빈자들의 저항)이 세상에 끔찍한 무질서를 퍼뜨렸다고 봤다. 미덕은 온데간데없고, 과한 욕심에 취해 국가들은 끊임없이 다퉜고 서로를 정복했다.

그런데 이러한 아귀다툼 속에서 부자들은 더욱 다급해졌다. 잃을 게 많았기 때문이다. 부자들은 가진 것들이 많았다. 이에 반해 빈자들은 잃을 게 딱히 없었다. 계속된 대립은 부자들에게만 손해였다. 대책을 세워야만 했다. 그래서 그들은 강력한 국가를 앞세워 사유재산을 지킬 법률을 제정했다. 그리고 빈자들에게 호소했다.

"여러분 서로 다퉈선 안 됩니다. 가난하든 부유하든 생명 보존을 확신할 수 없는 싸움 속에서 어떻게 살아갈 수 있습니까. 그러니 생명을 보호하고 소유를 보장하며 정의와 평화를 줄 규칙을 정합시다. 규칙 아래 단결합시다. 누구도 차별받지 않고 강자 약자 할 것 없이 평등하게 서로 의무를 다할 것을 맹세합시다.

그러려면 우리를 지켜줄 하나의 최고 권력(국가)에 집중해야 합니다. 현명한 법률에 따라 국민을 지배하고, 사회 구성원들을 방위하며 적을 물리칠 수 있는 권력 아래 우리 단합합시다!"

사실 말은 그럴싸했으나 (권력 독점적 국가 아래) 사유재산제와 평등의 법제화는 인간 불평등을 합법적으로 인정하는 모양새였다. 생각해 보라, 방금 부자들은 가진 게 없는 빈자들에게 소유를 보장했고, 사유재산을 안전하게 지킬 국가적 권력이 중요하다고 말했다. 잃을 게 없는 사람들에게 이런 법령이 다 무슨 소용인가. 하지만 가난한 사람들은 저 말에 혹해서 국가에 충성을 맹세했다. 그리고 (사유재산을 갖기 위해) 부자들 밑에서 열심히 일했다. 드디어 인류 역사에서 지배와 복종 관계가 합법적으로 성립했다. 그래서 루소는 다음과 같이 적고 있다.

"이 사회와 법률은 【…】 소유와 불평등의 법률을 영구히 고정시키고 교활한 횡령을 당연한 권리로 확립시켜 그 후 온 인류를 몇몇 야심가들의 이익을 위해 노동과 예속과 비참에 복종시킨 것이다(『인간 불평등 기원론』: 128).”

만약 미개인들이라면 그러기를 거부했을 것이다. 그들은 대지 아래 자유를 좇으며 한가로이 지내기를 바랄 테니까 말이다. 하지만 문명인들은 속박을 자처했다. 너무 똑똑해서일까. 내가 좀 더 가지려는 욕망 탓에 불법적으로 지나치게 가지려는 권력자들을 허락했다. 사실 절대 똑똑하지 않다. 루소의 가설이 옳다면 문명의 진보와 정신의 계몽은 오히려 인류를 퇴보시켰고 도덕을 퇴화시켰다.

그래서 루소는 이런 악덕의 정치적 뿌리를 없앨 방법을 제안했다. 바로 혁명이다. 『인간 불평등 기원론』을 다시 보자.

“따라서 사람들이 전제군주를 몰아내려 한다면 그는 이러한 폭력에 전혀 항의할 수 없게 된다. 술탄을 죽이거나 왕위를 박탈하는 폭동도, 그가 전에 신민들의 생명과 재산을 마음대로 처리했던 행위와 마찬가지로 법적 행위다. 오직 힘만이 지탱하고 있었던 그를 타도하는 것도 힘뿐이다(『인간 불평등 기원론』: 150).”

돌고 돌아 결국 또다시 폭력과 전쟁이다. 악순환 그 자체다. 처음에 루소는 전 인류가 때 묻지 않았던 원시 시절로 돌아가길 바랐다. 그리고 “자연으로 돌아가자!”라고 외쳤다. 하지만 이것도 잠시일 뿐, 그는 그럴 수 없다는 사실을 깨달았다. 그래서 이미 언급한 대로 인간 평등을 완수할 최후의 수단으로 혁명을 끄집어냈다. 그리고 “혁명을 일으키자!"라고 외쳤다. 다들 루소를 어떻게 생각할지는 모르겠지만, 그래도 역사적으로 그의 이러한 혁명 사상은 훗날 프랑스 혁명의 밑거름이 된 것만은 틀림없다.


## 영혼의 양면성

제2차 세계대전 때 유년을 보냈던 소련 사람들의 전쟁 목격담을 담은 『마지막 목격자들』을 읽다 보니 마음이 먹먹해졌다.

'어떻게 이런 끔찍한 일들이 실제로 벌어질 수 있지?'

책에는 당시 소련을 침공했던 독일군의 만행이 적나라하게 글로 적혀 있었다. 전쟁에 대해 당신이 무엇을 상상했든 그 이상일 것이다. 한 대목을 여기에 적어본다.

열두 살이었던 바샤 바이카초프는 진짜 전쟁을 보았다.

"우리는 독일군을 국경 쪽으로 몰아내 줄 아군을 기다렸습니다. 매일같이 기다렸죠. 하지만 정작 우리 군인들을 봤을 때 그들은 죽은 채로 누워 있었어요. 도로, 숲, 도랑, 들판, 채소밭 곳곳에 아군들이 쓰러져 있었습니다.

그때 날씨가 따뜻했어요. 그래서 시신이 부풀었죠. 날마다 점점 더 커지는 것 같았습니다. 군대가 몰살당해서 시신을 묻어줄 사람이 없었죠. 그래서 아버지는 직접 구덩이를 파 전사자들을 묻어주었습니다.

며칠 뒤 폭격이 있었는데 그때 아버지가 돌아가셨어요. 이번엔 제 차례였습니다. 그런데 아버지의 시신은 폭격에 흔적도 없이 사라졌더군요. 그래서 근처 어딘가에 십자가를 세웠습니다. 그게 전부였어요.

시간이 흘렀습니다. 그날 독일 군인들이 집으로 왔습니다. 밖으로 나오라며 저를 겁박했죠. 그래서 밖으로 나갔죠. 그때부터 채찍으로 맞았습니다.

'소련지하활동가들은 어디 있어?'

'무기는 어디 있지?'

'넌 어떤 임무를 받았어?'

열두 살짜리 애가 무얼 알겠어요. 벌벌 떨며 서 있었죠. 그때 몽둥이에 척추뼈를 맞고 쓰러졌습니다. 숨이 콱 막혔어요. 구역질도 나고. 그래서 토했습니다. 그러자 독일 군인이 이렇게 말했어요.

'네 몸에서 쏟아진 것을 당장 혓바닥으로 핥아!'

독일 군인들은 몇 날 며칠을 그렇게 괴롭혔습니다.

한 날은 감방으로 돌아온 뒤 통증에 잠을 잘 수 없었습니다. 그러다 의식을 잃고 말았죠. 얼마나 정신을 잃었을까요. 감방에 함께 갇혔던 할아버지가 날 흔들어 깨웠습니다.

'얘야, 그만 소리치거라.'

'네? 제가 뭐라고 소리쳤는데요?'

'널 총으로 쏘아달라고 빌더구나….'

수십 년이 지났는데도, 여전히 놀랍습니다. 내가 살아 있다니요!(『마지막 목격자들』: 166-172쪽을 간추림)"

이 대목만 봐도 인간이 얼마나 악덕한지 알 수 있다. 인간 본성은 원래 이렇게 잔혹할까. 전쟁 상황에선 누구나 이렇게 될까.

하지만 이런 참혹한 상황에서도 인간성이 꽃필 때가 있다.『마지막 목격자들』속 다른 이야기를 보자. 에두아르트 보로실포프는 제2차 세계대전 때 열한 살이었다. 전쟁 당시 보로실포프는 무작정 엄마를 찾아 떠났다. 하지만 저 넓은 러시아 땅에서 엄마를 어떻게 찾겠는가. 그래도 선로를 따라 계속 걸었다.

몇 날을 그렇게 보냈을까. 그는 굶주림에 쓰러졌다. 그때 어떤 아주머니가 그를 보살폈다. 정신이 든 그에게 아주머니는 말했다.

"애야, 우리에게 오렴. 같이 가자."

보로실포프는 아주머니를 따라갔다. 그때 난생처음 살로를 곁들인 양파를 먹었다고 기억했다. 전쟁 상황에서 잘 볼 수 없는 연민이었다. 본인 먹을거리도 없었던 시절에 낯선 아이를 입양하기는 쉽지 않다.

하지만 며칠 뒤 마을에 독일군 전투기의 폭격이 있었고 아주머니는 돌아가셨다.

그래서 보로실포프는 또다시 걸었다. 그러다 길에서 우연히 낯선 전쟁고아를 만났다.

"넌 누구와 사니?"

그 아이가 대답했다. "아무와도 살지 않아."

그래서 보로실포프는 아주머니가 그랬듯 "그럼 같이 살자."라고 했다.

"그러자." 그 아이는 갈 곳이 없었기 때문에 기뻐했다.

어른이 된 보로실포프는 말했다.

"그때는 이런저런 감정이 전부 뒤섞여 있었습니다. 연민도요. 인간의 마음속에 증오만 있는 것은 아니랍니다"(『마지막 목격자들』: 201-210쪽을 간추림).

연민에 관한 얘기는 또 있다. 아냐 그루비나는 전쟁을 굶주림으로 기억했다.

"당연히 굶주렸죠. 전쟁이 끝났어도 그랬습니다. 내가 있던 고아원에는 아이들이 많았습니다. 당연히 배불리 먹을 수 없어요. 그래서 우리는 틈만 나면 공원으로 갔습니다. 공원에는 먹을 수 있는 나뭇잎이 많았어요. 저는 특히 낙엽송을 좋아했답니다. 어쨌든 고아원 아이들은 푸른 것이라면 전부 먹어치웠어요. 어떻게 그랬을까요. 굶주림만큼 무서운 것은 없기 때문입니다.

고아원에 있을 때 처음으로 독일인 포로를 봤습니다. 우리는 막 식사를 끝낸 참이라 몸에서 아직 음식 냄새가 났나 봐요. 독일인 포로가 우릴 보더니 마치 무언가를 씹는 것처럼 턱을 움직였습니다. 굶주리고 있었던 것이죠. 우린 독일인 포로에게 빵 조각을 줬습니다. 그 사람은 거듭 감사를 표했어요.

그런데 다음 날에 그 병사가 동료와 함께 왔습니다. 그래서 우리는 빵 두 조각을 줬습니다. 그러다 습관이 들어버렸죠. 고아원 아이들은 매일 독일인 포로들을 기다렸습니다. 어떨 때는 우리 몫 전부를 주었어요.

전쟁이 끝났어도 굶주림은 심했습니다. 그래도 우리는 포로들을 위해 먹을 것을 남겼죠(『마지막 목격자들』: 325-331쪽을 간추림)."

이들 이야기에서 엿볼 수 있듯, 그 인간적 형태는 양가적이다. 즉 인간 심층에는 선함과 악함이 공존한다. 그래서 세상에는 선함과 악함이 치열하게 경합한다. 말하자면 미덕과 악덕, 연민과 증오, 베풂과 탐욕, 혐오와 사랑이 그렇다. 18세기 독일 철학자 이마누엘 칸트(I. Kant)는 이를 두고 '영혼의 이원성'이라 말했다.

물론 사람마다 정도 차가 있다. 어떤 사람은 좀 더 착하고 어떤 사람은 좀 더 나쁘다. 앞서 루소가 말했듯, 그래서 인간은 불평등할 수밖에 없다. 다만 그의 추측과 달리 태곳적 미개인들은 천진난만했고 문명인들은 악덕했다고 딱 잘라 말할 수는 없다. 미개인들도 충분히 악덕했다. 단지 문명인들이 더욱 악덕했을 뿐이다. 마찬가지로 미개인들이 착했다면 문명인들도 충분히 착하다.

앞서 보았던 『마지막 목격자들』속 이야기들을 보라. 죽음과 굶주림과 악랄함 속에서도 그런 악덕들을 상쇄할 인간성이 빛나지 않았는가. 그래서 현재 인류가 과거보다 더욱 타락했다면 이에 맞서 사람들은 더욱 선해졌다. 그리고 우리는 큰 악덕을 제압할 우리네 선함을 믿어야 한다. 아이들에게 "착하게 자라라."라고 말하는 까닭은 여기에 있다.

## 전쟁이 나쁘다고요?

그런데 앞선 얘기들로부터 진중한 철학적 의문들이 생긴다.

현재까지 전쟁, 기아, 대량 살상과 같은 각종 악행이 기하급수적으로 늘었다. 그래서 이런 악행들을 지켜보면서 우리는 과거 어떤 때보다 높은 도덕철학을 요구받고 있다. 그런데 이때 인류는 악을 없앨 만큼 힘써 전진할 수 있는가. 뒤틀린 욕망과 부도덕성을 압도할 만큼 불굴의 선한 용기를 낼 수 있겠는가. 혹시 한계에 다다라 절망하지는 않을까.

"절대 그럴 리 없다! 인간은 세상이 멸망할 때까지 본인의 윤리적 의무를 다할 것이다." 앞서 잠깐 언급했던 철학자 칸트는 이렇게 답했을 것이다.

1974년 동프로이센주 쾨니히스베르크에서 태어난 그는 집안 내력답게 평생 청교도적 의무를 실천하며 살았다. 다소 직설적으로 표현하면 엄청난 경건론자였으며 철두철미한 도덕론자였다. 항상 검약했던 부모 밑에서 자랐기 때문이겠지만 그의 성향 자체가 엄격한 도덕적 규율과 잘 맞았다. 어쩌면 이런 생활환경과 성향이 학문적 성실함과 어울려 그는 『도덕형이상학 정초』(1785)와 『실천이성비판』(1788)과 같은 (위대한!) 저작을 저술했는지도 모른다.

잠시 『실천이성비판』의 한 구절을 들여다보자.

> "자주 그리고 끊임없이 성찰하면 할수록 더욱 새롭고 더욱 큰 감탄과 경외로 내 마음을 채우는 것이 두 가지 있다. 내 위로 별이 빛나는 하늘과 내 안의 도덕법칙이 그것이다(『실천이성비판』: 맺음말)."

이 구절에서 칸트는 천체의 질서정연한 운행과 인간의 도덕적 마음씨를 가슴 뭉클한 어조로 결합했다. 광활한 우주는 완벽한 인과법칙에 따라 작동한다. 그러나 이런 엄밀한 작동기제에도 우주는 보석처럼 빛나는 별들의 아름다움을 뽐낸다. 그래서 우린 밤하늘을 볼 때면 감탄과 경외에 휩싸인다. 인간 마음씨도 마찬가지다. 사실 광대한 우주 속 한낱 입자에 불과한 우리는 자연의 광폭한 위협에 어쩌지 못할 만큼 허약하다. 그런데 물질적 이익에는 매우 밝아 불행을 자초한다. 너무나 하찮은 존재들이다. 그러나 이런 미천한 특질들에도 우리 마음 한편에는 이상세계를 건립하도록 북돋을 도덕명령과 행동규칙이 있다. 즉 앞서 나왔던 '도덕법칙(moralisches Gesetz)'이다. 그래서 우리는 서로 돕고 지탱할 수 있다. 어쩌면 광활한 우주에 견줄 수 있을 만큼 착한 마음씨도 아름다운 장소다.

이처럼 각각의 인간에게는 (그가 악인이든 선인이든 할 것 없이) 미덕을 향한 열망과 도덕적 양식이 있다. 앞서 지적했듯이, 내면에 확실하고 강력한 윤리법칙이 각인되어 있기 때문이다. 그 법칙은 다음과 같다.

'남들에게 부끄럽지 않도록 행동하라!'

'자살과 같은 이치에 어긋난 행동을 하지 말라!'

'인간은 그 자체로 존중받아야 하니 그를 이용하지 말라!'

인간 마음에 깃든 참으로 기적적인 진실들이 아닐 수 없다.

칸트가 봤을 때 이 같은 윤리법칙은 마음의 본령이었다. 그래서 그는 본인들이 매우 합리적이라고 자처했던 많은 사람들을 돌아보게 했다. 그는 말한다.

"진짜 합리적인 사람들은 도덕적인 사람들이야. 머리가 아니라 가슴으로 생각하는 사람들이라고."

물론 이전에 언급했듯이, 우리에게는 나쁜 마음씨도 있다. 그래서 어쩔 수 없이 탐욕과 미개한 행실이 불쑥 튀어나온다. 하지만 이런 절대 악에도 인간 내면은 절대 물러서지 않는다. 오랜 세월 우리는 도덕성을 성취할 방법들을 끊임없이 강구했고, 양심과 윤리법칙을 바탕으로 절대 악을 제압할 방안을 마련했고, 실행했고, 결집했다.

이처럼 인류는 몰이성이 도처에 횡행하는 세계에서 좌절하지 않고 희망과 도덕적 양심을 따랐다. 그리고 악덕-전쟁, 기아와 야만적 빈곤, 자살, 절망, 극복할 수 없을 것 같던 염세-에 대항했다. 많은 방법을 동원했다. 칸트에 따르면 이런 절실한 윤리적 '맞섬'은 도덕적 결실이 완전히 맺어질 훗날까지 멈추지 않을 것이다.

그런데 이런 칸트가 전쟁 옹호론자였다면 믿겠는가. 그의 책 『영원한 평화를 위해』에는 이렇게 적혀 있다.

"평화란 【…】 가장 활기찬 경쟁 속에서 모든 힘들의 균형을 통해 산출되고 보장된다(『영원한 평화를 위해』: 58)."

역사철학에 관한 논문 「세계 시민적 관점에서 본 보편사의 이념」에선 더욱 가감 없이 전쟁을 옹호했다.

"전쟁 상황에서 발생한 악덕은 (오히려) 인류에게 【…】 평등법칙을 발견케 하고, 【…】 국가 상호 간에 평화를 보장할 세계 시민적 태도를 갖게 한다(『칸트의 역사철학』: 37)."

국가 간의 적대적 대립과 갈등이 세계평화에 직간접적인 효과가 있다니! 어떻게 된 노릇일까. 도덕적 이상세계를 꽃피우려 했던 그가 아닌가. 너무나 의외다.

칸트의 전쟁론을 명확히 알려면 먼저 그가 굉장한 현실주의자였음을 잊어선 안 된다. 그가 말했던 대로 인류는 도덕법칙과 함께 착한 마음씨를 이 땅에 뿌리내릴 선한 존재들이다. 그래서 우린 참된 도덕세계를 열망할 수 있었다. 하지만 냉정히 봤을 때 그것은 실현 불가능하다. 어쩌면 한 개인이 홀로 살 땐 그럴 수 있을지도 모른다. (혹은 몇몇이 함께 살 땐 그럴지도) 예컨대, 외딴섬에 홀로 살며 자연을 벗 삼아 나쁜 정념을 몰아내면 우리는 세상에서 악을 사멸할 수 있다.

그러나 사람들은 이런 그럴듯한 생각을 좋아하긴 하나, 현실로 이루어질 것이라 믿진 않는다. 사실 칸트 본인도 이 점을 잘 알았다. 왜냐하면 어쨌든 우리는 남들과 어울려 살 수밖에 없기 때문이다. 옛 현인들이 괜히 인간을 '사회적 동물'로 정의했던 것이 아니다. 역사상 인류는 한데 얽히면 갈등과 다툼과 반목을 일삼았다. 이기심과 지배욕 같은 병든 마음이 불화를 일으켜 타자를 해했고 공동체를 파괴했다. 칸트는 이를 일컬어 "인간들 상호 간의 항쟁(Antagonism)"이라 했다. 현실은 아주 냉혹하다.

그런데 놀랍게도 이런 반사회적 특징이 꼭 나쁜 것만은 아니다. 칸트에 따르면 인간은 도덕적 공동체 삶을 건립하려는 경향이 있다. 즉 악이 횡행할지라도 인류는 그에 대응해 훨씬 더 수준 높은 도덕적 연합과 공동체적 질서를 수립한다.

그래서 그가 봤을 때 나약해질지 모를 도덕관념을 각성시킬 목적으로 절대 악이 창궐했다. 즉 인류 간의 반목과 투쟁도 알고 보면 도덕성을 세상에 정착시키려는 절대자의 큰 계획이다. 칸트는 이런 도덕적 충동질을 "반사회적 사회성(ungesellige Geselligkeit)"이라 했다.

그러나 다시 한번 생각해 보자. 아무리 그래도 전쟁을 옹호할 수 있는가. 도덕성을 세상에 불러오려 전쟁까지 일으켜야 할까. 많은 의심과 의문이 들 수밖에 없다.

그러나 칸트는 이렇게 말할 것이다.

전쟁이 나쁘다고요? 천만의 말씀입니다.

국제적 파괴행위와 공동체의 분열은 분명 위협적이다. 하지만 인류는 잠자코 있지 않았다. 협력이 절실히 필요할 때 연합했고, 절대 악에 대항하여 시민적 정체와 공적 질서를 강화했고, 공동체 건설을 위한 의무와 소명 의식을 확립했다. 이기적 셈법에 좌절한 약자들을 보호했고, 도덕적 복권을 위해 헌신했다. 무엇보다 국가 간의 강건한 대립에 맞서 인류는 '국제연맹(Volkerband)'과 같은 연합체를 설립했다. 앞서 언급했던 '반사회적 사회성'이 발동했기 때문이다.

그런데 만약 인류에게 반사회적 특질이 없었다면 어땠을까. 루소가 말했던 것처럼 인류가 마냥 착했다면 말이다. 이에 관해 칸트는 정확히 이렇게 적고 있다.

"(반사회적 특질이 없었다면) 인류는 서로 사랑하는 목가적 삶 속에서 어떤 재능도 꽃피울 수 없을 것이다(『칸트의 역사철학』: 30)."

추측건대 개인 간에 사소한 다툼쯤은 있었겠지만, 인류는 악의적 경쟁 없이 자연생산물에 만족했을 것이다. 그리고 몇몇이 모여 연합할 일이 뭐가 있겠는가. 유유자적하며 홀로 살았을 테다.

하지만 칸트에 따르면 이런 세상에는 그 어떤 발전도 없다. 잠재된 재능이 꽃필 수 없고 모험적 삶도 없고 도덕관념도 조야하다. 물론 그만큼 악행과 상호 갈등이 없겠지만 개인들의 밀접한 협력관계도 없다. 그래서 인류는 끝내 특유의 게으름으로 멸했을 것이다. 인류에게는 끔찍한 불행이 아닐 수 없다.

칸트는 세계 평화에 대한 생생한 지평을 열었다. 반사회성은 인류에게 불안과 두려움 대신 문화적 창의와 지적 상상을 선사했다. 그리고 반사회적 상황들에 저항하며 사회성을 작동시켰다. 그래서 어쩌면 세계는 인간들이 끊임없이 불화하길 바랄지도 모른다. 그리고 나태 속에서 뛰쳐나와 모험하길 바랄 것이다. 이럴 때만이 인류는 세계에 도덕적, 문화적, 지적 재능을 싹 틔울 수 있다. 그 결과를 보라. 우리는 오늘날 국제연합(UN)의 설립에까지 이르렀다. 또한 세계 평화와 국제적 시민사회의 정착을 위한 노력은 계속될 것이다.

물론 전쟁은 엄청난 파괴행위다. 그래서 전쟁을 옹호했던 칸트의 '영구평화론'에 선뜻 동의할 수 없다. 반대할 이유를 수백 가지도 댈 수 있다. 하지만 그의 사상을 "평화를 이룩하기 위해 전쟁을 하자!"로 폄훼하지는 말자.

이렇게 생각하자.

"전쟁 같은 절체절명의 상황에도 희망을 잃지 말자! 그때마다 인류는 항상 옳은 답을 찾았다. 마음속 도덕법칙을 믿자."

아홉 번째 책

알베르 카뮈

『시지프 신화』

## 시지프

시지프(Sisyphus)는 신들을 모욕한 죄로 벌을 받았다. 벌은 눈 덮인 산 정상 한가운데 바위를 정확히 올려놓지 않는 한 계속될 중노동이었다. 잘 알겠지만 시지프의 간절한 바람과 달리 바위는 무게를 이기지 못하고 자꾸만 아래로 떨어졌다. 물론 그는 갖은 애를 다 썼다. 하지만 그러거나 말거나 바위는 매번 매몰차게 아래로 떨어졌다.

하지만 우리 시지프는 그 많은 실패 속에서도 절대 희망을 잃지 않았다. 왜냐하면 '다음에는 꼭 성공할 수 있으리.'라는 내일에 대한 절대적 낙관 때문이었다. 그래서 그는 오늘도 어떤 불평 없이 바위를 밀어 올린다.

그런데 이 형벌에는 한 가지 무서운 진실이 있었다. 즉 신들은 애초에 그가 정상에 바위를 올릴 수 없도록 벌을 설계했다. 이를 알 리 없는 시지프는 언제나 그랬듯 '다음에는'을 되뇌며 산을 오른다. 이제 앞날에 대한 희망찬 믿음이 한갓 망상으로 돌변한다. 신들의 진짜 벌은 여기에 있었다. 호메로스에 따르면 시지프는 인간들 가운데 가장 현명했다. 그런 그가 내일에 대한 막연한 희망에 의지한 채 매일을 살아간다. 신들이 봤을 때 이것만큼 끔찍한 형벌은 없었다. 말하자면 신들은 시지프에게 헛된 '거짓 삶'을 형벌로 내린 것이다.

어느 날 문뜩 시지프는 진실을 깨달았다.

"바위를 절대 올릴 수 없다. 나는 영원히 이 형벌 속에 갇혔다."

갑자기 절망감이 밀려왔다. 이제 어떻게 할 것인가.

만약 나라면 어떻게 할까. 아마도 신들에게 용서를 구할 것이다. 그리고 이렇게 말할 테다.

"제가 잘못했습니다. 그러니 제발 저를 죽여주세요!"

죽음 외에 이 형벌에서 벗어날 길이 없기 때문이다.

다른 방법도 있다. 말하자면 모른 척하는 일이다.

"그럴 리 없어. 어제와 다름없이 바위를 들어 올리자."

이랬을 땐 그래도 희망 속에서 살 수 있다.

어쨌든 둘 모두 삶과의 절연이다. '정말로 삶을 끝내거나 거짓으로 살거나.'

하지만 그는 어떤 쪽도 택하지 않았다. 아니 '진짜로' 살길 택했다. 그러고는 이렇게 되뇌었다.

"신들에게 빌지 않겠다. 내 운명에 지지 않겠다. 영원히 바위를 들어 올리겠다."

그래서 시지프는 어제와 같이 바위를 들어 올렸다.

그런데 어제와 같은 행동일지라도, '오늘 그'는 완전히 다른 사람이었다. 그는 지금껏 산 정상만을 바라보며 돌을 밀었다. 즉 희망과 훗날 있을 행복으로 살았다. 그러나 희망과 행복이 환상임을 깨달았다. 이제 시지프는 '다음'을 기약하지 않는다. '오늘'을 어떻게 살지를 계획한다.

제일 먼저 산꼭대기에서 눈을 돌렸다. 그리고 풍경 자체를 보았다. 그러자 산 전체는 놀랍다 못해 경이로웠다. 들판에는 예서 제서 예쁜 꽃들로 가득했고, 기름진 땅 위에는 각종 식물과 나무들이 멋을 뽐냈다. 보드라운 바람이 땀을 식혔고, 때때로 내린 빗물로 목을 축였다. 한낮에 내리쬐는 뙤약볕은 몹시 싫었지만, 샛별은 너무나 아름다웠다. 그늘 아래 쉴 때도 있었고 새와 동물 들과 함께 걷기도 했다. 다양한 과일들도 맛볼 수 있었다. 물론 형벌은 너무 고통스러웠다. 그래도 매일매일 뭔가를 할 생각에 설렜다. 정상만 보며 바위를 들어 올렸을 때는 알 수 없던 것들이다. 시지프는 이렇게 생각했다.

"내 삶이 이렇게나 멋졌나."

'내일'에 대한 헛된 희망을 걷고 '오늘'을 충실히 살자 그는 '내 삶'의 주연(主演)이 되었다.

그런데 한 날은 신들이 그를 찾아왔다. 그러고는 말했다.

"어떻게 평생 형벌 속에 갇혀 살겠는가. 돌이 무겁지도 않은가. 어서 내게 빌어라. 그럼 저 고통 속에서 벗어날 죽음을 주겠다."

그러나 신들도 그를 어쩌지 못했다. 이미 형벌은 시지프에게 삶의 일부였다. 어쩌면 그는 이제 형벌 없인 살 수 없다. 왜냐하면 형벌을 감내했을 때만이 제 삶을 설계할 수 있음을 잘 알았기 때문이다. 그래서 그는 신들에게 당당히 말했다.

"당신들 뜻대로 살진 않겠습니다. 그냥 형벌을 계속 받겠습니다."

신들은 그런 시지프를 더 이상 비웃을 수 없었다.

또 한 날은 사람들이 그에게 몰려왔다. 그리고 말했다.

"어째서 당신은 희망을 갖지 않는가. 설령 거짓일지라도 희망만이 형벌의 고통을 잊게 한다. 남들도 다 그렇게 살아간다. 왜 남들처럼 살지 않는가."

시지프는 아무 말 없이 그들을 비웃었다. 남들처럼 사는 '남들'이 삶을 직접 설계하는 시지프에게 이러쿵저러쿵 설교했기 때문이었다.

오늘도 시지프는 바위를 들어 올린다. 바위는 또다시 굴러떨어진다. 하지만 그는 시간이 흐를수록 끊임없이 새롭게 성장한다. 스스로 설계했던 매일매일이 삶 안에서 '창조됨'을 본다. 그래서 본인이 인생이라는 영화의 주연임을 확신한다. 아무나 그럴 수 없다.

시지프는 신들을 부정할 줄 알았고 삶의 고통을 마주할 줄 알았다. 카뮈에 따르면 그것은 영원히 바위를 들어 올릴 수밖에 없는 가혹한 운명에 대한 '반항' 혹은 삶에 대한 '고귀한 성실성'이었다. 남들이 봤을 때 그는 어리석은 바보였겠지만 그는 그렇게 생각하지 않았다. 오히려 이렇게 말한다.

"모든 것이 좋다."

행복한 시지프를 상상하지 않을 수 없다.

다음은 우리 차례다. 시지프가 우리를 빤히 쳐다보며 묻는다.

"그대들은 어떻게 살고 있는가?"

# 돈 후안

알려진 대로 돈 후안(Don Juan)은 여인들을 차례로 정복하고 농락한 뒤 매몰차게 차버린 방탕아였다. 그런데 카뮈는 이런 돈 후안에게서 시지프와 같은 생(生)의 영웅적 면모를 발견했다. 무엇을 어떻게?

카뮈에 따르면 돈 후안은 사실 이 여자에서 저 여자로 전전하며 육체를 탐하는 탕아가 아니었다. 오히려 상대 여성을 위할 줄 알았다. 그래서 그는 온갖 기술을 동원해 모든 여자에게 그때마다 자신의 전부를 바쳤다. 상대 여성도 그런 돈 후안의 진심을 잘 알았다. 그렇기에 그들도 그이에게 지상 최고의 사랑을 맛보게 하려 애썼다. 그리고 돈 후안의 마지막 연인이길 바랐다. 그래서 여인들은 하나같이 이렇게 말했다.

"우린 서로를 영원히 사랑할 거예요. 그렇죠? 제가 당신에게 마지막 사랑이겠죠?"

하지만 여자들은 착각했다. 왜냐하면 돈 후안은 그럴 생각이 전혀 없었기 때문이다. 그는 한 여자에서 사랑을 끝내기보다 매번 상대를 바꾸며 그때마다 샘솟는 열정을 완전히 소진하길 바랐다. 그래서 매 순간 상대를 열렬히 사랑했다. 당연히 특정 여인과 마지막 사랑의 결실을 맺길 원하지 않았다. 그런 결실은 돈 후안에게는 삶의 끝이었다. 그가 봤을 때 결혼과 같은 사랑에 대한 완전한 끝맺음은 삶을 멈춘 행동이었으며, 그에게 이보다 더 끔찍한 일은 없었다. 그래서 상대가 누구든 어떤 이를 열렬히 좋아하는 행동은 삶에 대한 돈 후안의 열정을 꽃피웠다. (이렇게 볼 때 어쩌면 그는 상대 여성이 아닌 본인 삶을 죽도록 사랑했는지도 모를 일이다.)

하지만 카뮈가 뭐라든 (일반적으로 볼 때) 돈 후안은 분명 손가락질 받을 인물이다. 바람둥이, 탕자, 호색한, 혼인빙자간음죄를 저지른 범법자, 미풍양속을 해친 악인이다. 이뿐만이 아니다. 그는 사람들이 믿는 참된 사랑을 파렴치한 행동으로 파괴했다. 그래서 죽어서도 그 벌을 받았다. (훗날 사람들이 무덤을 파헤쳐 돈 후안의 시신을 훼손했다.)

돈 후안도 그런 행동이 사람들에게 반감을 일으킬 것을 잘 알았다. 하지만 개의치 않았다. 그는 자신을 향한 경멸의 눈빛을 겁내지 않았고, 자신에게 쏟아졌던 온갖 멸시와 비난이 외려 당연하다고 여겼다. 왜냐하면 돈 후안은 그런 형벌을 애초에 각오했기 때문이다. 그는 잘 알았다. 본인의 사랑 행각에는 감내해야 할 것들이 많음을. 말하자면 이렇다.

"매번 상대를 바꾸며 열렬히 사랑할 때마다 형벌을 받을 수밖에 없다. 하지만 난 그렇게 사랑하지 않으면 살 수 없다. 그렇다면 그 많은 벌을 받아들이자. 그게 삶의 규칙이다."

이렇듯 돈 후안은 당대가 요청했던 일반적인 인물상을 거절했고 제 삶을 살겠다는 정열을 보였다. 가혹한 현실적 시련이 예고되어 있었음에도 그랬다. 왜냐하면 타율적으로 조율되고 조작되는 꼭두각시와 같은 삶을 돈 후안은 견딜 수 없었기 때문이다. 자기 뜻대로 살고 싶은 것이 그의 절실한 소망이었다. 그래서 벌칙이 두렵지만 그는 제 삶에 임했다. 그리고 당당히 말했다.

"당신들은 나처럼 살 수 있는가?"

잠시 '주사위 놀이'를 떠올려 보라. 규칙은 이렇다. 각자 주사위를 쥐었다. 이제 그것을 바닥에 던져라. 만약 '숫자 2'가 나오면 큰 상을 받는다. 그렇지 않고 다른 숫자가 나올 때는 내 전부를 잃는다. 엄청난 모험. 그럼 이제 묻겠다. "당신은 주사위를 던지겠는가?"

추측건대 사람들은 확률상 주사위를 던질 수 없다. 전전긍긍할 뿐이다. 금전뿐 아니라 청춘 전체를 잃을 수 있다. 얼마나 무서운가. 주사위를 꼭 쥔 채 벌벌 떨 수밖에 없다.

그런데 그때 친구들이 놀자며 부른다. 그래서 당신은 신나게 놀았다. 저녁엔 가족과 함께 식사를 했다. 다음 날에는 학교를 갔고 정해진 일과를 보냈다. 그다음 날도 평범한 일상을 즐긴다. 이렇게 당신은 벌칙에 대한 두려움을 없앤다. 왜냐하면 반복된 일상 탓에 주사위를 쥔 사실조차 잊었기 때문이다. 즉 놀이 자체를 아예 망각했다. 그런 당신에게 사람들은 말한다.

"허튼짓 말고 남들처럼 살아가라!"

"일상을 즐겨라!"

"사회의 성실한 일꾼이 되어라!"

이제 남들의 명령이 어느새 내 삶의 원칙이 된다. 그래서 당신은 직장 일을 열심히 했고 취미 몇 개를 더 가졌다. 때때로 사회활동을 통해 보람을 느꼈다. 그리고 운동과 함께 보디 프로필을 촬영했고 그런 내 모습을 인스타그램에 올렸다. 남들처럼 호캉스와 오마카세도 즐겼다.

아주 평범한 일상과 그 속에서 가끔 있을 예상 밖의 이벤트가 인생을 즐겁게 했다.

하지만 유행에 대한 복종과 타자지향적 형식이 몸에 밸수록 낯선 것들에 새롭게 도전하고 모험하는 삶을 잃게 된다. 그래서 결국 미지에 대한 격렬한 환희와 함께 망망대해를 탐험하는 위대한 여행가가 아닌 그저 남들에게 괜찮은 인물로 남았다. 아직 주사위를 쥔 채 말이다.

돈 후안은 이런 당신에게 말할 테다.

"주사위를 던져라!"

"본인 삶을 애써 피하지 말라!"

"자유롭게 원하라!"

물론 주사위를 쉽게 던질 수 없다. 확률이 낮기 때문이다. 벌칙도 너무 두렵다. 그러나 하나 잊지 말자. 즉 벌칙을 이행할 때만 또 한 번 주사위를 굴릴 수 있다. 돈 후안은 이 점을 잘 알았다. 때때로 벌칙 때문에 너무 괴롭웠지만 그는 매번 설렜다.

"다음은 어떤 숫자가 나올까?"

끊임없이 주사위를 굴리다 보면 가끔 원하는 숫자가 나올 때가 있다. 그러면 너무나 좋다. 그리고 그것으로 끝. 돈 후안은 다시 주사위를 집는다.

살다 보면 원대한 목표에 승부를 걸어야 할 때가 있다. 그때는 정말로 망설이지 말고 주사위를 힘껏 던지자. "내 삶을 원해!"라고 외치자. 물론 (벌칙과 같은) 시련이 있기 마련이다. 하지만 그것을 견뎌낼 때만 다시 한번 승부를 걸 수 있다.

"적당히 살 수는 없습니까?"라며 푸념해 봐야 소용없다. 삶이 그렇듯, 주사위는 당신에게서 절대 떨어지지 않는다. 그러니 벌칙을 받을 각오로 주사위를 던져라!

끝으로 서머싯 몸(W. S. Maugham)이 썼던 『인간의 굴레에서』에 나왔던 멋진 글귀 하나를 옮겨 본다.

> "난 말일세, 우리는 인생을 하나의 모험으로 생각해야 하며, 단단한 보석 같은 불길로 타올라야 한다, 그리고 위험을 무릅써야 하며, 더 나아가 위험 앞에 나서야 한다고 생각하네(『인간의 굴레에서』: 279)."

## 연극배우

연극배우는 정해진 각본대로 맡은 배역을 완벽히 소화하길 원한다. 그러니 계획된 동선에서 절대 이탈해선 안 된다. 어떤 실수도 용납할 수 없다. 무대장치, 소품, 조명, 의상, 분장 등 정확히 연습했던 대로 있어야 한다. 또한 배우는 상연 중 발생할 예측 불능의 사태와 즉흥적인 관객들의 반응에 예민할 수밖에 없다. 제때 작동될 극적 장치와 상대배우와의 완벽한 호흡, 예상된 관객들의 호응은 필수다. 이처럼 연극

배우는 극에 몰입하여 서사를 연출하고 어떤 흠결 없이 연극이 끝나가기를 바란다. 연극에서 절대 우연이란 없다.

이럴진대 만약 완벽히 짜인 연극적 약속들이 파괴되고 무대 위 모든 것이 즉흥적으로 진행되면 배우는 매우 놀랄 것이다.

"갑자기 무슨 일이지? 약속과 다르잖아!"

정체불명의 서사와 제멋대로인 극적 장치들, 상대 배우의 돌발적인 몸짓과 떠들썩한 객석이 연극배우를 더욱 당황하게 한다. 결국 각본조차 없는 연극에서 그는 어떤 것도 할 수 없다.

이제 어떻게 할 것인가? 몇 가지 방법은 있다. 어떤 배우는 이런 상황에서 무대 밖으로 도망간다. 생각해 보라. 당신은 이번 연극의 주연이다. 그래서 밝은 조명과 함께 무대 한가운데 서 있다. 그리고 객석에는 수많은 관객들로 가득하다. 물론 떨릴 수밖에 없다. 그래도 호흡을 가다듬는다. 그런데 문득 깨달았다. 즉 이번 연극은 일인 즉흥극이었다. 각본뿐 아니라 극적 장치, 소품, 스텝, 음향, 심지어 연출가도 없다. 무대에는 오직 당신뿐이다. 그리고 어떤 것도 없이 극을 연출해야 한다. 하지만 어떻게 하란 말인가.

"도대체 이제부터 뭘 해야 합니까?"

누구도 당신에게 말해 주지 않는다. 이렇게 머뭇거리자 관객들은 지겹다는 듯 무대에 욕설을 쏟아낸다. 떨리고 두렵다. 몸이 움츠러들었고 무대에 서 있기가 힘들다. 그렇게 한참을 있자 당신은 연극 자체에 신물이 났다. 그래서 연극 무대 밖으로 뛰쳐나간다. 연극 무대와의 완벽한 절연이다. (실제로 극단적인 선택을 뜻한다.)

다른 방법도 있다. 어떤 배우는 이런 상황에서 소품 행세를 한다. 다시 연극으로 돌아가자. 관객들이 끊임없이 욕설을 쏟아내자 당신은 어쩔 수 없이 무대 구석을 택했다. 그러고는 주연이 아닌 연극 소품을 자처했다.

"신경 쓰지 마세요. 전 소품일 뿐입니다."

그러자 관객들은 입을 다물었다. 한결 낫다. 그런데 그때 내 연극무대에 다른 주연 배우가 올라왔다. 그는 온갖 퍼포먼스로 좌중을 압도했다. 관객들은 환호했고, 소품을 자처했던 당신도 그의 놀라운 몸짓에 감탄했다. 무대를 망쳤다는 실망감과 함께 주연 배우에게 박수를 보냈다. 그러고는 속으로 생각한다.

'나도 저 배우처럼 되고 싶다.'

당신은 이미 본인이 무대 주인공이라는 사실을 잊은 지 오래다.

그러나 '진짜 배우'는 다르다. 무대를 탈출하거나 소품처럼 있지 않는다. 오히려 무대 중앙에서 모든 것을 연출한다. 왜냐하면 다음을 알았기 때문이다.

"무엇이든 해도 된다." 각본이 없는 한 모든 것을 상연할 수 있다.

그리고 또 하나, 진짜 배우는 관객들이 한낱 허수아비임을 잘 알았다. 저들이 그에게 욕설을 쏟아냈지만 그뿐이다. 그들은 연극에 껴들 수 없었다. 말하자면 관객은 관객일 뿐이다.

그래서 진짜 배우는 평소 하고 싶었던 대로 마음껏 춤췄다. 온갖 기교를 다해 열정적으로 그랬다. 그러자 관객들은 웬일로 그에게 환호했다. 진짜 배우는 생각했다.

'그렇군.'

이번에는 춤과 함께 노래 불렀다. 그런데 춤과 달리 노래는 형편없었다. 관객들이 무대에 온갖 욕설을 내뱉었다. 그래서 배우는 생각했다.

'그렇군.'

진짜 배우는 관객들이 본인을 어떻게 평가하든 두렵지 않다. 그는 묵묵히 연기할 뿐이다. 그러면서 자신에게 이렇게 묻는다.

"오늘은 어떻게 연기할까?"

플라톤

『파이돈』

## 소크라테스가 죽다

페리클레스(Pericles)가 통치했던 아테네는 한때 살기에 풍요로웠던 고대 도시국가였다. 군사력도 막강했고, 정치체제도 안정적이었다. 그래서 아테네인들은 이런 국가 공동체 안에서 여유롭게 사색을 즐겼다. 너무나 평화롭던 시절이었다.

하지만 이런 평화에도 끊임없이 회의하며 논쟁을 부추기는 좌파 지식인들이 없지 않았다. 소크라테스(Socrates)가 그들 중 하나였다. 혁명과 같은 극단적 좌파 사상을 내놓았던 것은 아니지만, 기득권층이 봤을 때 그는 항상 젊은이들과 어울리며 전통과 제도를 의심하고 분석하며 따지는 눈엣가시 같은 존재였다. 그러나 그들은 소크라테스를 어쩌지 못했다. 한낱 생각을 죄로 만들 수는 없었기 때문이다. 그런데 그러던 중 소크라테스는 정치적 계략에 빠졌다.

대략 기원전 404년에 그토록 경제적 부와 국가적 힘을 자랑했던 아테네가 스파르타와의 전쟁에서 허무하게 패했다. 그 과정에서 소크라테스의 제자였던 알키비아데스(Alkibiades)가 아테네의 전쟁 전략을 스파르타에 넘겨준 사실이 밝혀졌다. 이런 역적 행위가 알려지자 아테네 정치가들은 스승인 소크라테스에게 공모 혐의가 있다며 그를 반국가적 범법자로 옭아맸다. 항상 진리를 위한 앎의 실천만을 따랐던 철학자 소크라테스는 이번 정치적 탄압을 이해할 수 없었다.

설상가상으로 밀레토스(Meletos)가 불온사상을 유포한 죄로 소크라테스를 고발했다. 즉 아테네 젊은이들을 철학으로 타락시켰고 신들을 부정했으며 이데아(Idea) 같은 불온한 영적 사상을 설파했다는 까닭으로 말이다. 소크라테스는 법정에서 무죄를 주장했다. 그러나 11인 위원회는 이런 주장을 받아들이지 않았다.

아테네 정치인들과 기득권층은 이번 기회로 불순분자였던 소크라테스를 국외로 추방하려 계획했다. 하지만 그는 국외 추방을 거부했고 법정에 남아 끝까지 본인 신념을 지켰다. 사실 11인 위원회는 소크라테스를 죽이고 싶지 않았다. 왜냐하면 그의 죽음이 자칫 아테네 시민들에게 영웅적 면모로 비칠지 모른다는 불안감 때문이었다. 그리고 그들은 시민들의 폭동으로 이어질까 염려스러웠다.

그래서 위원회 임원들은 그가 불온사상을 버리고 국가 체제에 복종하길 바랐다. 하지만 소크라테스는 그들의 회유를 거절했다. 그러자 위원회 임원들은 소크라테스가 국외로 떠나도록 강압했다. 이번에도 그는 거절했다. 그는 무죄를 확신했으며, 만약 진실이 밝혀지지 않을 땐 차라리 죽기를 바랐다. 그들이 봤을 때 정말 국가를 위협하는 불순분자가 아닐 수 없었다. 그도 본인 죽음이 가까이 왔음을 잘 알았다.

그래도 어쩔 수 없었다. 진실 외에는 죽음뿐이었다. 결국 위원회는 그런 소크라테스에게 사형을 구형했다.

사형이 집행될 당일, 위원회 임원들은 또 한 번 소크라테스를 설득했다. 그들은 말했다.

"잘못을 인정하라! 그리고 '철학'을 잊어라! 그게 싫으면 아테네를 떠나라. 차라리 국외로 나가 불온한 사상을 설파하라! 이제 곧 심부름꾼이 독약을 들고 올 것이다. 그럼 그땐 죽음뿐이다. 어쩔 텐가, 어서 목숨을 아껴라!"

그러나 소크라테스는 말이 없었다. "사악한 반동분자!" 위원회 임원들은 욕설을 내뱉었다. 그들이 떠나고 소크라테스의 동료와 제자 들이 감옥 안으로 들어왔다. 다들 표정이 어둡고 슬펐다.

특히 소크라테스의 아내 크산티페는 듣기 민망할 정도로 목 놓아 울었다. 물론 (알려진 바로는) 악처답게 남편의 죽음 때문이 아니었다. 그녀는 아무런 재산도 남기지 않은 남편에 대한 원망과 함께, 이렇게 서럽게 울면 동료들이 불쌍히 여겨 경제적 도움을 줄지 모른다는 얕은 생각 때문이었다. 그러니 더욱 소리 내 울었다.

"어린 자식들을 두고 이렇게 죽으면 어떻게 합니까! 이제 어떻게 살라고 말이에요. 이런 법이 이디 있나요. 징말 제 남편은 아무런 죄가 없어요. 불쌍한 내 새끼들!"

크산티페의 속내를 모를 리 없는 소크라테스였다. 그래도 틀린 말이 없었다. 그는 어떤 말도 없이 아내를 쳐다봤다. 그러고는 막내아들

곁으로 갔다. 아직 어려 상황을 알 리 없는 막내아들은 그저 해맑게 웃었고 소크라테스는 그런 아들을 안았다. 소크라테스의 장남이 그 모습을 지켜봤다. 속으로 나지막이 그를 불렀다. "아버지…."

소크라테스는 그런 장남에게 이렇게 말했다.

"네 어머니를 데리고 어서 집으로 가라. 그리고 내 죽음을 차분히 기다려라."

다시 한번 장남은 아버지를 불렀다. "아버지…."

"내 말 듣거라. 그리고 너무 슬퍼 말고 너 자신을 위해 진리를 좇아라." 소크라테스가 냉정히 말했다.

"아버지 어떻게 이리도 냉정하십니까? 저는 끝까지 곁을 지키고 싶습니다."

"아내의 울음과 자식들의 슬픔을 더 이상 보고 싶지 않다. 어서 내 말대로 해라. 그리고 죽음을 겁내지 말아라. 누구도 '죽음'을 알지 못한다. 그런데도 사람들은 죽음을 겁내. 이것만큼 어리석은 일은 없다. 죽음에 대한 두려움보다 삶의 용기를 가져라. 죽음을 알 수 없지만 용기는 알 수 있다.

그리고 무지를 알 때까지 공부하라. 그게 '철학'하는 삶이다. 이 말을 잊지 말도록. 이제 네가 집안의 가장이니 가장답게 행동해라! 알겠니?"

이렇게 말을 끝내자 장남은 어쩔 도리 없이 가족들과 함께 방을 나갔다. 크산티페는 더욱 서럽게 울었다. 이를 지켜보던 동료와 제자 들은 침통했다. 소크라테스는 그런 동료와 제자 들에게 웃으며 말했다.

"왜들 그러나. 나는 곧 신들이 계실 진짜 세상으로 갈 텐데, 축하해 주진 못할망정 이렇게 슬피 울다니. 이러지 말고 다들 앉아 '철학(Philosophy)'을 즐깁시다." 철학은 곧 사색을 뜻했다.

이때 테베 사람 시미아스(Simias)가 말했다.

"스승님, 죽으면 다 끝인데, 어떻게 한가롭게 철학하며 즐거워할 수 있겠습니까?"

"그게 무슨 말인가? 다 끝이라니!"

"그렇지 않습니까. 이젠 스승님을 뵐 수 없고 말씀도 들을 수 없을 텐데, 끝이 아니고 무엇이겠습니까."

그러자 소크라테스가 말했다.

"자넨 앎의 기쁨, 즉 진리를 얻길 바라는가?"

"네, 그렇습니다. 그래서 더욱 스승님을 보낼 수 없습니다."

"그건 또 무슨 말인가? 보낼 수 없다니. 내가 없으면 진리를 얻을 수 없단 뜻인가?"

"그렇지 않고요. 저는 스승님께 더 배워야겠습니다."

소크라테스는 잠시 생각 끝에 이렇게 말했다.

"시미아스, 진리를 어떻게 배울 수 있겠는가. 잘 듣게나. 우린 아주 오래전 가장 순결했고 신성했던 영혼들이었네. 이들 영혼은 이미 진리를 갖기 때문에 모두 즐겁고 행복했다네.

하지만 영혼은 천상에 영원히 머물 수는 없었어. 왜냐하면 신은 영혼들이 지상에 내려가길 바랐기 때문이네. 그래서 영혼들은 어쩔 수 없이 망각의 강(Lethe)을 지나 지상으로 내려갔지. 잘 알겠지만, 망각의 강을 건넜을 때 영혼은 진리를 반쯤 잃었네. 그리고 지상에 내려와 육체 속에 갇혔을 때는 거의 잃게 되네.

그러나 신은 우리를 저버리지 않으셨지. 즉 얕게나마 그 빛을 남겨 두셨어. 그러니 우리는 그 어렴풋한 빛을 바탕으로 진리를 완전히 복원해야 한다네. 그래서 내게 배워서 될 게 아니야. 진짜 앎은 이미 자네한테 있네. 다만 진리를 찾을 열정과 용기가 필요할 뿐이야. 이러니 이제 그만 슬퍼하게. 내면으로 들어가 진리를 찾게나. 내가 없이도 '철학'으로 충분히 그럴 수 있다네."

그래도 시미아스는 울며 말했다.

"하지만 스승님이 없으면 저는 너무 슬퍼 진리를 찾는 공부를 게을리할 것 같습니다."

"시미아스, 대체 죽음이 무언가? 어째서 알지 못하는 죽음을 두렵다 하는가. 육체에 갇힌 영혼은 세상의 겉모습, 즉 현상만 본다네. 하지만 철학자는 현상 속 본질을 봐. 그리고 철학자가 육체를 벗으면 그 영혼은 해방되어 철학을 완성하지. 죽음은 내게 자유일세.

그러니 내 육신의 소멸을 슬퍼 말고, 자네 영혼에 깃든 진리에 주목하게. 만약 자네가 그런 참된 앎을 찾을 수만 있다면, 비록 내 육신은 없지만, 우린 영혼과 영혼으로 만날 수 있다네. 반드시 마음에 새겨두게. 우리는 현상이 아닌 내면의 본질을 인식해야 함을."


이때 소크라테스의 애제자 플라톤(Plato)이 허겁지겁 들어왔다. 왠지 기쁜 소식을 들고 온 듯하다.

"스승님! 방금 재판을 담당했던 서기를 만났습니다. 지금이라도 유죄 판결에 승복하면 사형을 면하고 석방하겠답니다. 그러면 아테네를 떠나지 않아도 되고요!"

플라톤의 말에 소크라테스는 한참을 침묵했다. 물론 고민 중이 아니었다. 단지 그는 지금껏 아꼈던 플라톤이 어리석게도 본인의 진심을 몰라주어 허무했다.

"플라톤, 네가 봤을 때 내가 죄를 범했느냐?"

"그렇지 않습니다." 당황하며 플라톤은 말했다.

"그런데 내가 어째서 죄를 인정해야 하지?"

"그런 뜻이 아니라…" 플라톤은 할 말이 없었다.

"저들은 내게 '그름'을 강요하고 있어. 어떻게 그름을 인정할 수 있겠나."

그러자 플라톤이 다급히 말했다.

"만약 나라가 '그름'을 강요했다면 그런 그름에 저항하는 일은 '옳음'이 아닐까요? 허락하신다면 저들 몰래 스승님을 모시고 이곳을 빠져나가겠습니다."

"네 말은, '옳음' 때문에 나라 법을 어기는 '그름'을 행하잔 말이냐? 네가 말했던 '옳음'은 이런 것이냐?"

소크라테스가 이렇게 말하자 플라톤은 작심한 듯 말을 쏟아냈다.

"스승님, 저는 도무지 모르겠습니다. 내 나라와 그 법이 그렇게나 중요했다면 어째서 어제 법정에서는 이렇게 말씀하셨습니까?

'내 나라가 철학과 참된 앎에 대한 실천을 멈췄을 때만 저를 무죄

방면한다고 합니다. 아테네인들이여! 저는 내 조국과 시민 여러분을 아끼며 반깁니다. 하지만 저는 철학과 참된 앎에 대한 행동을 멈출 수 없습니다. 사형이 구형될지라도 이 일만은 그칠 수 없습니다.'

만약 나라 법이 최고 '옳음'이라면 철학자는 그런 조국의 법령을 따를 의무가 있습니다. 그러니 지금이라도 스승님은 법에 따라 철학하길 멈추고 석방되셔야 합니다. 그런 뒤에 법의 한계 내에서 철학에 힘쓸 수 있는 방법을 찾는 게 어떨까요? 그게 진정 '옳음'을 실천하는 법이 아니겠습니까."

플라톤의 작심 발언에 소크라테스도 말을 뱉었다.

"플라톤, 책벌레야! 방 안에 앉아 책으로만 세상을 보니 무얼 제대로 설명할 수 있겠니? 제발 책에서 벗어나. 얕은 논리에서 벗어나. 난 너를 그렇게 가르치지 않았어. 지혜를 사랑하라 했지 언제 지혜를 따져라 했니.

어제 법정에서 내가 그렇게 말했던 까닭은, 그땐 내가 범죄 피의자가 아닌 철학자였기 때문이었어. 난 지금껏 참된 앎을 좇았다. 어떤 잘못도 짓지 않았어. 그러니 아무리 법정일지라도 난 죄인일 수 없어. 그래서 지금껏 그랬듯 철학자로서 내 몫을 다했다. 즉 진리를 변론했다. 내가 피의자였다면 그렇게 말했겠니.

그리고 진리보다 법이 더 높더냐? 그럼 법학자가 되었어야지. 이러니 철학을 멈추라는 법정의 명령에도 진리를 따를 수밖에.

하지만 지금 난 철학자가 아닌 아테네 시민이다. 그러니 이렇게 감옥에 있지. 그러면 한 나라의 시민이 법을 어기고 감옥을 탈출하는 일이 옳으냐? 그런 행동이 지혜를 사랑하는 일이겠느냐! 죽음을 택할망정 조국의 법령을 지킬 때 '옳음'이 생긴다. 이것이 한 나라의 국민이 진리를 행하는 방법이다."

소크라테스가 이렇게 열변을 토했지만 그래도 플라톤은 멈출 수 없었다. 이렇게 하소연했다.

"스승님, 아무리 그래도 이렇게 제자를 슬프게 하는 일이 '옳음'입니까? 당신께서 돌아가시면 많은 이들이 슬플 겁니다. 이게 어째서 앎에 대한 참된 기쁨이고 즐거움입니까?"

제자의 당돌한 외침에 소크라테스는 그를 바라봤다. 그리고 조용히 다독였다.

"플라톤아… 제발 질질 짜지 좀 말아라! 참 어리석다. 곧 있을 내 죽음이 널 슬프게 한다지만 네 어리석음이 나를 더욱 슬프게 하는구나. 삶과 죽음은 세상의 법칙이다. 거스를 수 없어. 이걸 깨달으면 죽음은 한낱 앎일 뿐이다. 알았니? 그러니 눈물을 그쳐라."

"스승님…."

"하지만 친구여!" 지금껏 조용히 앉아 있던 크리톤(Kriton)이 소크라테스를 불렀다.

"이제 옳음이니 참된 앎이니 이런 말은 말게나. 어쨌든 여기 모인 이들은 자네가 죽길 원치 않아. 그러니 제발 여길 나가세. 내가 미리 손을 써놨어. 탈옥? 맞네. 제발 설교는 말게나. 자넨 그냥 저 감옥 문을 나서면 된다네."

"크리톤, 얼굴이 많이 수척하구먼. 내 탓인가? 사람들이 자네에 관해 이렇게 말하더군. '벗이 감옥에 갇혔는데 어떤 도움도 없다'고 말일세. '모른 체한다'고 말일세. 그래서 이렇게 탈출을 권하는 것인가?"

크리톤은 한참을 침묵했다. 그래서 소크라테스는 말했다.

"크리톤, 호사가들 말에 휘둘리지 말게. 그들은 여기저기 떠돌며 헛된 환상을 좇는 범인(凡人)들일 뿐이야. 어떤 원칙도 없이 말일세. 이런 자들 때문에 자네가 신경 쓸 필요가 있을까. 난 자네를 잘 아네. 항상 원칙에 따라 살지 않는가. 그런 자네가 원칙 따윈 무시한 채 아무렇게나 행동하는 저들과 같나. 내가 틀렸는가?"

"아닐세…."

소크라테스는 크리톤의 손을 꽉 잡았다. 그리고 동료와 제자 들에게 말했다.

"여러분, 어쩌면 제 마지막 말일지 모르겠습니다. 이성의 명령은 감정의 명령보다 항상 월등합니다. 왜냐하면 이성은 한결같기 때문입니다. 그때마다 바뀌는 생각은 사견(opinion)일 뿐입니다. 이성은 일관된 원칙과 보편적 개념(Idea)과 참인 진실만을 명합니다. 돈과 권력과 명예에 따라 그런 준칙들이 바뀔 리 있겠습니까. 현상들에 현혹되어 본질을 밝힐 수 없으면 삶이 어떻게 될까요. 몸에 밴 쾌락을 절제해야 합니다. 두려움을 털어내고 용기를 가져야 합니다. 무엇보다 내면에 깃든 참 빛을 찾아야 합니다. 그럴 때 우린 어떤 것에도 흔들리지 않을 것입니다."

그때 집정관이 독약을 들고 들어왔다. 잠시 침묵이 흘렀다. 소크라테스는 웃으며 그를 맞이했다. 그리고 침착하게 말했다.

"이제 제가 어떻게 하면 되겠습니까?"

집정관은 다음과 같이 일렀다.

"독약을 전부 마시되, 세 번에 걸쳐 나눠 마십시오. 그런 뒤 이리저리 돌아다니다 몸이 점점 굳으면 침대에 누워 계세요. 잠시 뒤 다리가 먼저 굳어 갈 테고, 다음으로 몸, 그다음으로 팔, 끝으로 얼굴이 굳을 겁니다. 그리고 몸 전체가 굳더라도 정신은 잠시 온전할 테니 몇 마디 말씀을 하실 수 있습니다. 그러고는 끝입니다."

"잘 알겠습니다. 어서 독약을 주세요." 소크라테스는 망설임 없이 독약을 받아 들었다. 그리고 독약을 전부 마시되, 세 번에 걸쳐 나눠 마셨다. 잠시 주춤했지만, 이리저리 거닐었고 몸이 무겁자 침대에 누웠다. 소크라테스는 생각했다.

'육신의 죽음은 이렇군. 다리가 굳었어. 이번엔 팔이… 몸 전체가 움직이질 않아. 드디어 다 끝났다.' 소크라테스는 끝으로 크리톤을 불렀다.

"크리톤…."

"그래 친구여!"

"내가 먼저 떠나네. 자네가 내 대신 아스클레피오스(Asclepius) 신께 닭 한 마리를 바치게. 자네에게 빚을 졌어…."

소크라테스는 힘겹게 말을 뱉었다. 그러고는 한 차례 부르르 떨더니 숨을 멈췄다.

한설희

『엄마, 사라지지 마』

## 엄마…

* 정재형의 피아노 앨범 「Le Petit Piano」와 함께 글을 읽어주길
  바라며.

대학 강사로 이제 막 임용되어 한창 바쁘게 활동하던 때였다. 당시
에 나는 열정만 넘쳤지 모든 일에 서툴렀다. 내 생에 강의 첫날, 너무
나 떨렸던 나머지 허겁지겁 수업을 했던 일은 아직도 부끄럽다.
  (한 시간 분량의 수업을 준비했었다. 전날, 철저히 연습까지 했다.
하지만 막상 수업을 시작하니 너무 떨렸다. 호흡은 가빴고 말은 빨랐
다. 벌벌 떨며 혼자 떠들었다. 그리고강의를 마무리하려는데, 아차! 마
칠 때가 아니었다. 말이 빨랐으니 그만큼 시간이 한참 남았던 것이다.
그래서 어쩔 수 없이 (시간을 때우려) 학생들에게 자기소개를 시켰다.
돌이켜보면 정작 내 소개는 없었다. 그날 학생들이 날 얼마나 비웃었

을까. 웬 애송이 교수가 헐레벌떡 들어와, 본인 소개도 없이 벌벌 떨다가, 다짜고짜 강의를 끝내더니, 뜬금없이 돌아가며 자기소개를 시켰으니 말이다. 하지만 앞으로 펼쳐질 악몽의 서막일 뿐이었다.)

계획서와는 다르게 수업을 해서 주임교수님께 혼났던 일도 있다. 알고 보니 내가 실수로 재작년 계획서를 학생 시스템에 올렸던 것이다. (미안하다 얘들아… 재작년 수업을 해서. 우리가 재작년에 만났다면 좋았을 텐데) 성적을 잘못 입력해 수강생들이 엉뚱한 성적을 받았던 일도 있었다. (물론 고생 끝에 모두 정정했다.) 그때도 (조교와 함께!) 학생들과 담당 직원에게 연신 고개를 숙였다. (조교는 무슨 죄인가.) 그 밖에도 학생들의 질문에 당황해 얼굴을 붉혔을 때도 많았고, 정작 내가 교재를 가져오지 않아 수업 내내 딴 이야기로 얼버무리다 마쳤을 때도 있었다. 그리고 차가 없던 시절이라 이 대학 저 대학 발품을 팔았으니 매일 녹초였다.

그래도 즐거웠다. 학생들이 내게 했던 "교수님!" 소리도 듣기 좋았다. 교양강좌 때 백 명 가까운 학생들을 앉혀 놓고 강의했던 일도 인생에서 꽤 통쾌한 경험이었다. 무엇보다 '철학'을 아이들에게 가르칠 수 있어서 너무나 좋았다. 얼마나 신났겠는가. 몸은 힘들어도 얼굴은 항상 밝았다.

그랬던 때였다. 여느 날과 같이 저녁밥을 먹고 엄마와 함께 한가로이 텔레비전을 보고 있었다. 그런데 문득 엄마가 내게 말했다.

"난 네가 부럽다."

"뭐가?" 난 퉁명스럽게 대꾸했다.

"교수님 소리도 들으며 살고, 젊은 친구들이랑 철학, 예술, 문학 같은 고급 얘기도 할 수 있어서 너무 부러워. 다음 생에 태어나면 나도 그렇게 살고 싶다."

난 엄마 맘도 모른 채 이렇게 쏘아붙였다.

"뭐가 좋아요! 요즘 애들 얼마나 말 안 듣는데. 힘들어 죽겠어. 그리고 이것저것 신경 쓸 업무도 많아요. 난 차라리 엄마가 더 부러워. 엄만 이렇게 집에서 여유롭게 지내잖아."

그때는 정말 내가 멍청했다. 저렇게 함부로 말했으니 말이다. 엄마는 괜히 딴청을 부리며 나지막이 말했다.

"그래도 부럽다."

난 의아해하며 엄마를 바라봤고 엄마는 대수롭지 않다는 듯 이렇게 얼버무렸다.

"그냥 그렇다고."

내 마음에 왠지 모를 감정이 일렁였다.

엄마는 잘 알고 있었다. 누구도 본인 인생을 '부럽다' 하지 않을 것임을. 왜냐하면 인생을 살아냈지만, 당신도 그 삶을 원하지 않기 때문이다. 남편과 아들 둘을 뒷바라지하며 평생 일만 하셨다. 유년 시절, 엄마는 학교 선생님이 꿈이었다. 그런데 그러지를 못하셨다. 많은 것을 단념하며 사셨다. 이제는 연로하여 큰 활동을 하실 수 없다.

가끔씩 방에 불을 꺼둔 채 멍하니 계실 때가 있다. 그럴 때면 나는 괜히 무섭다. 왜냐하면 엄마가 금세 사라질 것만 같기 때문이다. "나는 슬픔 속에서 어렴풋이 두려움을 느꼈다. 엄마가 나를 두고 떠나버릴까 봐, 엄마가 사라질까 봐 무서웠다(『엄마, 사라지지 마』: 79)."

작은 집이 세상 전부일지 모를 엄마 삶을 어떤 사람이 그토록 원하겠는가. 엄마는 그런 본인 삶을 잘 알았다.

한번은 엄마 얼굴을 가만히 들여다봤다. 마주 보기 쑥스러웠던 나는 하릴없이 거울 속 엄마를 본다. 얼굴에 빼곡히 새겨진 주름들이 내 눈을 스쳤다. 몸도 많이 야위었고 풍만했던 가슴이 어느새 납작했다. 무엇보다 많이 늙었다. '언제 이렇게 늙어버리신 걸까.' 속으로 이렇게 생각했다.

항상 곁에 있었는데 새삼 관찰하니 엄마가 너무 낯설다. "엄마가 입고 있는 색깔, 짓고 있는 표정, 몸에 밴 버릇, 그리고 오랜 시간을 쌓아왔을 생각들… 나는 엄마에 대해 아는 것이 없었다(『엄마, 사라지지 마』: 276)."

"사랑해!" 하며 엄마를 안아주지 못했다. (경상도 남자답게) 쑥스러워서였다. 먼 훗날 나는 이때를 돌이켜보며 분명 후회할 테다.

이런 내 경험을 학생들에게 들려주었다. 다들 시큰둥했다. '저 아이들도 평소 나처럼 엄마 얼굴을 잘 보고 있지 않겠지….' 그래서 엄마들은 참 가엾다. 자식들 곁에 항상 머물러 있지만, 관찰할 대상조차 될 수 없으니 말이다.

강의를 마칠 즈음 나는 학생들에게 과제 하나를 내줬다. '엄마 얼굴을 찬찬히 들여다보고 글로 적어 오기'였다. (물론 아버지를 포함해 가족 전체였다.) 그러자 학생들이 부끄럽다며 손사래 쳤다. 특히 고학년 학생들이 그랬다. 난 과제 점수를 미끼로 그들을 설득했다.

다음 강의 때 각자 적은 글을 읽었다. 새내기 여학생이었던 걸로 기억한다. 엄마 얼굴을 글로 묘사하며 이렇게 끝맺음했다.

"평소에는 잘 몰랐는데 엄마 눈썹이 지저분하더라고요. 그래서 제가 직접 눈썹을 정리해 드렸어요. 엄마가 너무 좋아했어요."

수준 높은 글은 아니었지만 그래도 어떤 글보다 밝고 활기찼다.

다음은 고학번 남학생이었다. 표정에 억지가 묻어났지만 글은 꽤 담박했다. 요지는 이랬다.

"처음엔 어머니 얼굴을 볼 수 없었습니다. 창피해서였습니다. 그래서 어머니를 불러 시답잖은 얘기를 마구 했습니다. 그때 잠깐 어머니 얼굴을 빤히 봤습니다. 그런데 너무 낯설었습니다. 그제야 '아… 엄마 얼굴이 이렇게 생겼구나.' 했습니다. 갑자기 죄송한 맘이 들었습니다." (내 글로 옮겨 놓아서 그렇지 남학생의 글은 이보다 훨씬 어른스러웠다.)

그다음은 한참 연배가 높았던 만학도 선생님이었다. 선생님은 엄마가 일찍 돌아가셨다고 했다. 그래서 과제를 핑계로 엄마 사진을 들여다봤단다. 그런데 사진 속 엄마가 이렇게 말했다고 했다.

'우리 딸 많이 늙었네. 난 예전 그대론데. 그래도 우리 딸 예쁘다.'

만학도 선생님이 이 구절을 읽었을 때 숨이 턱 막혔다. 강의실 전체가 조용했다. 그래도 만학도 선생님은 담박하게 글을 끝맺었다.

"왠지 모르게 돌아가신 엄마보다 내가 더 불쌍했다. 그래도 사진 속에는 항상 엄마가 있어서 너무 고마웠다."


몇 해 전 한설희 작가의 사진 수필 『엄마, 사라지지 마: 노모(老母),

2년의 기록 그리고 그 이후의 날들』을 읽고 한참을 울었다. 엄마가 떠올랐기 때문이었다. (엄마라는 관념만으로 몸의 일부인 눈물샘이 반응했다는 사실은 항상 놀랍다.) 물론 우리 엄마는 책 속 할머니처럼 많이 늙지 않았다. 생김새도 다르다. 어쩌면 할머니를 떠올렸어야 했다. 하지만 한 글자씩 읽을 때마다 엄마가 떠올랐다. 작가의 말대로 『엄마, 사라지지 마』 속 인물은 한설희 작가의 실제 엄마일 뿐 아니라 세상 사람들의 모든 엄마였기 때문이다.

한설희 작가는 어느 날 문득 엄마의 생이 얼마 남지 않았다는 사실을 깨달았다. 연세도 많았지만, 활기찼던 옛 모습을 더 이상 볼 수 없었기 때문이다. 작가의 노모는 세상과 단절한 채 작은 방에 휑뎅그렁하게 앉아 홀로 지냈다. 자식들이 찾지 않으면 침묵 속에 한참 있었다. 이런 엄마를 볼 때면 한설희 작가는 무서웠다.

"엄마가 없어질 것만 같다."

이렇게 생각하니 마음이 다급했다. 그래서 다짐했다.

"얼마 남지 않은 엄마의 삶을 간직하자."

이렇게 해서 예순아홉 딸은 아흔셋 엄마를 카메라에 담았다.

딸은 사진을 평계로 엄마를 오롯이 보게 되었다. 그리고 가슴이 먹먹해졌다. 시간이 갈수록 엄마는 본연의 빛을 잃어 갔기 때문이다. 엄마는 팔꿈치를 짚고 고개를 숙인 채 오래도록 눈을 감고 있었다. 육신이 많이 쇠약했다. 팔과 다리는 앙상했고 얼굴 주름도 축 처졌다. 걸음을 옮길 때마다 힘겨워했다.

생활에도 힘겹기는 마찬가지였다. 세 평 남짓한 방에 우두커니 앉왔다. 말이 없었다. 온종일 그렇게 하루를 지냈다. 가끔 창밖을 볼 때가 있었다. 방으로 볕이 들었기 때문이다. 하지만 곧 창을 굳게 닫고 커튼을 친다. 그러고는 가만히 앉아 벽을 보거나 눕는다. 아예 어둠에 자신을 가뒀다.

"바깥은 빛으로 가득하지만 엄마는 사그라지고 있다(『엄마, 사라지지 마』: 55)."

한설희는 엄마 방을 외딴섬으로 비유했다. 그녀에 따르면 엄마는 스물두어 살 무렵 남편과 함께 고향 섬을 떠났다. 그래서일까. 엄마는 방을 좀처럼 떠나지 않았다. 자식들 외에 누구도 방문하지 않는 "외롭고 쓸쓸한 섬"이었다.

> "그 마을에는 예쁜 여자아이가 살았다. 똑똑한 남자아이도 살았다. 남자아이는 공부를 마치면 여자아이를 데리러 오겠다고 약속했다. 여자아이는 초등학교를 겨우 나왔지만 남자아이는 초등 교육을 마친 후 독학 끝에 일본으로 건너가 대학에 진학했다. 몇 년 뒤, 남자아이는 약속대로 섬으로 돌아왔다. 그리고 자신을 기다리던 여자아이와 시골 교회에서 한복에 면사포를 쓰고 결혼했다. 더 이상 아이가 아닌 남자는 더 이상 아이가 아닌 여자를 데리고 섬 밖으로 나왔다. 그것이 내가 아는 우리 부모의 결혼 이야기다.
>
> 이제 엄마의 세계는 세 평 남짓한 방 안이 전부다. 스물두어 살 무렵 섬을 빠져나온 엄마는 구십이 넘어 다시 섬에 갇혔다. 자식들이 아니면 아무도 찾아오지 않는, 외롭고 쓸쓸한 섬. 그 섬은 파도도 치지 않고 풀 한 포기 하나 자라지 않는다. 이곳에서 숨

쉬는 존재는 엄마 하나이니, 엄마마저 사라지면 여기는 무인도가 될 것이다(『엄마, 사라지지 마』: 69-71)."

결국 엄마가 돌아가셨다. 한설희는 (본인이 직접 찍었을 영정 사진 속) 엄마 얼굴을 본다. 엄마는 방 한편에 앉아 팔로 무릎을 안았다. 그리고 허공을 응시했다. 그런데 한참을 보고 있자, 엄마는 무언가를 말하려 입술을 달싹거렸다. 딸은 귀 기울인다. 엄마는 딸에게 말했다.

"내 삶은 빛이 들지 않는 자리에 있는 것 같았지만 돌아보니 제법 찬란했다.
언젠가 다른 곳에서 다시 태어나도 네 엄마로 살고 싶다.
네 사진 속 어딘가에서 환하게 자리하고 싶다.
그러니 나의 늙음을 더는 딱한 눈으로 바라보지 말아라(『엄마, 사라지지 마』: 195)."

이 대목을 읽자 나는 울음이 났다. 오래전 내 엄마도 비슷한 말을 했었기 때문이다. 박사 학위를 이제 막 취득했을 때였다. 그 당시 학문 업적이 박사 학위밖에 없었으니 임용이 힘들었다. 그래서 몇 달을 하릴없이 보냈다. 정말 막막했다. 얼굴에도 그런 막막함이 잔뜩 묻어났으리라. 그랬던 때에 엄마가 내게 했던 말이다. 기억을 더듬으면 대충 이랬다.

"내 반드시 다음 생에도 너희 형제 엄마로 태어나겠다. 그러니 나 믿고 마음껏 살아라. 대신에 지금은 엄마를 위해 웃어줘."

엄마가 볼 때 내가 얼마나 딱했을까. 그래서 저와 같이 말하며 날 달랬다. 세상 모든 엄마 마음이 이렇지 않겠는가.

염치 불고하고 엄마에게 말한다.

"세상에서 가장 다정한 엄마에게, 죄송한 맘뿐이지만 다음 생에도 내 엄마 해주세요."

아서 단토

『예술의 종말 이후』

## 이게 예술이라고?

황당한 일이었다. 어떻게 미술작품을 제멋대로 훼손할 수 있을까. 소년은 꼼꼼히 뜯어볼 새도 없이 순식간에 작품을 관람할 권리를 박탈당했다. 허탈할 수밖에 없었다. 관람객들도 탄성을 질렀다.

"이봐요, 그러면 안 돼요!"

소년은 망연자실했다. 그토록 고대했던 미술 전시회가 아니었던가. '도대체 저 아저씨는 누굴까. 어떤 까닭에서 저 값비싼 미술작품을 파괴했을까.' 소년뿐 아니라 미술관 관람객들도 한숨이 절로 나왔다. 파렴치한 사람이 아닐 수 없다.

사건은 이랬다. 소년은 방학을 맞아 아빠와 함께 미술 박람회를 찾았다. 일명 '아트 바젤 마이애미(Art Basel Miami)'였다. 박람회에는 진귀한 미술품들로 가득했다. 그중에 단연 돋보였던 작품은 이탈리아 미술가 마우리치오 카텔란(M. Cattelan)의 「코미디언(Comedian)」이었다.

작품을 언뜻 봤을 때는 별것 없었다. 일상에서 흔히 볼 법한 작은 바나나를 회색 테이프로 미술관 벽면에 붙여 놓았다. 먹을 수 있는 진짜 바나나였다. 그러나 단일한 시각으로 봐선 안 되었다. 어쨌든 현대 미술작품이 아니겠는가. 그래서 소년은 고심했다.

'도대체 어떤 미학적 발상이 담겨 있을까?'

소년뿐 아니라 다른 관람객들도 이런 궁금증으로 작품을 뚫어져라 쳐다봤다.

그때였다. 어떤 중년 남성이 나타나 벽에 붙은 바나나를 떼다 냉큼 먹었다. 관람객들은 경악했다. "도대체 왜 그러세요?"라며 그를 질타했다. 하지만 중년 남성은 아랑곳하지 않았다. 그저 돌아온 답은 이랬다.

"배가 고파서요."

소년은 뜨악했다. 일대 소동이 벌어졌다. 관람객들은 당혹스럽고 불편한 맘으로 그를 지켜봤다. 곧이어 관계자가 급히 나타났다.

"지금 장난하세요! 이게 얼마짜리 작품인지 아세요. 자그마치 15만 달러라고요. 15만 달러!"(현재 기준으로 한화 2억 4천만 원이다.)

그래도 중년 남성은 대수롭지 않다는 듯 바나나를 마저 해치웠다. 그러고 나서 말했다.

"그저 배고팠을 뿐이에요."

그곳에 있던 사람들은 기가 찼다. 소년도 마찬가지였다.

"따라오세요!"

결국 중년 남성은 경비원들에 붙들려 그곳을 빠져나갔다. 영화 포스터 문구처럼 충격과 공포 그 자체였다.

곧이어 갤러리 관장인 엠마누엘 페로탱(E. Perrotin) 씨가 나타나 관람객들을 다독였다.

"별일 아니에요. 저 사람이 먹은 건 그냥 바나나일 뿐입니다. 특별할 것 없죠. 뭐… 다른 바나나를 찾아보죠."

맙소사. 페로탱 씨는 해명은커녕 한술 더 떴다. 현장에 있던 관람객들은 이제 돌아버릴 지경이었다. 소년은 또 한 번 뜨악했다.

'도대체 이건 어떤 장난일까.'

다음 날 당혹스러웠던 어제 일을 떠올리며 소년은 아빠에게 물었다. 잔뜩 짜증 섞인 말투였다.

"그 아저씨의 행동은 너무 과했어요. 내가 얼마나 기대했던 전시회였는데… 그런 일이 종종 있어요?"

아빠는 빙긋대며 읽던 책을 내려놓았다. 소년을 힘껏 끌어안아 무릎에 앉혔다.

"너무 화내지 말렴. 사실 어제 일은 '헝그리 아티스트 19(hungry artist 19)'라는 행위예술이었어."

"행위예술요?" 소년은 놀랐다.

사실은 이랬다. 중년 남성은 괴한이 아닌 행위 예술가 데이비드 다투나(D. Datuna)로 어제의 해프닝을 이렇게 설명했다.

'현재 수백만 명이 굶주림으로 고통을 겪고 있습니다. 그런데 미술시장은 작은 바나나를 15만 달러에 판매했어요. 그냥 썩고 없어질 과일을요. 회의감이 들었습니다. 수십만 달러로 타인을 도울 방법은 많습니다. 그래서 미술시장의 거래 관행을 조롱하고 싶었어요.'

"그래도 어쨌든 미술상이 제값을 내고 거래했던 작품이잖아요. 그걸 맘대로 훼손할 순 없죠. 이걸 어떻게 행위예술로 볼 수 있어요?" 소년이 풀 죽은 목소리로 말했다.

그런데 놀랍게도 소년의 아빠는 이렇게 답했다.

"미술상은 벽에 걸렸던 바나나를 산 게 아니란다."

"네? 그럼 뭘 샀어요?"

"「코미디언(Comedian)」에 대한 작품 라이선스(license)를 샀어. 쉽게 말해 마우리치오 카텔란의 발상(idea)을 산 셈이야. 그리고 작품에 대한 정품 인증서를 지급받았을 테고. 다투나도 이 사실을 잘 알고 있었어. 그래서 어제 같은 행동을 했던 거야."

소년은 좌절감에 휩싸였다.

"'발상'을 어떻게 거래할 수 있지?" 의문이 들었다.

물론 소년은 현대미술의 얄궂은 장난질을 여러 번 봐 왔다. 그중 하나를 들여다보자.

2018년 영국 런던 소더비(sotheby's) 경매장에 한창 유명세를 떨치고 있던 미술가 겸 그라피티 아티스트(graffiti artist) 뱅크시(Banksy)의 미술작품이 나왔다. 미술품 제목은 「풍선과 소녀(Girl with Balloon)」였다. 검게 칠한 소녀와 빨간 하트 풍선이 그려진 작품이었다. 그날 뱅크시의 작품은 86만 파운드(현재 기준으로 한화 14억 7천만 원)에 낙찰되었다.

그런데 낙찰된 그 순간 액자 속에 미리 설치되어 있던 파쇄기가 작동했고 그림은 아래로 반절이 찢겼다. 믿을 수 없는 광경에 경매 참가자들은 아연실색했다. (방금 15억짜리 미술품이 훼손되었으니 그럴 수밖에!)

다음 날 뱅크시는 "파괴할 욕구는 또한 창조할 욕구다(The urge to destroy is also a creative urge)"는 피카소(Picasso)의 말을 인용하며 전날의 풍경은 일종의 행위예술이었음을 알렸다. 소더비 유럽 현대미술 책임자였던 알렉스 브랜식(A. Branczik)도 "우리는 뱅크시에 당했다(We've been Banksy-ed)"며 전날 있었던 충격적 사건이 퍼포먼스(Performance)였음을 인정했다. 이제 반절 찢긴 미술품 「풍선과 소녀」에는 행위예술이라는 예술적 '발상'이 덧붙었다.

몇 년 지나지 않아 「풍선과 소녀」는 또 한 번 경매에 부쳐졌다. 그런데 원래 가격에 18배가 뛴 1,870만 달러(현재 기준으로 한화 253억 4천만 원)에 낙찰되었다. 예술적 '발상'이 덧붙은 값이었다. 작품 이름도 바뀌었다. 「풍선 없는 소녀(Girl without Balloon)」로.

그 외에도 소년은 현대미술 작품집에서 봤던 많은 미학적 발상들을 봤다. 저마다 놀라우리만치 현대적인 방식들로 제작되었다. 물론 현대미술 전체를 다 이해할 수는 없었다. 그래도 직간접적으로 미술품들에 단련된 만큼 현대미술의 분위기쯤은 감상할 수 있었다. 하지만 이번 「코미디언」 사태만큼은 도무지 납득할 수 없었다.

소년은 하루 종일 고심했다.

"이걸 예술이라 할 수 있을까?" 어쩌면 다음을 덧붙여도 괜찮을 테다.

"미술적 '발상'이 어떻게 예술작품을 대체할 수 있을까?"

소년은 이 물음에 정면으로 부딪쳐 보기로 결심했다.

## 물론이지!

1917년, 뉴욕 5번가 118번지. 프랑스 청년은 잡화상 창문을 우두커니 들여다보았다. 잡화상은 모트 아이언 워크스(J. L. Mott Iron Works)라는 배관 전문업체로, 화장실 변기, 밸브, 문고리 같은 생활용품을 판매했다. 그게 다였다. 청년은 한참을 들여다본 끝에 가게 안으로 들어갔다. 그러고는 점원을 불렀다. 청년은 어떤 제품을 손가락으로 가리켰다.

"저걸 좀 사고 싶은데요."

뒤판이 납작한 흰색 도기 재질의 평범한 소변기였다. (그 변기는 베드퍼드셔(Bedfordshire)사 제품이었다.)

점원은 제품을 꺼내며 살갑게 말했다.

"화장실 변기가 고장 났나 봐요."

청년은 고개를 저었다.

"아니요. 이걸로 미술작품을 만들어 볼까 해서요."

점원은 살짝 얼굴을 찡그렸다. 속으로 이렇게 생각했다. '제정신이 아니군.'

"아… 그래요. 물건은 어떻게 할까요. 저희가 집까지 옮겨 드릴까요?"

"아닙니다. 그냥 제가 들고 가죠.

청년이 값을 치르고 떠나자 점원은 한바탕 웃었다.

"저 사람 완전히 돌았군. 고작 소변기로 뭘 하겠다는 거야."


소년은 갤러리에 전시된 미술품들을 관람하며 발걸음을 옮겼다. 그러다가 어떤 작품 앞에서 돌연 발길을 멈췄다. 작품은 마르셀 뒤샹(M. Duchamp)의 1917년 작(作) 「샘(Fountain)」이었다. '왜 작품명이 샘일까'를 고심하며 미술품을 응시했다.

「샘」은 흰색 도기 재질로 제작된 조소(彫塑)로, 둥근 원통을 비스듬히 잘라 놓은 형태와 비슷했다. 뒷면과 밑면이 납작했고 정면부는 삼각 띠를 이어 붙인 모습이었다. 그리고 속이 움푹 파여 있어 전체적으로 우물을 연상시켰다. 특히 중간에 박힌 둥근 구멍들이 눈에 띈다. 삼각형 형태로 뚫린 6개의 구멍과 상단에 직선을 이루며 덧댄 4개의 구멍은 흰 바탕 위에 강렬한 대조를 이루었다. 정면 아래 테두리를 보자. 배관처럼 큰 구멍이 설치되었고 테두리 양옆에는 날개 형태의 받침이 균형감을 이루며 붙어 있다. 세련되고 현대적 디자인이 깔끔하고 통일된 느낌을 주었다.

끝으로 소년은 왼쪽 아래 모서리를 관찰했다. 작가는 검은색 물감으로 가명과 날짜를 휘갈겨 적어 놓았다. 'R. Mutt 1917'

'기하학적 형태로 꾸민 조소가 구상주의 풍의 담박한 볼거리가 있어. 어쩌면 절대주의의 추상적인 조각 유형에 속할지도 몰라. 기술적

이고 물질적인 측면에서만 볼 때는 추상적 형태 속에 깃든 순수한 미학적 요소들도 보여.'

이렇게 생각하며 소년은 나름 진지하게 작품을 관찰했다.

'작품명 자체에 충실한 시각예술처럼 보일 테지만, 블라디미르 타틀린(V. Tatlin)의 「모서리 역부조(Corner Counter-Relief)」처럼 재료 자체의 물리적 특성과 흥미 본위의… 어… 잠깐만!'

작품을 면밀히 관찰하던 중 소년은 깜짝 놀랐다.

'이건 그냥 남성용 소변기를 뒤집어 놓은 거잖아!'


프랑스 청년은 소변기를 작업실로 옮겼다.

"가만있자… 이걸 어떻게 한다."

고심한 끝에 청년은 소변기 뒤판을 아래로 향하게 두었다. 금세 우물 형태의 뒤집힌 모양새가 되었다.

"이다음에는 어떻게 할까?"

청년은 한참을 생각했다. 그러다 결심했다.

"그냥 이대로 두자."

그러고는 왼쪽 아래 테두리에 검은색 물감으로 가명과 날짜를 적었다.

'R. Mutt 1917'

머트(Mutt)라는 가명은 소변기를 구입했던 배관업체 '모트(Mott)'에서 땄다. 이제 작품명만 남았다.

"뭘로 할까? … (한참을 생각한 끝에) 뒤샹! 이건 그냥 조크(joke)라고. 뭘 자꾸 생각해. 우물 형태를 닮았으니 「샘」이라 하자."

작품이 완성되었고 뒤샹은 흡족했다.

같은 해 4월, 뒤샹은 독립미술가협회(SIA)에서 주최한 독립미술전 시회에 「샘」을 출품했다. 예상했던 대로 전시회 관계자들은 당혹감과 혐오감이 뒤섞인 격렬한 반응을 보였다. 대체로 이랬다.

"머트라는 작자는 우릴 조롱하고 있어!"

"장난질이 너무 심했어!"

"천박하고 역겨워! 얼른 이 쓰레기를 치워버려!"

독립미술가협회 이사들은 대체로 머트라는 멍청이가 협회를 조롱했다고 여겼다. 그래서 「샘」의 출품 자체를 금지했다. 뒤샹은 이런 조치에 항의했다.

"미술작가는 항상 심미적 결정을 내립니다. 먼저 회화, 조소, 드로잉 같은 미술 장르를 정합니다. 그리고 작품을 제작할 재료와 기법을 고릅니다. 끝으로 본인의 심상을 집어넣습니다. 일종의 작가 특유의 예술적 비전(vision)이죠.

전 조소를 택했습니다. 미술 재료를 구입했고 구조를 변경했습니다. 그리고 작품명을 붙여 원재료에 심상을 투영했습니다. 그래서 이렇게 미술품을 완성했습니다. 즉 매번 예술가로서 심미적 결정을 내렸죠."

어찌 됐건 '내가 창작했으니 예술품이다.'였다. 협회 관계자와 이사들은 심사가 뒤틀렸다. 조롱과 농담도 정도껏이다. 상황 자체가 볼썽사나웠던 협회이사 한 명이 뒤샹 앞에서 소변기를 박살 냈다. 이를 본 뒤샹은 익살맞게 웃었다. 그리고 말했다.

"하나 더 만들어 출품하죠."

이땐 누구도 몰랐다. 뒤샹의 발칙한 상상력이 어떻게 현대미술을 태동시켰는지를.

소년은 소변기를 활용한 미술품 앞에서 발걸음을 옮길 수 없었다. 저렴한 대량생산 제품이 어째서 미술관에 전시된 것일까. 도대체 어떤 독창적인 특성들이 발견될까. 로버트 라우셴버그(B. Rauschenberg)의 「모노그램(Monogram)」도 똑같이 일상 잡화를 활용했으나 적어도 관람객들에게 미적 쾌감을 줬다. 하지만 뒤샹은 고작 기성품에 서명했을 뿐이었다. 물론 그는 유쾌한 유머 감각을 발휘했다. 인정. 그렇다고 서명 행위 자체가 예술은 아니지 않은가. '그쯤은 나도 할 수 있어.' 소년은 생각했다.

복잡한 맘으로 작품을 감상하고 있을 그때, 소년의 아빠가 다가왔다.

"아빠, 이것 보세요. 그냥 소변기예요. 이걸 예술이라 할 수 있나요?"

"물론이지!"

"어째서죠?" 소년은 깜짝 놀랐다.

"작가가 생각해 낸 아이디어가 곧 작품이기 때문이야."

"어떻게 발상 자체가 작품일 수 있어요?" 소년은 되물었다.

"발상 자체가 관람객들을 예술세계로 이끌었기 때문이야.

일상 잡화를 판매하는 점포에 갔다고 생각해 볼까. 그곳에는 「샘」과 똑같은 제품이 있어. 흰색 도기 재질의 소변기. 소비자 입장에서 제품을 사러 왔으니 꼼꼼히 따져 보겠지.

'과연 튼튼할까.'

'어떤 기능이 있을까.'

'값은 얼말까.' 하고 말이야.

이랬던 일상 잡화를 뒤샹은 미술 재료로 택했어. 그런 다음 구조를 변경하여 서명함으로써 제품 본래의 기능적 역할을 없애 버렸지. 즉 아주 쓸모없는 제품으로 만들어 버렸단다. 그리고 이렇게 미술관에 전시했어.

이제 관람객들은 「샘」을 보고 어떤 생각들을 할까. 여전히 제품의 성능과 가격을 떠올릴까. 그렇지 않아.

'왜 이걸 전시했을까.'

'어떤 미학적 뜻이 있을까.'

'이걸 예술이라 할 수 있을까.'라고 할 거야.

즉 사람들은 일상적인 대량생산품을 예술품으로 보기 시작했어. 그러니 저와 같은 생각들을 할 수 있었어.

소변기 자체는 일종의 시각적 농담일 뿐이야. 일상에서 흔히 볼 법한 물건이지. 다만 그런 일상 잡화에 뒤샹은 심상을 투영했어. 예술적 발상을 말이야. 이러한 발칙한 상상력이 관람객들을 예술세계로 진입시켰던 거야.

이렇게 볼 때 진짜 예술은 저 발칙한 상상력이 아닐까."

뒤샹은 「샘」을 출품하기 몇 년 전부터 일상 잡화를 예술 제작에 활용했다. 자전거 바퀴, 앞축, 안장 같은 구조물을 작업실 공간에 배치했고, 눈삽에 글자를 새겨넣었고, 문손잡이를 천장에 매달았다. 일종의 예술적 실험들이었다. 그는 이렇게 고안했던 예술방식을 '레디메이드

(readymade)'라 일컬었다. 즉 기성 조각품이라는 뜻이다.

이로써 뒤샹은 현대미술의 정체성을 새롭게 정립했다. 즉 현대미술가는 더 이상 캔버스에 채색하거나 조소 재료를 조각하거나 오리지널 작품을 뚝딱 제작한 엔지니어(engineer)가 아니었다.

'그렇다면 그들은 누구일까?'

생각을 디자인했던 철학자였다. 정확히 말해 그렇게 디자인했던 발상으로 관람객들을 예술세계로 이끌었던 예술철학자들이다.

이제 의문이 다소 풀렸다. 「샘」과 같은 생활용품이 어째서 독창적인 예술품인지를 말이다.

뒤샹은 시각적 예술 매체에 집착하지 않았다. 그럴 필요가 없었다. 예술가적 비전과 창의적 상상만 있어도 본인이 원했던 작품들을 가질 수 있었기 때문이다. 뒤샹은 말했다.

"생각을 바꿔 봐. 세상 모든 것이 예술이 될 거야."


## 차별인가요!

미술사에는 뒤샹과 같이 매우 급진적이고 독창적이며 틀을 파괴했던 혁명적 예술가들이 있었다. 이들은 선구자들의 규칙들을 깨뜨려 버렸다. 야심만만한 예술적 비전을 펼쳤고 대상을 화폭에 담지 않고 화폭 자체를 대상화했다. 예컨대, 붓질로 그림을 그리지 않고 붓질 자체를 미술품으로 만들었다. 그래서 전통과 단절된 온갖 특성들이 현대 미술에 가득하다. 결국 시각적 실체가 아닌 발칙한 상상이 예술작품이었다.

'예술적 발상만으로 작품을 만들 수 있다.'

소년은 그렇게 생각했다. 몸을 뒤로 기울여 좀 더 생각에 잠겼다.

'발상만 있으면 어떤 것도 작품이 될 수 있어. 나도 남성용 소변기 같은 생활용품을 활용해 보자. 일상 잡화를 재료로 택해 독창적인 작품을 제작하는 거야. 구조를 변경하고 가짜 서명도 해야 해. 현대미술은 꽤 유쾌한걸.'

소년은 혼자 키득키득 웃었다. 상상만으로 즐거웠다. 이때 아빠가 소년을 쳐다봤다. 그는 항상 소년이 자신만의 예술적 생각을 갖도록 자신감을 불어넣고 격려했다.

"뭐가 그리 재미있어?" 소년의 아빠가 환히 웃으며 말했다.

"별일 아니에요."

소년은 한껏 기대에 차 물었다.

"아빠, 그럼 제가 만든 「샘」도 예술작품이 될 수 있겠네요."

"그렇진 않아."

"아니, 그건 왜죠? 차별인가요."

소년은 깜짝 놀랐다.

'뒤상은 했는데 어째서 나는 할 수 없는가.'

지금껏 했던 상상이 와르르 무너졌다. 아빠는 한바탕 웃음을 터뜨렸다. 그리고 차분히 까닭을 설명했다.

"다음 작품을 잠시 볼까. 카지미르 말레비치(K. Malevich)의 「검은 사각형(Black Square)」이야."

말레비치는 가로세로 각각 79.4센티미터 크기의 캔버스를 온통 흰색으로 칠한 뒤 한가운데 거대한 검은 사각형을 그렸다. 건조하기 짝이 없다. 어떤 미술평론가는 세상 전체를 무(無)로 환원했던 말레비치 특유의 절대주의적 발상을 칭송했다.

하지만 소년은 솔직히 실망했다.

"하얀 캔버스 위의 검은 사각형? 아빠, 저도 저 정돈 그릴 수 있어요."

"물론 그렇지. 그래도 네 작품은 예술일 수 없어."

"도대체 왜죠?"

"이유는 단순해. 말레비치가 이미 생각했기 때문이야. 그 외 유사 작품들은 표절일 뿐이야. 미술 저널리스트였던 윌 곰퍼츠(W. Gompertz)는 이렇게 말했어.

'예술에선 독창적인 발상이 중요하다. 표절에는 어떤 지적 가치도 없다. 그러나 정통성에는 가치가 있다. 현대미술의 핵심은 혁신과 상상력이지, 현상 유지나 그보다 더 나쁜 흐리멍덩한 모방이 아니다. 말레비치의 것은 역사적으로 중요하며 고유한 작품으로, 시각예술 전체에 광범위한 영향을 미쳤기 때문이다(『발칙한 현대미술사』: 240-241).'

이제 뒤샹의 「샘」을 다시 볼까. 예컨대, 네가 공산품을 미술 재료로 택해 구조를 변경하고 서명한 뒤 전시회에 출품했어. 일종의 뒤샹과 같은 레디메이드를. 그랬을 때 갤러리 관계자들은 네 작품에 어떻게 반응할까. '어째서 생활용품 따위가 제출된 거지! 우릴 조롱하는 거야!' 같이 격노할까. 뒤샹에게 그랬던 것처럼? 그렇진 않을 거야. 오히려 이렇게 말하겠지. '당신의 작품은 그리 독창적이지 않군요. 혹시 뒤샹의 1917년 작품 「샘」을 본 적 없으세요.'라고 말이야.

창의적 형태의 모방이 아닌 한, 그 작품은 일종의 무지가 반영된 표절일 뿐이란다."

갈수록 당혹감에 빠진 소년은 고개를 세차게 흔들었다.

"아빠! 이번에는 아빠가 틀렸어요. 로버트 라우센버그(R. Rauschenberg)도 「모노그램」에서 인쇄된 종이나 신발 굽, 타이어 같은 일상 잡화를 활용했어요. 뒤샹이 구사했던 레디메이드 방식이에요. 앤디 워홀(A. Warhol)과 트레이시 에민(T. Emin)은 또 어떻고요. 왜 저만 예술이 아닌가요?"

"기분 풀렴." 아빠는 소년을 꼭 끌어안으며 달랬다.

"얼마 전에 있었던 일화 하나를 들려줄게. 어떤 화가가 있었단다. 화가는 렘브란트(Rembrandt)의 몇몇 작품에서 깊은 감명을 받았어. 작품들 속에서 일종의 예술가적 위엄을 봤다고 해. 그래서 렘브란트처럼 그릴 수 있도록 평생 헌신했어.

'나도 렘브란트처럼 훌륭한 화가가 될 테야!' 이렇게 각오했어.

연습에 연습을 거듭했지. 결국 화가는 '렘브란트처럼 그리기'에 성공했어. 그의 작품은 마치 렘브란트가 직접 붓질한 듯했어. 그래서 본인 작품을 갤러리에 출품했단다.

그런데 갤러리 큐레이터로부터 돌아온 말은 이랬어.

'당신 그림은 우리 시대에 맞지 않아요.'(『예술의 종말 이후』: 377-

379를 참조).

어찌 된 일일까. 화가는 매우 당혹했어. 렘브란트가 그렸을 법한 훌륭한 회화가 미술계로부터 외면받았으니 말이야.

그 까닭은 아주 간단해. 화가는 렘브란트의 예술형식을 베낀 모방미술가에 불과했기 때문이야. 회화기법도 일종의 미술가 특유의 발상이야. 그런데 본인 작품에는 렘브란트의 회화술 외엔 어떤 현대적 발상도 없었던 거야. 어쩌면 렘브란트가 살았던 1660년대에는 통했겠지만.

마찬가지가 아닐까. 일상 잡화를 활용한 뒤샹의 작품에서 시각적 실체를 없애면 예술적 발상이 남아. 작가가 생각해 낸 아이디어 말이야. 네가 만들 레디메이드 작품에선 뭐가 남을까. 만약 뒤샹의 레디메이드 예술방식 외에 어떤 미학적 아이디어도 없다면 네 작품은 예술일 수 없어."

"그렇군요." 소년은 고개를 끄덕였다. 그리고 말했다.

"일상 잡화마저 예술작품이 될 수 있는 현대미술에서도 할 수 없는 것들이 있네요."

"그렇지. 현대미술이라고 모든 것을 가질 순 없어."


## 브릴로 상자

1964년, 뉴욕 맨해튼 남쪽 이스트 47번가 '팩토리(Factory)' 작업실. 앤디 워홀(A. Warhol)은 조수였던 제라드 말랑가(G. Malanga)를 불렀다.

"슈퍼마켓에서 빈 상자 몇 개를 구해 줄래요? 아 참, 잘 알려진 것들로요."

잠시 뒤 말랑가는 상자들을 갖고 왔다. 델몬트 복숭아 통조림, 캠벨 토마토 주스, 하인즈 케첩, 켈로그 콘플레이크와 같은 대중이 쉽게 접할 수 있을 상품 상자들이었다.

"좋아요! 특히 세제 상자가 맘에 들어요."

워홀이 지목했던 상품 상자는 제임스 하비(J. Harvey)의 상업디자인을 바탕으로 제작된 브릴로(Brillo)사 세제용품 상자였다.

곧이어 워홀은 목수들을 불러 상자들을 주문 제작했다.

"이것과 같은 상자를 수백 개 만들어 주세요. 그런데 기존 재료였던 합판 말고 골판지로 제작했으면 해요."

며칠 후 주문 제작했던 제품들이 도착했다. 워홀은 말랑가에게 말했다.

"상표를 실크스크린으로 만듭시다."

"그다음엔요?" 말랑가가 대꾸했다.

"뭘 하긴요. 상표를 상자 겉면에 일일이 붙여야죠."

팩토리 작업장에는 세제용품 상자로 가득했다. 말랑가가 애초에 가져왔던 제품과 똑같았다.

"작업장이 마치 슈퍼마켓 같아요."

상표가 붙여진 수백 개의 상자들을 쌓으며 말랑가가 말했다. 정말 슈퍼마켓이나 식료품 창고에 있는 듯했다.

"그런데 전부터 궁금했는데… 이걸로 뭘 할 거죠?"

워홀은 그냥 웃었다.

얼마 후 워홀은 맨해튼 이스트 74번가 스테이블 갤러리에서 생애 두 번째 전시회를 열었다. 당대 최고의 팝아티스트였던 그였기에 대중과 미술계는 한껏 흥분했다. 하지만 갤러리를 찾았던 관람객들은 깜짝 놀랐다. 슈퍼마켓 진열장에서 흔히 볼 법한 생활용품이 전시되었기 때문이다. 그것도 수백 개가 쌓여 있었다. 작품명도 그대로였다.

'브릴로 상자(Brillo Box)'

관람객과 미술평론가 들은 적잖이 실망했다.

"이건 뒤샹과 같잖아. '레디메이드' 말이야."

"뒤샹보다 더 지독해. 작품명도 그냥 제품 상호명이잖아. 친필 서명도 없고 말이야."

"상자들도 주문제작 했다며. 뭘 하잖 거야." 이처럼 많은 사람은 워홀이 작업했던 일이 진정으로 예술이 아니라고 말했다.

그때 갤러리에는 미학자였던 아서 단토(A. C. Danto)도 있었다. 관람객들은 워홀의 작품을 탐탁잖게 여겼으나 단토는 달랐다. 그는 「브릴로 상자」가 예술임을 직감했으며 미술계에 강렬한 파장을 일으켰음을 감지했다.

단토는 충격에서 벗어나지 못한 채 「브릴로 상자」를 관찰했다. 그리고 한참을 생각했다.

'어떻게 슈퍼마켓에서 흔히 볼 법한 일상용품이 예술작품이 될 수

있을까?'

그가 봤을 때「브릴로 상자」는 서구 미술사에서 가장 놀랍고 독창적이며 도발적인 예술품이었다. 뒤샹의「샘」과 아예 달랐다. 세간에 알려진 것처럼 괴짜였던 뒤샹도 일상용품의 구조를 변경함으로써 생소한 시각적 리얼리티를 구현했다. 하지만 워홀은 (그 어떤 예술적 변형 없이) 슈퍼마켓 진열장에 있던 상품 상자를 똑같이 모방했다. 그래도 예술작품인 양 갤러리에 전시했다.

단토는 조급했다. 수많은 의문들이 머릿속에서 맴돌았다. 어쩔 수 없이 단토는 워홀을 찾았다. 그리고 이렇게 물었다.

"도대체 당신은 무엇을 했습니까?"

"예술을 했죠."

"저게 어째서 예술입니까?"

그러자 워홀은 여유롭게 웃으며 단토에게 말했다.

"그건 당신이 밝혀야 할 일입니다. 내 일이 아니에요. 전 한낱 예술가일 뿐입니다."


단토는「브릴로 상자」가 예술임을 확신했지만 까닭을 설명할 수 없었다. 단번에 파악될 수 없는 복잡한 오브제였다. 어쩌면 예술이 아닐 수도 있다. 하지만 단토는 워홀의 작품을 예술계로부터 배제하고 싶지 않았다. 그런 짓은 특정한 미적 전통만을 고집하는 배타적인 신념체계일 뿐이다.

하지만 미술사적 전통을 고수했던 당대 모던 미술은 예술과 유사

(類似) 예술을 예리하게 구별했다. 미술비평계 원로였던 클레멘트 그린버그(C. Greenberg)가 특히 그랬다. 그가 봤을 때 시각예술의 생산 조건은 순수하게 추상적인 미술형식이었다. 예컨대, 캔버스, 물감, 붓질로만 결합된 순수회화였다. 어떤 작품이 이런 모던 미술의 전통에 적용될 수 없을 때 그 작품은 예술이 아니다. 철저한 배타성이 모던 미술의 큰 특징이었다.

이럴진대 그린버그 같은 전통파 미술비평가들이 「브릴로 상자」를 어떻게 평가했겠는가. 당시 모던 미술계의 일반적인 반응은 이랬다.

"얼치기 예술가의 불경한 사기!"

"회화와 전혀 무관한 잡동사니!"

"철부지 아이의 조잡한 장난!"

이렇듯 「브릴로 상자」는 미술계로부터 강력한 역반응을 불러일으켰다.

그러나 단토는 이런 비평들에 공감할 수 없었다. 그린버그에 따르면 모던 미술은 에두아르 마네(E. Manet)에서 출발했다. 즉 1800년대까지 거슬러 올라가야 한다. 어떻게 현대미술의 징표를 이백 년 전 예술계에서 찾겠는가. 그리고 예술에 대한 배타적인 신념체계는 새로이 일깨워질 미술 경향을 없앨 것이다. 이랬을 때 예술은 항상 과거에 얽매여 후퇴할 테다. 그래서 단토는 새로운 미술 경향을 수용했고 「브릴로 상자」 같은 현대미술에 반응하는 법을 배웠다. 예술에 대한 독단과 비관용을 배격했고 복잡한 현대미술품들을 객관적으로 관찰했다.

먼저 단토는 밑바닥에서 출발했다.

"나는 어째서 「브릴로 상자」를 예술로 봤을까?"

한참을 생각한 끝에 그는 예술작품이 역사적 상황과 떼어낼 수 없게 연결되어 있음을 깨달았다.

"만약 내가 1864년에 태어났다면 「브릴로 상자」를 쓰레기 취급했을 거야. 하지만 현재 난 1964년에 있어. 그리고 「브릴로 상자」가 예술품임을 확신해. 그렇다면 어떤 사물이 '예술작품이다'는 주장은 결국 현재 처한 역사적 상황에 달려 있는 게 아닐까. 즉 어떤 사물(브릴로 상자)에 미학적 속성을 투영하는 것은 역사(1964년)이며, 예술가(워홀)는 그걸 발견해 낸 탐험가들이야.

마찬가지야. 과거 예술작품들을 정확히 익히려면 현재를 벗어나 그때의 역사적 상황과 관련을 맺어야 해. 그랬을 때 현 예술계에서 과거 예술작품들이 배격되지 않을 거야.

그래서 어쩌면 예술은 독립된 영역이 아닌 역사적 개념에 종속된 의존적 영역일지 몰라. 결국 매우 복잡한 역사적 상황을 알지 못한 채 예술을 논할 수 없어. 미술사적 배경을 빼놓고 예술품을 한낱 느낌으로 감상했던 시절은 **끝났어**."

그래서 단토는 고심 끝에 이런 결론에 도달했다.

'예술은 역사에 갇혀 있다.'

이렇게 볼 때 「브릴로 상사」가 예술일 수밖에 없다면 그 까닭은 현재 예술이 종속된 특정한 역사적 방향에 있을 것이다.

"그렇다면 1964년은 어떤 시대일까. 왜 하필 이때 「브릴로 상자」가 미술계에 편입되었을까. 먼 과거였다면 분명 퇴짜 맞았을 사물이 말이야."

단토는 또 한 번 몰입했다. 하지만 이번에는 쉽지 않았다. 숲에 갇혀선 숲 전체를 볼 수 없듯, 1964년을 살던 단토가 1964년 자체를 진단할 수는 없었다. 앞으로 많은 세월이 요구될 것이다. 어쩔 수 없이 그는 1964년이 명확히 드러날 때까지 기다렸다.

1995년 봄, 제44회 앤드류 W. 멜론 예술강연이 워싱턴 내셔널 갤러리에서 열렸다. 단토가 발표를 맡았다. 1981년에 집필했던 『일상적인 것의 변용』으로 예술철학계에 입문한 그는 1984년 『네이션』지의 미술비평가로 활약하며 미술계에 있었던 많은 중요 사건과 변화 들에 관해 의견을 펼쳤다. 그런 공로를 인정받아 주최 측으로부터 강연을 맡아달라는 요청을 받았다. 영예와는 별도로 단토에게도 강연 자체가 좋은 기회였다. 많은 사람이 갤러리를 가득 메웠다.

단토는 강연 중에 이렇게 말했다.

"「브릴로 상자」가 나왔던 1964년에는 미술계에 어떤 일들이 일어났을까요. 그리고 도대체 어떤 때이길래 「브릴로 상자」와 같은 예술작품들이 제작될 수 있었을까요. 당시엔 정확히 알 수 없었습니다. 왜냐하면 그때 전 1964년에 갇혀 있었기 때문입니다.

그런데 삼십 년이 흘렀습니다. 이젠 말할 수 있습니다.

'1964년부터 우리는 다원주의적 예술세계에 진입했다.'

이때부터 미술의 본질적 특질들은 점차 사라졌습니다. 즉 현대미술가들은 과거와 다른 제작방식을 동원했습니다.

장 미셸 바스키아(J. M. Basquiat)는 건물 벽에 낙서를 했습니다. 세라 루커스(S. Lucus)는 저렴한 소비재를 작품 재료로 택해 너무나 외설적인 「계란 프라이 두 개와 케밥(Two Fried Eggs and a Kebab)」을 제작했습니다. 마리나 아브라모비치(M. Abramovic)와 아이웨이웨이(Ai Weiwei)는 본인의 육체를 전시했습니다.

대중은 묻습니다.

'이런 것들을 예술이라 할 수 있을까.'

전 답합니다.

'그렇다. 이젠 예술이다.'

어떤 까닭에서 미술사는 탈-권위주의에 접근했고, 십 년 전이었던 1954년에는 감히 그럴 수 없었을 일을 성취했습니다. 즉 「브릴로 상자」를 예술세계로 불러왔습니다. 미술에 그토록 엄격했던 시간들이 정확히 1964년에 앞서 언급했던 사물들을 예술작품들로 허락했습니다.

오늘날 예술적 다원주의는 국제적 현상입니다. 특정한 미술적 방향과 극단적인 불관용은 다원성에 적합하지 않습니다. 현대미술계는 표절이 아닌 한 어떤 것도 배격하지 않습니다. 말 안장, 신발, 헝겊 같은 저렴한 소비재, 캔버스와 물감, 행위와 관념, 영화와 사진 등 모든 것을 허용했습니다. 작가 특유의 스타일과 유머 감각만 있으면 말이죠. 현대미술의 제작방식에서 하찮은 재료는 없습니다.

'모든 것을 가졌다.'

현재 예술가들의 상황입니다. 어쩌면 「브릴로 상자」는 이런 다원적 예술세계를 미리 예견했습니다.

'과거 미술은 끝이 났어. 미리 준비들 하라고.' 이렇게 말하는 듯합니다.

또한 미술비평도 마찬가지입니다. 언젠가 워홀에게 물었습니다.

"「브릴로 상자」는 어째서 예술인가요?"

그가 말했습니다.

"당신이 밝히세요. 그건 당신 몫입니다. 제 몫은 끝났어요."

전 워홀이 답을 회피했다 여겼습니다. 하지만 이 말이 계속 귀에 맴돌았습니다.

'그건 당신 몫입니다.'

한참을 생각한 끝에 전 답을 찾았습니다.

지금껏 전통미술은 평론가들의 평가를 기다렸습니다.

'이건 좋은 예술이야!'

'이건 나쁜 예술이야!'

이들 말에 예술가들은 웃고 울었습니다.

그런데 워홀은 평론가들을 고민하게 만들었습니다. 워홀뿐 아니라 이때부터 많은 현대미술가들은 '평가'에 얽매임 없이 아주 낯선 작품들을 창작했습니다.

'이게 왜 예술일까요. 고민하세요. 여러분(평론가들)의 몫이니까요.'

예술가들은 진짜 해방되었습니다. 워홀은 이걸 알았습니다."

단토는 강연을 끝맺었다.

열세 번째 책

기시미 이치로

『미움받을 용기』

## 인과법칙

한번은 어떤 학생이 내게 이렇게 말했다.

"교수님 혹시 『미움받을 용기』라는 책을 읽어 보셨습니까? 글은 읽기 쉬웠는데 무슨 말인지 이해하기가 무척 어렵더라고요." 그래서 나는 책방을 찾아 『미움받을 용기』를 사서 읽었다. 책은 명확했다. 즉 "당신은 당장 행복할 수 있다."고 말했다. 어려울 것도 없었다. 하지만 구체적인 사례 몇몇을 살펴보면 어려웠다. 예를 들어보자.

대한민국 입시생 누구나 서울대학교에 가길 바란다. 그런데 그럴 수 없었다. 왜냐하면 그들 중 상위 1%만 입학할 수 있었기 때문이다. 어쩌겠는가, 인원 제한이 있으니. 그래도 고등학교 신입생들은 대개 첫 목표를 서울대학교로 잡는다. (나도 한때 그랬다.)

잘 알겠지만 삼 년 뒤 입시생의 상위 1% 외에는 99%가 (서울대학교 입학에) 떨어졌다. 어떤 학생들은 "애초에 지원할 맘도 없었어요!"라고 말할지 모르겠다. 그래도 "여러분은 99%입니다."라고 할 수밖에.

어쨌든 이제 묻자. "여러분은 어째서 서울대학교에 합격할 수 없었습니까?" 대답은 뻔하다. "공부를 열심히 하지 않았습니다." 옳은 말이다. 상위 1%에 들 만큼 노력이 없었다.

그런데 『미움받을 용기』는 다르게 말했다. "그럴 리가요. 여러분은 서울대학교에 가고 싶지 않았습니다. 그래서 공부를 게을리했고요." 대체 무슨 말인가. 독자를 우롱한 걸까. 처음에는 선뜻 이해할 수 없었다. '내가 대한민국 특급 명문대를 마다했을 리가 있나. 얼마나 가고 싶었던 대학인데. 다만 노력이 부족했어. 그런데 이 책은 뭐야. 거꾸로 그 대학에 가길 원하지 않아 노력을 안 했다니! 말도 안 돼.'

하지만 『미움받을 용기』는 여기서 한술 더 떴다. 사람은 삶이 행복하길 바란다. 즉 일부러 불행을 선택하지 않는다. 단, 외부 요인들 -생활환경, 경제 상황, 신체조건, 성적 성향, 성격, 인종, 국적- 때문에 불행을 겪는다. 그럼에도 책은 전혀 다르게 말했다.

'당신이 현재 불행한 까닭은 본인 스스로 불행한 삶을 선택했기 때문입니다. 불행이 좋았던 것입니다.' 이쯤 되니 책에 나왔던 '비관론자 청년'처럼 작가를 욕하고 싶었다.

그래도 작가가 책을 펴내며 헛글을 쓰지는 않았을 것이다. 그래서 나는 책을 다시 한번 꼼꼼히 곱씹었다. 그리고 다른 측면에서 놓쳤던 부분들을 찾으려 애썼다. 참고로 『미움받을 용기』는 알프레드 아들러 (A. Adler)의 개인심리학을 대중이 쉽게 읽도록 풀어 쓴 책이다. 그래서 나는 아들러와 관련된 저작들도 찾아 읽었다. 이렇게 몇 달을 그와 함께했다. 그리고 분명히 깨달았다. 아들러가 옳았음을.

책을 처음 읽었을 때 얼른 와닿지 않았던 까닭은 내 생활 태도가 인과법칙(원인론)에 있었기 때문이었다. 인과법칙이란 다음과 같다. "모든 결과에는 원인이 있다. 그리고 원인 없이는 결과도 없다." 인생도 마찬가지다. "과거 삶이 현재 삶을 규정한다."

좀 더 자세히 알아보자. 아들러에 따르면 사람은 인과법칙을 전적으로 신뢰한다. 직설적으로 말해 인과법칙에 완전히 사로잡혀 있다. 어째서 그럴까. 인과법칙에 따라 살면 삶이 편하기 때문이다. 예를 들어 열심히 노력한 만큼 성공이 따른다. 누구나 이렇게 생각한다. 그런데 실패했다. "어째서 실패했을까?" 우리는 그 까닭을 쉽게 찾을 수 있다.

'부모님의 경제적 지원이 부족해서….'

'사람을 잘못 만나서….'

'타고난 성향이 그래서….'

내키지 않지만 이렇게 핑계(원인)를 찾으면 적어도 마음이 놓인다. 즉 "어쩔 수 없었어. 내 탓만은 아니야."라고. 이러면 본인을 좀 더 가볍게 취급할 수 있다. "난관을 뚫고 뭔가를 쟁취한 사람들은 아마도 행운아들일 거야. (돈, 외모, 능력 등) 상황이 좋았어. 그에 비해 난 너무 평범해. 그러니 너무 아등바등하지 말자. 저들과 상황이 달라."

이렇게 인과법칙은 본인 분수를 정확히 알도록 격려한다. 그리고 이 때문에 사람들은 성공이라는 인생의 큰 짐을 벗을 수 있었다. (초등학교 이후 희망 직업란에 과학자, 대통령, 유명인 등을 적지 않는 까닭은 이 때문이다.)

다음으로 인과법칙은 매우 희망적이다.

최근까지 유행했던 상담 프로그램들을 살펴보자. 각 분야의 권위자들이 출연해 상담자들의 고민을 해결했다. 인간관계, 멘털 관리, 경제 활동, 연애 방법까지 상담 주제도 다양했다. 특히 그들은 과거 삶을 들여다봄으로써 상담자들이 왜 불행할 수밖에 없었는지를 분석했다. "당신이 이렇게 좌절했던 까닭은 이런저런 이유들(과거 원인들) 때문입니다. 그러니 그 원인들을 바로잡으세요!" 그러면 상담자들은 지금껏 잘못했던 행동들을 뜯어고치겠다 다짐했다. "술을 끊겠습니다!" "적극적으로 행동하겠습니다!" "열심히 운동하겠습니다!" 그리고 새롭게 태어났다. 적어도 그때만큼은 그랬다. "과거 삶을 변화시키자! 난 달라질 수 있다!"며 희망했다.

끝으로 인과법칙은 어렵지 않다.

누구나 결핍을 갖는다. 달리 말해 현재 삶에 불만이 가득하다. 그래서 이런 결핍과 불만을 없애려 인생에 목표를 세운다. 그리고 도전한다. 물론 노력 여하에 따라 승패가 갈리겠지만. 그래서 사람들은 항상 이렇게 묻곤 한다. "어떻게 하면 성공할 수 있을까요?" 그러면 인과법칙은 성공 요인을 철저히 분석해 알려준다. (TV 프로그램, 유튜브, 인스타그램, 틱톡 등 성공 요인을 분석해 줄 매체는 널렸다.) 이제 사람들은 성공 요인을 알게 되었으니 "나도 할 수 있다!"고 외친다.

그러나 나는 이때 사람들이 요점을 잘못 짚었단 생각이 든다. 즉 어째서 그런 결핍과 불만이 본인에게 생겼는지를 전혀 묻질 않았다.

'내게 결핍이 있음을 어떻게 알게 되었나. 우리는 어째서 부와 명예, 좋은 학벌과 직업, 펜트하우스와 외제 차를 원하게 되었는가.'

타인들과 비교함으로써 그랬다. 저들이 그렇게 살고 있기에 나도 원했다. 어쩌면 인스타그램과 같은 소셜 네트워킹 서비스(SNS)에서 남들의 일상을 관찰하는 까닭도 끊임없이 결핍(인생 목표)을 제공받기 위함일지도 모른다.

그 때문에 정작 이렇게 묻질 않았다.

'내게 행복은 뭘까?'

'어떤 일로 내 가치를 증명할까?'

'나는 어떻게 살고 싶은가?'

'어떤 사람이 되려는가?'

자기 존재에 대한 매우 철학적인 인생 물음들이다. 하지만 생각할수록 어렵다. 그리고 인과법칙처럼 답이 명확할 것 같지 않다. 그래서 사람들은 이런 복잡한 사색보다 권위자의 인생 조언을 따른다.

이렇듯 인과법칙은 매우 안정적이다. 그만큼 쉽고 간편하다. 각자의 인생 목표마저 설정해 주고 그 방법까지 알려주지 않는가. 그리고 남들처럼 살게끔 돕는다. 이런 까닭에서 많은 이들이 이 법칙에 쉽게 사로잡힌다.


## 인생의 거짓말


오스트리아 출신 정신의학자 알프레드 아들러는 이러한 인과법칙에 의문을 제기했다. "인간은 정말 그렇게 사는가." 그가 봤을 때 인과 법칙은 매번 삶에 대한 중요한 과제를 비켜갔다. 거칠게 말해 엉뚱한 답으로 우릴 속여 왔다. 그는 이렇게 생각했다.

'우리는 혹시 인과법칙의 속임수에 휩싸여 불행하다고 착각하는 것은 아닐까? 만일 그렇다면 개인은 매번 불행을 자초하며 삶을 위태롭게 할 거야.'

아들러는 인과법칙보다 목적법칙을 신뢰했다. 목적법칙에 따르면 우리는 인생을 바라는 대로 살아낸다. 하지만 인과적 생활 습관 때문에 삶을 불평하게 된다. 어떻게 된 일일까. 제 뜻대로 살면서도 불만을 갖는 까닭은 왜일까.

아래 질문을 잠시 들여다보자.

"왜 몇몇 소수만이 인생에서 성공할까?"

서울대학교 예시로 되돌아가 보자. 이미 언급했듯이 대한민국 입시생들 가운데 매년 상위 1%만이 (서울대학교에) 입학했다. 다른 외적 요인들도 있었겠지만 그들은 그만큼 노력했다. 이런 노력들이 특급 명문대에 합격할 수밖에 없었던 확실한 원인이다.

만약 그렇다면 그 외 99%의 입시생들은 어떠했는가. 직설적으로 말해 그들은 (서울대학교 합격에) 실패했다. 그만큼 노력하지 않았다. 이에 관해 인과법칙은 다음과 같이 설명할 것이다.

"원인이 없으면 결과도 없다. 상위 1%의 합격생들은 확실한 원인이 있었다. 그건 노력이다."

그럴듯한 말로 들릴지 몰라도 이렇게 되묻지 않을 수 없다.

"99%의 학생들과 달리 상위 1%의 학생들은 어째서 노력할 수 있었는가?"

이에 관해 의외로 쉽게 답할 수 있다.

"상위 1%의 학생들은 입시교육에 적합했다." 달리 말해 이들은 수능 공부가 적성에 맞았다. 그래서 남들보다 노력(공부)할 수 있었다.

만약 그렇다고 한다면 (서울대학교에 입학할 수 없었던) 99%의 학생들은 패배자(loser)들이 아니다. (사실 겉으론 아닐지언정 사람들은 속으로는 패배의 오명을 덧씌운다.) 단지 (상위 1%의 학생들과 견주었을 때) 입시교육에 덜 적합했다.

엉뚱한 이야기 같겠지만 다음을 보자.

대학수학능력(일명 수능)시험에 만화와 애니메이션(animation)에 관련된 문제들만 출제된다고 상상해 보자. 만약 그렇다고 한다면 상위 1%에 들 (서울대학교) 합격자들의 면면이 지금과는 많이 달라질 것이다. (만화와 애니메이션에 특화된 사람들이 있을 테니.) 그리고 소위 덕후(일본어 '오타쿠(おたく)'의 우리말 발음 '오덕후'의 줄임말)에 대한 인식도 많이 바뀌었을 테다. 부모들은 어쩌면 종일 만화를 탐독했던 자식들에게 "쉬엄쉬엄하렴. 몸 상할라"며 걱정할지 모른다.

이런 상황에서 한 덕후가 (서울대학교에 낙방해 좌절을 겪는) 당신에게 다음과 같이 충고했다.

"너는 왜 그리 끈기가 없니. 나도 잘 알아, 만화책을 밤새 읽고 애니메이션을 빠짐없이 보는 일이 얼마나 어렵고 힘든지 말이야. 하지만 난 참고 견뎠어. 날 봐, 결국 서울대학교에 합격했잖아. 너도 나처럼 될 수 있어. 노력은 삶을 배반하지 않아. 힘내!"

얼마나 얼토당토아니한 소리인가. 당신은 아마 "덕후 주제에, 뭔 헛소리야!"라며 그를 타박할지 모르겠다.

하지만 실제 삶에서는 어떠한가. 공부 덕후들에게 열등감을 갖지는 않는가. 그러면서 "나는 왜 항상 열심히 노력하지 않을까."라며 자책하지는 않는가.

위축될 필요 없다. 아직 적성을 찾지 못했을 뿐이다. 그러니 (어떤 분야에서 상위 1%에 든 사람들처럼) 본인 역량을 마음껏 발휘할 '내 영역'을 열심히 찾아야 한다.

"저들은 상위 1%에 들 만큼 본인만의 확실한 재능을 찾았어. 나도 다양한 도전을 통해 내 삶의 진짜 재능을 찾을 거야."

이런 생각이 실패를 반복적으로 분석하는 일보다 훨씬 능률적이지 않을까. 그리고 당신이 그 재능을 찾았을 때 노력은 절로 뒤따를 것이다.

사실 인과법칙은 삶의 실패를 이해할 수 있도록 돕겠지만 노력만을 독촉함으로써 '재능 찾기'라는 인생의 진짜 과제를 실행할 수 없게 한다. 그 때문인지 사람들은 패배주의를 쉽게 받아들인다. 왜냐하면 인과법칙에 따라 본인의 '노력 없었음'을 납득했기 때문이다. 이렇게 볼 때 삶의 원인론은 99%의 사람들을 인생의 패배자로 만듦으로써 성공한 1%의 소수를 단연 돋보이게 하는 태도일 것이다.

다음으로 아래 물음을 살펴보자.

"달리 살기가 왜 그렇게 어려울까?"

사람들은 흔히 익숙한 형태로 살길 원한다. 쉽고 편하기 때문이다.

그래서인지 이 익숙함에서 좀처럼 나올 생각을 않는다. 어쩌면 세월이 흘러 본인 삶을 돌아봤을 때 알게 될 것이다. '인생 자체가 너무 굳어 쉽게 바꿀 수 없음을.'

예를 들어 한 번도 다이어트(diet)를 해본 적 없는 사람이 하루아침에 식단 조절과 운동을 병행할 수 있겠는가. 마찬가지로 매일 음주를 일삼았던 알코올 의존자가 어떻게 당장 술을 끊겠는가.

그런데 생을 극적으로 변화시킨 몇몇 사람들이 있다. 이들은 이렇게 말한다. "인간은 변할 수 있다!"

하지만 어떻게 말인가. 결국 또 노력인가. 이에 관하여 인과법칙은 명확히 답해 주지 않는다. 단지 삶을 변화시킨 사람들의 노력 과정을 알려줄 뿐이다. "이렇게 저렇게 하라!" 그러면 우리 각자는 저들의 인생 여정을 통해 삶에 자극을 받는다. 그리고 외친다. "나도 할 수 있다!"

그러나 이럴수록 우리는 열등감에 쉽게 빠진다. 그 까닭은 이렇다. 저들처럼 되려면 해야 할 일들이 많다. "새벽 일찍 일어나라!" "항상 운동하라!" "책을 읽어라!" "취미활동을 하라!" "성격을 바꿔라!" "관계를 새롭게 설정하라!" 그래도 결심이 선 만큼 행동에 옮긴다.

그런데 잘 알겠지만 결코 만만찮다. 여태껏 그렇게 살지 않았는데 어떻게 당장 달라지겠는가. (작심삼일(作心三日)이라는 한자 성어가 괜히 있는 것이 아니다.) 그러면서 지금까지 게을렀던 자신을 탓한다. 그리고 후회한다. "미리 알았더라면….." 사람들은 이런 식으로 부정적 생각들에 휩싸인다. 자책하며 과거를 떠올리는 일은 본인에게 좋을 게 없다.

정확히 무엇을 원하는가. 남들이 아닌 내게 직접 묻자.

"나는 왜 다이어트를 하려는가?"

"나는 왜 술을 끊으려는가?"

"나는 왜 명문대를 가려는가?"

건강한 삶 때문이라면 굳이 멋진 몸매를 뽐낼 때까지 어렵게 다이어트를 할 필요가 없다. 술을 끊고자 하는 까닭도 과도한 지출 때문이라면 (거의 불가능한) 금주보다는 수입을 늘릴 방법을 모색하는 일이 더 낫다. 행복 때문이라면 명문대 합격 말고도 다른 길이 얼마든지 있다.

정확히 무얼 원하는지 알 때 우리는 쉽게 행동할 수 있다. 반대로 원치 않는 일로 인생을 낭비하면 열등감만 느낄 뿐이다. 그리고 이렇게 말할 테다. "나는 왜 이럴까!"

끝으로 이야기 하나를 들어보자.

어떤 청년이 신경증을 앓았다. 사연은 이랬다. 그는 급할 때면 말을 심하게 더듬었다. 그 때문에 어렸을 땐 놀림도 많이 받았다. 그래도 그때뿐이었다. 친한 친구들은 그를 있는 그대로 받아들였다. 그리고 성인이 된 뒤로는 말더듬 증상이 옅어졌다. 생활에는 지장이 없었다.

그런데 한번은 많은 사람 앞에서 말을 더듬었다. 청년은 창피했다. 뺨이 붉었고 몸이 떨렸다. 망신스러웠다. 그래서 그는 자리를 황급히 떴다. 그때부터 청년은 신경증을 앓았다. 사람들과 함께 있기가 괴로웠다. 숨이 가빴고 손발이 떨렸다. 그래서 청년은 몇 년째 방에 틀어박혀 밖으로 나오질 않았다. 온 생활을 방에서 했다. 즉 히키코모리(은둔형 외톨이)가 되었다. 물론 달라지고 싶었으나 그럴 수 없었다.

어느 날 청년은 용기를 내 인과법칙을 찾았다. 곧 상담이 시작되었다. 인과법칙은 이렇게 물었다. "언제부터 그랬습니까?" 청년은 삶을 돌아봤다. 그리고 온갖 이야기를 들려줬다. 그러다 어렸을 적 학교폭력을 겪었던 일을 말할 때였다. 인과법칙은 잠시 말을 끊었다.

"역시 이 때문이군요. 그때 겪었던 일들이 트라우마(trauma)가 되어 신경증을 일으켰습니다."

"아… 그렇군요. 혹시 트라우마를 없앨 수는 없나요?" 청년이 물었다.

"네, 그럴 수 없습니다. 이미 있었던 일이잖아요."

"그러면 이제 어떻게 해야 할까요?"

"딱히 없습니다."

"네? 평생 이렇게 살아야 한다는 말씀인가요?"

"그렇죠. 그래도 마음이 좀 풀리지 않았나요. 적어도 본인이 어째서 그렇게 되었는지를 알게 되었잖아요."

"아니… 난 삶을 변화시키고 싶다고요!"

"그럴 수 없다니깐요!"

어느 날 청년은 정말 용기를 내 목적법칙을 찾았다. 그리고 서로 이야기했다. 목적법칙이 물었다.

"방에만 있으면 심심하지 않나요? 주로 뭘 하세요?"

"별일 없어요. 그냥 하루 종일 게임합니다. 이런 제가 싫어요."

"정말요? 저도 게임 좋아합니다. 어떤 게임 하세요?"

"네? 롤(LoL)을 합니다. 남들은 한창 일할 때… 이런 제가 너무 싫어요."

"혹시 티어(등급)가 어떻게 되세요?"

이때 청년은 약간 자랑스럽게 말했다.

"마스터(master)입니다."

"정말요! 언제 저랑 같이 해요. '마스터'는 처음 봐요."

"별것 아닌데… 네, 알겠습니다. 그래도 이런 제가 싫어요."

"참, 오늘 페이커(Faker) 선수 팬 미팅 날인 건 아시죠?"

"아니요, 몰랐습니다."

"제가 어렵게 표를 구했는데 같이 가시죠."

"아… 전 사람 많은 곳을 잘 못 가요."

"뭐 어때요. 사인만 금방 받고 오죠. 페이커 선수 싫어하세요?"

"아니요! 너무 좋아합니다."

"그럼 얼른 갔다 와요."

그날 둘은 그렇게 최고의 날을 보냈다. 그리고 집으로 돌아오는 길이었다. 목적법칙이 청년에게 물었다.

"오늘 사람이 많았는데 힘들진 않았어요?"

청년은 흥분된 목소리로 말했다.

"처음엔 답답했는데 페이커 선수를 볼 때부터 싹 가셨어요!"

"그렇군요… 그런데 집에만 있으면 벌이는 어떻게 하나요?"

"아, 인터넷으로 틈틈이 일해요. 용돈벌이는 됩니다. 그리고 아버지께서 건물주세요. 그래서 돈 걱정은 없습니다."

"그러면 도대체 뭐가 문젠 거예요?"

이 말에 청년은 화를 냈다.

"남들처럼 살고 싶다고요!"

이 말에 목적법칙이 화를 냈다.

"남들은 당신처럼 살고 싶다고요!"


## 이야기들


### 마라톤

교수는 학생들에게 말했다.

"여러분, 오늘 마라톤 대회가 있습니다. 잘 알고 있듯이 42.195km 를 달려야 합니다. 하지만 시간제한은 따로 없습니다. 몇 날 며칠이 걸리든 결승점에 도착하면 됩니다."

이때 한 학생이 물었다.

"완주했을 때 상금이 있습니까?"

"글쎄요. 전 잘 모르겠습니다. 다만 완주하면 뭔가 그럴듯한 보상이 있다고 들었습니다."

이 말에 학생들은 시큰둥했다. 구체적인 보상이 없었기 때문이다.

"달리기 싫은 학생들은 그때 동안 교실에서 넷플릭스(Netflix)를 시청하면 됩니다. 저쪽에 다과도 준비될 테고요."

그 말에 학생들이 번쩍였다.

"혹시 저랑 마라톤 대회에 참여할 학생이 있나요?"

체대생 몇 명이 손을 들었다. 교수는 실망했다.

"왜 이렇게 참여가 저조하죠. 완주하면 보람되고 좋을 텐데."

학생들이 말했다.

"평소 몸이 약해서 마라톤은 무리예요."

"해본 적이 없어서 무서워요."

"재능이 없어요." 어쩔 수 없었다.

"잘 알겠습니다. 그럼 내일 수업 때 보죠. 그동안 편히 있어요."

"네!"


다음 날 교수는 학생들에게 말했다.

"여러분, 오늘도 마라톤 대회가 있습니다. 잘 알고 있듯이 42.195km를 달려야 합니다. 물론 시간제한은 따로 없습니다. 몇 날 며칠이 걸리든 결승점에 도착하면 됩니다."

이때 한 학생이 물었다.

"완주했을 때 상금이 있습니까?"

"그렇습니다. 지금 여러분 각자의 은행 계좌에 상금 일억 원이 입금되었습니다. 아주 큰 금액이죠. 만일 여러분이 결승점을 통과하면 돈은 고스란히 여러분 것이 됩니다. 그렇지 않으면 영원히 돈을 쓸 수 없어요."

학생들이 웅성거렸다.

"혹시 저랑 마라톤 대회에 참여할 학생이 있나요?"

학생 대부분이 손을 들었다.

"이상하네요. 어제는 다들 힘들어했잖아요."

"교수님, 다 핑계였죠. 일억 원이 생길 기회를 놓칠 수 있나요."

교수는 잠시 생각에 잠겼다.

"역시 핑계였군요…. 한계가 아니라…."

이때 교수는 문득 궁금했다.

"여러분은 어째서 서울대학교에 합격할 수 없었습니까?"

## 서울대학교

학생들이 일제히 말했다.

"공부를 열심히 안 해서요!" "노력하지 않아서요!"

여전히 궁금한 듯 교수가 물었다.

"왜 열심히 안 했나요? 노력하지 않았어요?"

"네?" 학생들은 어리둥절했다. 그리고 까닭을 찾았다.

"재능이 없어서요!" "집안 형편이 좋지 않아서요!" "친구를 잘못 사귀어서요!" 온갖 까닭들이 나왔다.

그러자 교수가 차분히 말했다.

"그거… 혹시 핑계인가요?"

교수는 찬물을 끼얹었다.

"그게 아니라…."

"제 생각은 이렇습니다. 여러분은 서울대학교보다 놀이가 훨씬 좋

있습니다."

"당연한 말이잖아요!"

"그렇죠. 여러분은 원하는 일을 했습니다. 그런데 왜 행복하지 않습니까. 왜 핑계를 대죠?"

"네! 서울대학교에 합격할 수 없었으니까요."

교수는 의아했다.

"서울대학교에 가기 싫었잖아요. 놀이가 더 좋았잖아요."

"아니 교수님, 서울대학교를 싫어하는 사람이 어디 있어요?"

"그럼 왜 원하는 일을 하지 않았나요? 공부 말입니다."

"놀이가 더 좋아서요!"

학생들은 이렇게 말해 놓고 당황했다. 뭔가 이상했기 때문이다.

"한번 되짚어 볼까요. 고등학생 때 SKY(일명 수도권 명문대)를 왜 가고 싶었어요? 구체적인 이유가 있었습니까. 솔직히 말해 남들이 좋다니까 가고 싶었던 것 아닐까요. 일종의 우발적 요인 때문입니다. '뭔가 있겠지.' 하고요.

그런데 너무 막연했죠. '그 뭔가'를 정확히 알 수 없었으니까요. 그래서 확실한 '그 뭔가'를 선택했습니다. 즉 놀이를요. 적어도 놀면 신나잖아요. 그리고 SKY 대학 외에 다른 대학교를 가도 별일 없을 것이라는 막연한 기대심리도 작동했을 거예요. 그래서 놀아도 상관없었던 겁니다. 즉 놀아도 살 만했죠.

이렇듯 여러분은 지금껏 원하는 일을 했습니다. 하지만 현재 갖은 핑계로 옛 선택을 후회합니다. 왜일까요?

바로 목표가 없기 때문입니다. 진정 원하는 것을 찾지 못했기 때문입니다. 현재 본인에게 무엇을 원할지 물어야 합니다. 그리고 알아내려 행동에 나서야 합니다. 어떤 일이든 도전해야 합니다. 본인이 무얼 원하는지 알면 노력은 절로 따라옵니다.

방금 여러분은 일억 원을 원했습니다. 그러자 어땠습니까. 마라톤과 별개로 행동에 옮기려 했습니다. 그런데 목표가 없었을 땐 어땠습니까. 갖은 평계로 안주하려 했습니다.

이처럼 인생에 진짜 목표가 없으면 어떨까요. 남들과 비교함으로써 결핍(텅 빈 목표)을 채울 것입니다. 하지만 그렇게 채워진 목표는 본인 게 아니에요. 내 삶과 맞지 않는 타자적 목표입니다. 그러니 행동할 수 없죠.

그럼, 이제 어떻게 할까요. 가장 손쉬운 일은 과거에 내맡기는 일입니다. 갖은 평계로 삶을 후회하는 것 말입니다. 바로 열등감에 휩싸이는 일이죠. 사람은 원하는 대로 살아간다 했습니다. 결국 열등감은 인생에서 가장 편한 길이며, 그 길을 여러분이 선택했습니다.

진짜 원하세요. 그걸 찾으세요. 과거는 별개입니다. 노력도 마찬가지고요. 내 진짜 목적을 설정하면 노력은 절로 따라올 테니까요."

이때 한 학생이 손을 들었다. 잔뜩 화가 나 있었다.

"교수님 말은 진부 틀린 말입니다. 원하기만 하면 노력이 절로 따라온다고요? 아무리 열망해도 안 되는 일들이 있습니다. 교수님은 지금 학생들에게 헛된 환상을 주고 계세요. '진짜 목적을 찾아라. 그리고 달려가라!' 이런 말은 아무나 할 수 있습니다.

교수님은 이상론자세요. 안 될 일들은 뭘 해도 안 됩니다. 현실은 그 렇습니다. 그러니 너무 입에 발린 말씀 마세요."

교수는 학생을 쳐다봤다. '어째서 이렇게 화를 내는 걸까. 아마도 익숙했던 삶을 바꾸지 않으려는 몸부림일 테다.' 교수는 학생들에게 설교보다 변화할 힘을 주고 싶었다.

## 의사 선생님

한 청년이 있었습니다. 그는 어렸을 때부터 총명했습니다. 공부도 잘했고요. 주변 사람의 기대를 한 몸에 받았습니다. 특히 의사였던 부모님 영향으로 의사가 되길 꿈꿨습니다. 그리고 대한민국 최고 명문고에 입학했을 때 청년은 그 꿈에 한 걸음 다가섰습니다.

그런데 몇 년 뒤 청년은 의대에 지원했지만 아쉽게 떨어졌습니다. 그래도 한 번으로 포기할 수 없죠. 다시 도전했고 결과는 또 낙방이었습니다. 실패의 연속. 그렇게 많은 세월이 흘렀고 청년은 그때껏 의대에 가질 못했습니다.

한번은 청년이 저를 찾아와 화를 내더군요.

"선생님 말씀대로 의대 진학을 원했습니다. 너무나 열망했다고요. 그만큼 노력도 했고요. 하지만 여태껏 실패했습니다. 바라면 된다면서요. 그런데 왜 안 되는 겁니까! 노력 탓이라 말하진 마세요. 그건 선생님이 그토록 싫어했던 인과법칙입니다. 그리고 솔직히 저는 누구보다 바랐고 애썼습니다."

저는 이렇게 말했습니다.

"물은 100℃에서 끓어. 그러니 함부로 노력했다 말하지 말게. 이제 내게 차분히 말해 줄 수 있을까. 도대체 무엇을 원했나?"

청년이 말했습니다.

"의사가 되길 간절히 원했습니다!"

"도대체 왜 의사가 되고 싶었지?"

"네?"

"정확히 무엇을 원했냐고? 명예 때문이지 않아."

청년은 잠시 망설인 끝에 그렇다고 말했습니다.

"그럼 굳이 의사 될 필요가 없잖아. 다른 명예직을 찾아봐! 판사와 검사, 대학교수, 국회의원, 대기업 임원 등 명예직은 많아. 어째서 의사만 고집하지. 자네 말대로 몇 년 넘게 원했고 노력했어. 그래도 실패했다면 재능이 없단 뜻이야. 하지만 다른 명예직 공부에서는 네 재능을 활짝 꽃피울지 몰라. 적성에 맞아 한두 해 만에 합격할지도."

그러자 청년은 더욱 화를 냈습니다.

"다른 명예직 공부는 어디 쉽습니까!"

"그럼 의사 공부는 쉽고? 자넨, 어렸을 때부터 남들에게 훗날 의사가 될 거라며 자랑했어. 큰소리 뻥뻥 쳤지. 하지만 계속된 도전에도 매번 실패했어. 그래서 어떻게 했나? 다른 재능을 찾았나? 그때부터 주변 눈치를 살폈어. 되돌릴 수 없었던 거야.

의사가 되길 간절히 열망했다고? 하지만 지금 당장 로스쿨에 합격시켜 준다면 그 길로 갈 것 아닌가. 그러면 이제라도 다른 명예직에 도전하면 되네. 그런데 지금껏 해왔던 공부를 내려놓기 싫어. 의대 공부에 자신 있어서라기보다 다른 영역에 도전할 용기가 없기 때문이야. 자네는 이런 상황이 너무 싫어 내게 화풀이를 하러 온 거야. 그렇지 않아? 여러 번 좌절했지만 성공을 확신한다면 지금쯤 도서관에 있어야지. 왜 내게 왔나?

결국 자네는 부모님과 주변 사람의 기대 속에서 빠져나올 수 없었던 거야. 그런데 얼마나 편한가. 남들이 자네에게 묻겠지. '어떤 일을 하고 계신가요?' 자네는 이렇게 말할 거야. '의대에 가려고 준비 중입니다.' 그럼 사람들은 '와, 대단해요.'라며 감탄했겠지. 이럴수록 더욱 다른 직업을 선택할 수 없었어. 네 마음속엔 이렇게 열등감과 우월감이 공존하고 있어."

그 청년은 이런 제 얘기를 받아들일 수 없었습니다. 그래서 이렇게 말했어요.

"그렇지 않습니다. 단지 명예 때문만이 아니에요. 저는 어렸을 때부터 부모님을 존경했습니다. 돈 없는 이들을 무료로 돌봐 주셨거든요. 그래서 저도 부모님처럼 평생 남들을 돕고 살려 했습니다. 그래서 의사라는 직업을 선택했고요. 그래서 원했던 거예요. 주변 사람들 눈치 때문이 아닙니다!"

저는 이렇게 말했습니다.

"마찬가지 아닌가. 타인에 대한 헌신 때문이라면 다른 봉사직을 선택하면 된다네. 간호사 같은 다른 의료 자격증을 따서 해외 봉사활동을 떠나면 되지 않을까. 왜, 간호사는 싫은가.

내가 봤을 때 자네는 이렇게 마음먹었어.

'변하지 않겠다.'

하지만 남들이 나를 어떻게 볼까 두려웠어. 그래서 불안에 떨고 있지. 그게 가장 편한 방법이니까. '제자리에 머물러 있기' 말일세.

끊임없이 도전하게. 익숙함에서 벗어나 자신을 끊임없이 불편하게 만들어야 해. 그럴 때 나를 증명할 진짜 목적을 찾을 수 있어. 온갖 평계로 인생을 낭비하진 말게나."

### 코비 브라이언트(Kobe Bryant)

이때 다른 학생이 손을 들었다.

"어떤 말씀이신지 잘 알겠습니다. 전에 강의하셨던 목적법칙이죠. 하지만 역시 어렵습니다. 그래서 직설적으로 여쭙니다. 삶을 당장 변화시키려면 어떻게 해야 합니까?"

교수는 잠시 생각에 잠겼다. 그리고 말했다.

"여러분, 혹시 NBA 농구선수 코비 브라이언트를 아나요? 저는 개인적으로 너무 좋아합니다. 왜 좋아하느냐고요?

전성기 때 코비는 세상에서 농구를 가장 잘했어요. 그런데 안주하지 않았습니다. 본인 약점을 완벽히 보완하려 끊임없이 노력했습니다. 지독한 연습 벌레였죠. 승부욕도 남달랐습니다. 밤낮없이 (알려진 바로는 새벽 4시부터 매일 16시간씩) 훈련했고 경기마다 열정을 쏟았습니다. 이런 미친 듯한 에너지가 전 너무 좋았습니다.

코비와 관련한 재미있는 일화가 있습니다. 시합이 없던 휴일 그는 변함없이 개인 훈련을 위해 숙소를 나섰습니다. 그때 마침 신입(rookie)과 마주쳤습니다. 옷을 한껏 차려입고 외출하려던 참이었어요. 코비는 신입을 불렀습니다.

"지금 어디 가?"

"휴일이라 친구 좀 만나려고요."

코비는 신입을 빤히 쳐다봤어요. 그리고 이렇게 물었습니다.

"혹시 나보다 농구를 잘하니?"

신입은 황당했습니다. 그는 세계 최고 농구선수잖아요.

"아니요…."

그러자 코비는 말했습니다.

"그럼 운동복으로 갈아입고 와. 같이 연습하자."

열정이 정말 대단하죠. 안타깝게도 코비는 2020년 1월 26일 헬리콥터 추락으로 사망했습니다. 그 당시 저도 나름대로 추모했던 기억이 떠오릅니다.

맘바 멘탈리티(Mamba Mentality)라는 말이 있어요. 불가능은 없다던 코비의 인생철학을 압축한 말입니다. 많은 NBA 농구선수들이 이런 그의 철학을 본받았습니다. 그 가운데 리그를 대표하는 빅맨(센터 포지션 선수) 앤서니 데이비스(A. Davis)가 있습니다. 그는 힘들 때마다 항상 자신에게 묻는다고 해요.

'이 상황에서 코비라면 어떻게 할까.'

데이비스는 코비만큼 연습 벌레입니다. 그날도 그는 저녁 훈련을 끝내고 숙소로 갔습니다. 그리고 새벽 훈련을 위해 눈을 떴죠. 그런데 전날 무리했는지 몸 상태가 좋지 않았어요. 솔직히 더 자고 싶었던 거죠. 그래서 데이비스는 이렇게 생각했다고 해요. '지금껏 열심히 훈련했으니 한 번쯤 훈련을 쉬면 어떨까.' 사실 누구나 그렇잖아요. 그런데 바로 이럴 때 데이비스는 코비를 불러낸다고 합니다.

'이럴 때 코비라면 어떻게 했을까.'

코비였다면 당장 훈련장에 갔을 것입니다. 그래서 데이비스는 그날도 마음을 다잡고 새벽 훈련을 나갔습니다.

제가 코비와 데이비스 이야기를 꺼낸 까닭은 이렇습니다.

'삶을 변화시키고 싶다면 당장 그렇게 살아라!'

누구나 인생의 롤 모델(role model)이 있을 것입니다. 데이비스에게 코비가 있었듯이요. 당장 그들이 되십시오. 그들처럼 살아가십시오. 모를 때는 그들에게 물으세요.

'당신이라면 이럴 때 어떻게 하겠습니까.'

롤 모델이 누구든 그는 하루 종일 침대에 누워 유튜브나 볼 것 같진 않습니다. 삶을 조금씩 바꿔 나가겠다는 생각은 버리세요. 과거라는 익숙했던 습관에서 빠져나오지 못해 그렇습니다. 단번에 그들이 되어야 합니다. 그래서 이렇게 말하고 싶어요.

'아무리 애써도 N극은 S극이 될 수 없다.'

'그러니 당장 S극이 되어라!'

삶을 바라보는 방식을 바꾸면 삶이 그렇게 바뀌는 법입니다."

한나 아렌트

『예루살렘의 아이히만』

## (제3의 물결) 실험

* 토드 스트라써(T. Strasser)의 『파도』와 나카노 노부코(Nobuko Nakano)의 『우리는 차별하기 위해 태어났다』를 참조하며.

1967년, 미국 캘리포니아주(州)의 한 고등학교 역사 교사였던 론 존스(R. Jones)는 학생으로부터 다음과 같은 질문을 받았다.

"당시 독일인들은 어떤 사람들이었길래 그토록 야만적이던 나치스를 허용했던 거죠? 어째서 유대인을 대량 학살했던 끔찍한 역사의 장본인들이 된 것일까요? 우리 미국인 같았으면 그런 비민주적 행태를 절대 허락하지 않았을 기예요. 아무리 히틀러와 나치스의 폭압이 있었을지라도 말이에요."

존스가 나치 독일이 어떻게 형성되었고 홀로코스트 같은 학살이 왜 생겨났는지에 관한 설명을 막 끝냈을 때였다.

"글쎄… 어떻게 설명하면 좋을까…."

"그들은 괴물들이었어요. 그랬던 거예요."

"정말 그랬을까…."

학생은 민주주의가 발달한 미국에선 나치 독일이 벌였던 만행들이 절대 일어날 수 없다고 여겼다. 정말 그럴까. 히틀러의 나치스도 사실 민주적 절차인 선거로 탄생했던 합법 정당이 아니었던가. 반대로 미국은 1950년에서 1954년까지 매카시즘(McCarthyism)이라는 역사적 광란을 겪지 않았는가. 민주주의도 '정당한 절차를 거쳐' 얼마든지 (시민의 자유를 축소하고 기본적 인권을 말살했던 나치즘과 스탈린주의 같은) 전체주의 국가로 변모할 수 있었다.

존스는 어떻게 하면 이런 침울한 역사적 징후들을 학생들에게 알려줄 수 있을지를 고민했다. 그리고 생각 끝에 그는 당시 독일인들이 가졌던 인종차별적 정서와 강렬했던 전체주의적 열기를 학생들이 직접 체감할 수 있도록 한 가지 실험을 계획했다.

실험은 다음과 같이 진행되었다. 수업 중에 존스는 본인을 책임 교사로 한 일종의 사회 운동을 조직했다. 일명 '제3의 물결(The Third Wave)' 프로젝트였다. 그리고 구호도 있었다. "집단이 가진 힘을 실감하라!"

(어쩌면 운동명과 구호를 참여 학생들과 함께 만들었을지도 모르겠다. 만일 그랬다면 우리는 운동명과 조직 구호를, 나아가 깃발과 같은 상징물을 만들며 즐거워했을 학생들의 해맑은 표정을 떠올릴 수 있다. 아마도 처음에는 이런 활동들이 그들에게는 일종의 놀이였으리라.)

그리고 몇 가지 규칙들을 정했다. 별것 없었지만 이랬다. 역사 교사였던 론 존스가 집단의 수장이며 상징이다, 그래서 운동원(학생)들은 존스를 대할 때 부동자세와 함께 항상 경어를 사용해야 한다, 와 같은 것들이었다. (이후 규칙들은 학생들에 의해 걷잡을 수 없이 늘었다.) 일단 참여 학생들을 뽑아 규칙에 맞춰 첫날을 보냈다. 학생들은 한껏 기분이 들떴다. 그리고 내일도 모임이 계속되길 바랐다.

(몇 가지를 덧붙여도 좋을 듯하다. 학생들이 좋아하는 선생님이 본인을 주축으로 일종의 봉사활동 모임을 만들었다. 서로 돕고 함께 공부하며 좋은 일도 많이 할 것이다. 얼마나 뿌듯하겠는가. 어쩌면 평소 데면데면했던 반 친구들과 더욱 친해질지도 모른다. 이런 모임에 가입하지 않을 까닭이 전혀 없다. 이런 기대들이 학생들을 들뜨게 했으리라.)

정확히 한 달째 되던 날 아이들은 다른 반 학생들에게 '제3의 물결' 운동을 권했다. 즉 조직원들을 늘릴 셈이었다. 활동 범주를 넓힐수록 보다 많은 사람이 필요했기 때문이다. 그리고 이런 좋은 활동에 참여하지 않을 까닭도 없었다. 아이들은 이렇게 조직을 알렸다.

"함께 공부하며 어려울 때 서로 도와줘!"

"주말마다 봉사활동을 해. 얼마나 뿌듯하다고!"

"론 존스 선생님이 리더야!"

그 밖에 '제3의 물결' 운동에 참여를 북돋을 슬로건(slogan)들이 쏟아졌다. 학생들은 배지(badge) 같은 상징물을 자체 제작했고, 그들끼리의 독특한 인사법도 고안했다.

점차 많은 학생이 제3의 물결에 동참했다. 이 때문에 조직을 세분

화할 필요가 있었다. 예를 들어 이랬다. 존스에게 활동을 직접 보고할 리더 몇몇이 뽑혔다. 그리고 그 밑으로 활동별 조장과 진행 요원들이 배속되었다. 일반 요원들은 이런 체계로 활동 사항들을 전달받았을 것이다. 위원회 구성과 업무 할당은 리더의 재량에 맡겨졌다.

긍정적인 효과가 분명 있었다. 일단 학생들의 성적이 좋아졌다. 인적 네트워크도 넓어졌다. 학교생활에 어려움을 겪었던 전학생들도 활동에 동참함으로써 쉽게 적응할 수 있었다. 그리고 제3의 물결은 불량 학생들로부터 조직원들을 보호했다. 이럴수록 참여 학생들은 늘었다.

그런데 '제3의 물결'의 파급력이 커질수록 불미도 커졌다. 이제 학생들은 배지를 단 이들과 그렇지 않은 이들로 극명히 갈렸다. 그리고 제3의 물결 학생들은 배지를 달지 않은 그 외 학생들을 대놓고 괴롭혔다. 그들이 봤을 때 그래도 되었다.

"이런 좋은 운동에 동참하지 않은 걸로 봐서 재들은 분명 나쁜 아이들일 거야!"

때론 자발적으로 (정의라는 이름으로) 불량 학생들을 벌주었다. 또한 학생회장을 뽑는 선거에서도 본인들의 세를 과시했다. 이제 제3의 물결은 거대 권력체가 되었다. 물론 본인들은 이를 깨닫지 못했다. 왜냐하면 그들이 봤을 때 이러한 권력의 사용은 좋은 목적을 실행하기 위한 옳은 행동들이었기 때문이다. 생각해 보라, (학생들이 신뢰할 만한) 존스라는 훌륭한 수장이 있었고, 모임의 좋은 목적도 있었다. 그래서 학생들은 가입만으로 본인을 좋은 사람으로 여겼을 것이다. (우리는 가끔 ARS로 불우이웃 성금을 냈을 때 뿌듯함을 느낀다. 마치 당장 선한 사람이 된 것처럼 말이다.)

이럴수록 존스는 불안해졌다. '제3의 물결'의 확산 속도가 너무 빨랐으며, 그 과정에서 폭력과 밀고 같은 불미도 많이 발생했기 때문이었다. 그뿐만이 아니었다. 제3의 물결은 놀랍게도 학교 밖까지 퍼졌으며, 타 학교와 충돌도 일어났다. 실로 그의 실험을 끝낼 때가 왔던 것이다.

존스는 학생들을 한자리에 모았다. 그리고 물었다.

"너희들은 지금 누굴 믿고 따르지?"

학생들은 당연하다는 듯이 '론 존스'라고 외쳤다.

"아니야, 너희들의 진짜 리더는 이 사람이야."

그는 히틀러의 얼굴이 찍힌 사진을 보여주었다. 학생들은 지금껏 본인들이 했던 짓들이 나치스가 했던 짓과 다름없음에 경악했다. 그들이 믿었던 세상이 무너졌다. 물론 방금 그들의 정체성이 속절없이 깨졌음에도 이런 상황을 받아들일 수 없는 학생들도 있었다. 세상을 자신의 한정적인 관점으로만 보려는 고정관념이 어느덧 신념이 되어 버린 것이다. 존스는 말했다.

"얘들아, 이제 끝낼 때가 된 것 같은데."

과연 아이들은 자신을 예전 삶으로 되돌릴 수 있을까.

## 히틀러와 아이히만

옛날 옛적 작은 마을에 사람들이 오손도손 살고 있었다. 비록 마을 자체가 가난했으나 그래도 별 탈 없이 평화로웠다. 그런데 어느 날 옆 마을 사람들이 쳐들어와 이들을 괴롭혔다. 부당한 일들도 마구 시켰다. 그러나 힘이 없었던 작은 마을 사람들은 시키는 대로 할 수밖에 없었다. 이러한 괴롭힘은 날로 커졌다.

이때 한 젊은 정치가가 나타났다. 그리고 이렇게 외쳤다.

"이대로 당하고만 있겠습니까. 마을 사람들이 하나로 뭉쳐 싸워야 합니다. 제게 힘을 주십시오. 저를 믿고 따라 주십시오. 여러분과 힘을 합쳐 옆 마을 사람들을 반드시 물리치겠습니다."

사람들은 환호했다. 그리고 그를 왕으로 추대했다.

몇몇 사람들은 이를 달갑잖게 여겼다. 왕을 뽑는 일은 (임기를 정해 매년 마을 이장을 선출하는) 마을 법률상 옳지 않았고, 임기를 제한함도 없이 온갖 입법을 왕의 재량권에 절대적으로 맡겼기 때문이다. 마을 위원회가 해체되었고, 왕이 새로운 정예 요원들을 직접 선발했다. 그리고 그는 이들을 통해서만 마을 사람들에게 명령을 내렸다. 오랫동안 지켜왔던 마을 관례들이 깨졌고 새 규칙들이 생겨났다.

하지만 그 '몇몇 사람'은 어떤 불평도 할 수 없었다. 어쨌든 (옆 마을과 한바탕 전쟁을 해야 할) 급박한 상황이 아닌가. 그리고 이런 절체절명의 때에 절차 따위를 문제 삼는 일은 어불성설이었다. 마을 사람들은 이런 불평분자를 좋아하지 않았다. 적이나 다름없었다. 그래도 청년의 다음 약속에 위안을 삼았다.

"여러분, 훗날 제가 독재를 할 것이라는 유언비어를 들었습니다. 이 자리에서 단언하겠습니다. 전쟁이 끝나면 전 모든 권력을 내려놓겠습니다. 어떤 권력도 탐하지 않겠습니다. 오직 마을만 생각하겠습니다. 절 믿고 따라 주십시오!"

사람들은 청년의 박력에 완전히 사로잡혔다.

아무튼 마을 사람들은 이 청년을 중심으로 일사불란하게 움직였다. 옆 마을 사람들과의 투쟁을 위한 전략도 짰다. 결전의 때가 왔고 마을 사람들은 싸움에 나섰다. 몇 날 며칠을 힘껏 싸웠다. 안타깝게도 많은 희생이 따랐다.

하지만 끝내 승리했다. 그리고 옆 마을 사람들에게 앞으로 괴롭히지 않겠다는 약속도 받아냈다. 마을 사람들은 너무나 기뻤다. 그리고 그들을 승리로 이끈 청년 왕을 칭송했다. 마을 사람들에게 그는 일종의 구원자였다.

이제 청년이 모든 권력을 내놓을 때가 되었다. 하지만 그는 그럴 수 없었다. 권력의 달콤함을 맛보았기 때문이 아니었다. 만약 권력에 눈이 멀었다면 그는 곧장 (스탈린과 같은) 난폭한 독재자가 되었을 것이다. 그러고는 본인에게 저항하는 이들을 폭력으로 처벌했을 것이다. 그러나 청년은 그렇게 하지 않았다. 이 청년 왕은 진정 마을만을 생각했기 때문이었다. 그가 봤을 때 전쟁은 아직 끝나지 않았다. 옆 옆 마을의 낌새가 심상치 않았다. 어디 옆 옆 마을뿐이었겠는가. 옆 옆 옆 마을과 옆 옆 옆 옆 마을도 큰 골칫거리였다. 즉 온 나라의 온 마을이 적들로 가득했다. 이런 위급한 상황에서 '나 몰라라'식 권력 이양은 너무 무책임하다고 청년은 생각했다.

청년 왕은 마을 사람들을 한데 불러 모았다. 그리고 다음과 같이 (좌중을 압도하며) 연설했다.

(잠시 히틀러의 연설 장면을 떠올려 보시길. 오늘날 아돌프 히틀러 (A. Hitler)는 종종 영화 속 빌런(villain)이나 코믹한 인물로 언급되곤 한다. 아마 그의 외모도 한몫했을 것이다. 희극인 찰리 채플린(C. Chaplin)이 오마주 했던 짧은 콧수염과 납작 눌린 포마드 머리 스타일을 보면 어딘가 우습다.

그러나 당시를 떠올려 보라. 제1차 세계대전 뒤 무력했던 독일 국민 앞에 한 젊은 정치인이 나타났다. (허약했던 기존 정치인들과 달리) 제복 차림에 단정한 꾸밈이 왠지 신뢰가 간다. 그리고 독일 혈통만의 강한 민족성을 내세우며 자국민들에게 우월감을 강조했다. 연설도 얼마나 힘 있고 멋진지 모른다.

그는 연설에서 당시 경제적, 정치적, 실존적 불안에 떨던 독일 국민이 그토록 듣고 싶었던 이야기를 했다. 즉 경제 부흥과 게르만 민족의 탁월성, 유대인과 같은 독일의 악의 축을 없애겠다는 강력한 메시지를 전달했다. 그들이 봤을 때 얼마나 속 시원했겠는가. (지금으로 치면 사이다 발언이다.) 만약 당시 독일 국민이었다면 우리도 저들처럼 열광했지 않았겠는가.)

다시 청년 왕의 연설로 되돌아가자. 그는 이렇게 말했다.

"마을 주민 여러분, 승리에 도취될 때가 아닙니다. 왜냐하면 전쟁은 아직 끝나지 않았기 때문입니다."

왕의 이 말에 마을 사람들이 웅성거렸다.

"사방이 적으로 가득합니다. 특히 주변 마을의 낌새가 심상치 않습니다. 언제 쳐들어올지 모릅니다. 제가 알아낸 바로, 저들은 마을 사람들 일부를 스파이로 심어두었고 항상 마을을 염탐하고 있습니다. 호시탐탐 우리를 노리고 있습니다. 이대로 가만히 있겠습니까. 한차례 싸움이 끝났으니 그냥 물러설까요. 전 여러분 뜻대로 하겠습니다. 이런 절체절명의 위기 속에서 저더러 왕좌에서 물러나라면 그렇게 하지요. 여러분, 제가 왕권을 내려놓을까요!"

그러자 마을 사람들은 절대 안 된다며 울부짖었다. 본인들의 구원자를 아무렇게나 내팽개칠 수 없었다. 그리고 다른 마을들의 잠재적인 위협 앞에서 엄청난 공포와 불안을 느꼈다.

"절대 안 됩니다!" 사람들은 소리쳤다.

"여러분들의 뜻이 그렇다면 다시 왕권을 잡겠습니다. 그리고 마을을 위해 희생하겠습니다. 반드시 평화와 안정을 그리고 번영을 안겨드리겠습니다."

마을 사람들은 청년 왕의 결단에 기뻐하며 그를 부르짖었다.

"먼저 스파이를 색출해야 합니다. 마을을 좀먹는 나쁜 인간들을 벌해야 하지 않겠습니까. 그랬을 때 우리는 평화롭게 잘 살 수 있습니다. 그렇지 않습니까!"

사람들은 "옳소"라며 소리쳤다.

"너무나 하고 싶었지만 지금껏 할 수 없었던 그 일을 제가 하겠습니다. 마을에서 '이방인(the stranger)'들을 몰아내겠습니다!"

청년 왕의 이 말에 사람들은 일제히 기뻐 소리쳤다.

몇백 년 전, 작은 마을에 낯선 이들이 몰려와 정착했다. 마을 사람들은 그들을 '이방인'이라 불렀다. 겉보기에 이방인들은 왜소했고 허약했다. 그러나 마을 사람들보다 셈이 빨랐다. 그래서 이들은 빠르게 부를 축적했다. 그래서 원주민이었던 마을 주민들은 점차 그들 밑에서 일을 했다.

세월이 흐를수록 원주민들은 그들을 싫어했다. 셈을 밝히는 특성 때문이었다. 예를 들어 흉년이 들었을 때 원주민들은 어쩔 수 없이 이방인들에게 돈을 빌릴 수밖에 없었다. 그런데 어려울수록 서로 도와야 했지만 그들은 그렇지 않았다. 평소보다 많은 이자를 책정했다. 원주민들은 이런 그들을 욕했다. 하지만 어떻게 하겠는가. 당장 궁하니 이들을 찾을 수밖에. 원주민들은 이방인이 지나치게 돈을 밝혀 그들을 '돈벌레'라며 흉봤다. 물론 입 밖에 낼 수 없었다. 이방인들은 어쨌든 원주민들에게 갑이기 때문이었다.

세밀히 따졌을 때 부를 축적했던 일등급 이방인은 전체 이방인의 10%도 채 되지 않았다. 그 밖의 90%는 다른 원주민들처럼 가난했다. 하지만 원주민들은 같은 혈통이란 까닭에서 이방인 전체를 미워했다.

물론 몇백 년이 지난 현재 '이방인'이란 말 자체가 무색했다. 몇 세대가 흘렀고 현재 그들은 원주민과 다를 게 없었다. 그러나 몇백 년에 걸쳐 축적된 혐오가 밑바탕이 되어 원주민들은 이들을 '까닭 없이' 미워했다.

이러한 배경 속에서 청년 왕은 저들 '돈벌레'를 몰아내려 했던 것이다. 마을 사람들은 속이 뻥 뚫렸다. 순수 혈통의 원주민들이 어째서 저들에게 굽신거려야 하는가. 그들은 생각했다.

'저들이 스파이다. 돈 몇 푼에 마을을 팔아먹을 인간들이다.'

색출작업은 일사천리였다. 사람들은 본인이 원주민 혈통임을 입증했다. 그럴 수 없었던 이방인 혈통 사람들은 별 문양의 띠를 둘러야 했다. 즉 "난 '이방인'이다."고 표시했다.

이방인 종족에 대한 특별 정책들이 생겨났다. 이제부터 원주민들은 이방인 혈통 사람과 절대 결혼할 수 없었다. 그리고 이들은 제멋대로 출산할 수 없었다. 이를 어길 시 낙태도 불사했다.

원주민 아이들에게 새로운 마을 이념을 주입시켰다. 즉 "(이방인들에 대해) 나는 네게 뭐든지 할 수 있어. 뭐든지…"를 가르쳤다. (이방인들에 대한) 이런 무한 권력이 처음에 놀랍고 낯설었지만 아이들은 자신에게 열린 완전히 새로운 세상에 적응해 갔다.

원주민들은 이방인들의 재산을 몰수했고 고향 땅에서 강제 추방했다. 물론 이런 조치는 새롭게 제정된 마을 법을 따랐다.

청년 왕은 이걸로 그치지 않았다.

'우리 마을뿐 아니라 다른 마을들도 악의 축들(이방인들)로부터 해방시켜야 해. 그게 정의야! 그리고 약한 마을을 강한 종속이 지배하는 일은 신성이며 문명을 번영시키는 일이다. 약자들도 이걸 원할 거야. 이 얼마나 아름다운 영원한 자연법인가! 그래, 전쟁을 하자. 세계 사람들의 평화와 자유와 문명 전체를 위해 전쟁을 하자!'

세계평화에 대한 청년 왕의 집착과 욕망이 커질수록 야만성이 그의 낡은 자아를 점령했다. 이제 청년 왕은 신성과 자연, 정의라는 명목 아래 세계전쟁을 일으켰고 곧이어 수많은 사람을 파멸로 이끌었다. 끔찍한 코미디가 아닐 수 없었다.

청년 왕은 매번 전쟁에서 승리했다. 그런데 전쟁이 계속될수록 처벌해야 할 이방인들도 늘었다. 이방인들은 세상 곳곳에 있었기 때문이었다. (이방인에 대한) 추방도 한계에 닿자 청년 왕은 강제수용소를 세웠다. 체계적인 살인 정책이 실행될 학살센터였다.

많은 이방인이 센터에 갇혀 노예 노동자가 되었다. 그래도 그들은 그나마 다행이었다. 수용소 사역을 위해 특별히 선택된 신체 건장한 사람들 25퍼센트를 제외하고 나머지 이방인들을 규정상 처형했기 때문이다. 때로는 그들을 열차 화물칸에 발 디딜 틈 없이 태워 여러 날 동안 교외를 계속 달려 질식사시켰다.

하지만 진짜 야수성은 이때 드러났다. 청년 왕은 (약육강식과 같은) 자연법칙에 따라 약자들(이방인들을 포함하여 성소수자들, 장애인들, 노약자들)을 죽였지, 그들에게 악감정은 없었다. 그리고 학살 외에는 많은 이방인을 체계적으로 수용할 방법이 달리 없었다. 그래서 혜택을 주고 싶었다. 청년 왕은 이렇게 명령했다. "저들에게 고통을 덜어 줘라! 편안한 죽음을 선사해라!" 이런 왕의 명령을 받들어 신하들은 '살인 가스'를 고안했다.

육 년의 세월이 흘렀고 끝내 '작은 마을'이 패망했다. 청년 왕은 자살했고 그를 따랐던 정예 요원들은 세계 각지로 흩어졌다. 이때부터 원주민들은 휘몰아쳤던 광기에서 점차 정신을 차렸다. 이들은 이제 청년 왕이 벌였던 이런저런 행각들에 직접적으로 동참하지 않았음을 입증해야 했다.

이방인들은 본인 마을을 세웠다. 법령을 만들고 마을 위원회를 조직했다. 그리고 체계가 잡힐 즈음 전범들을 추적했다. 끔찍했던 비극을 끝낼 때가 된 것이다. 전범들의 죽음을 통해서 말이다. 이제 대대적인 수색 작업이 펼쳐졌다. 전범들이 있다면 다른 마을에 몰래 침입해 납치도 불사했다. 하루가 멀다 하고 그들을 법원으로 압송했다.

또 한 번 십오 년의 세월이 흘렀고 전범들에 대한 수색 작업도 막바지에 다다랐다. 그때 청년 왕의 정예 요원이었던 A를 극적으로 체포했다. 이방인들은 그를 즉각 마을 법원으로 압송했고 일사천리로 재판을 진행했다.

(이방인들은 여러 마을에 전보를 쳐 재판 사실을 알렸다. 그 많은 사람이 단지 '이방인'이라는 까닭으로, 백여만 명의 아이들이 단지 그렇다는 까닭으로 어떻게 청년 왕과 그를 따랐던 사람들에 의해 학살되었는가를 세계만방에 밝히고 싶었기 때문이었다.

또한 다른 속내도 있었다. 이방인들은 다른 마을 사람들에게 이렇게 말하고 싶었다.

"너희들은 그때 우릴 돕지 않았어. 그러니 평생 죄책감을 갖고 살라고! 우리가 겪었던 참혹한 비극을 너희가 기억해야 해!"

어쩌면 재판의 피고는 세계였을지도 모른다.)

A가 법정에 들어섰다. 신변 보호를 위해 그는 유리 부스 안에 앉았

다. (이방인들로 구성된) 방청객들은 적잖이 실망했다. 그들이 생각했을 때 A는 뿔 달린 괴물이어야 했다. 하지만 A는 평범한 중년 남성이었다. 어딜 가나 흔히 볼 법한 사내였다.

(재판 당시 실제 아돌프 아이히만(A. Eichmann)을 찍었던 사진들을 찾아보길 바란다. 한나 아렌트(H. Arendt)는 『예루살렘의 아이히만』에서 그를 다음처럼 묘사했다. "아이히만은 중간 정도 체격에 호리호리하며 중년으로, 근시에다 희끗희끗한 머리와 고르지 않은 치아를 지니고 있었다. 재판 때는 줄곧 가는 목을 의자 쪽으로 길게 젖힌 채 앉아 있었다.")

재판장이 A에게 말했다.

"당신은 이방인 강제 이송과 살인죄에 대한 15가지 죄목으로 기소되었습니다. 이 사실을 인정합니까?"

A는 말했다.

"기소장이 뜻하는 바대로는 무죄라고 생각합니다."

"무슨 뜻인가요? 어쨌든 유죄를 인정한 것입니까?"

"신 앞에선 유죄지만 이방인 법 앞에서는 아닙니다."

방청석이 술렁였다. A는 이렇게 변론했다.

"저는 당시 청년 왕의 명령과 법률 체계 아래 있었습니다. 명령과 법률에 대한 복종은 제 의무였습니다. 성실히 따랐습니다. 그래서 청년 왕의 법체계하에선 어떤 잘못도 하지 않았습니다."

재판장은 기가 찼다. 그래서 언성을 높여 말했다.

"아무런 죄도 없는데 본 법정에 피고가 왜 있겠습니까!"

A는 다음과 같이 차분히 말했다.

"전쟁에 졌기 때문입니다. 저도 잘 알아요. 청년 왕과 그를 따랐던 사람들의 끔찍한 만행을 말입니다. 하지만 전쟁 중이었잖아요. 어쩔 수 없었던 것입니다. 그냥 일어났던 일이에요.

그리고 저는 지금껏 어떤 인간도 죽인 적이 없습니다. 살해 명령을 내린 적도 없습니다. 그런데 살인죄라뇨! 저도 양심이 있습니다."

"말 한번 잘했습니다. 피고는 이방인들에 대한 강제 추방과 이송을 담당했습니다. 피고 말대로 성실히 임했습니다."

"단지 추방과 이송을 좀 더 효율적으로 실행하기 위해 상부에 아이디어를 제공했을 뿐입니다."

"추방과 이송이 이방인들에게 죽음이었단 사실을 몰랐습니까?"

"그건 중요하지 않습니다. 저는 (이방인들에 대한) 이송을 담당했습니다. 그리고 이방인들을 별 탈 없이 수용소로 옮겼을 뿐입니다. 그들을 학살하는 일은 그쪽 몫입니다. 하지만 전 항상 살인을 반대합니다."

여기저기서 짧은 탄식들이 터져 나왔다. 재판장이 말했다.

"정말 양심이 있습니까?"

"많은 이방인이 죽었습니다. 너무 슬픕니다. 그렇다고 법으로 해결될 일이 아닙니다. 신과 역사가 단죄해야 할 일입니다. 인류가 죄를 저질렀습니다. 저를 포함해 인류가 피해자입니다. 모두가 반성해야 합니다."

(아이히만은 양심에 관해 이렇게 말했다. "(상부로부터) 명령받은 일을 하지 않았다면 양심의 가책을 받았을 것이다." 그런데 그 일이란 수백만 명의 남녀와 아이들을 상당한 열정과 세심한 주의를 기울여

죽음으로 보내는 일이었다(『예루살렘의 아이히만』: 78-79쪽).)

A의 심리를 담당했던 한 정신과 의사는 이렇게 말했다.

"A는 준법정신이 투철했다. 아내와 아이들, 부모, 형제자매, 친구들을 대하는 태도, 그 밖에 모든 심적 상태가 정상일 뿐만 아니라 바람직했다. 그가 어떻게 그와 같은 일을 했는지 잘 모르겠다. 어쨌든 그는 매우 긍정적인 생각을 가진 평범한 사람이었다."

더 심각했던 것은, A는 이방인들에 대한 광적인 증오와 열광적인 인종차별주의자가 아니었다는 점이다. 어째서 그는 청년 왕의 악덕을 인지할 수 없었을까. 아무렇지 않게 만행들에 참여했을까.

재판을 참관했던 어떤 철학자는 다음과 같이 분석했다.

"A는 전체 기계의 작은 톱니바퀴에 불과했다. 작은 톱니바퀴는 기계가 어떤 일을 저질렀는지 알 수 없다. 단지 본인 몫을 묵묵히 해낼 뿐이다.

옳고 그름을 구별할 능력이 손상된 때에는 우린 어떤 범죄를 저질렀다고 느끼지 않는다. 그런 광적인 전체주의적 상황 속에서 사람들은 생각과 말과 행동을 잃어버린다. 이런 무능들이 합쳐져 놀랍도록 끔찍한 일들이 벌어졌다.

그래서 A는 유죄다. 다른 관점에서 생각할 책임을 저버렸기 때문이다."

그리고 이렇게 끝맺었다.

"오늘 법정에서 나는 악마를 보았다. 즉 말과 사고를 허용하지 않는 '악의 평범성(banality of evil)'을. 그런데 내게도 그런 모습을 발견했다. 내가 A였다면 뭔가 달라졌을까?"

몇 년 뒤 A는 아주 근엄한 얼굴로 교수대에 올랐다.

"(검은색) 두건을 쓰겠습니까?"

"필요 없습니다."

그는 차분했다. 자신을 완전히 통제하고 있었다.

"남길 말은 없습니까?"

"작은 마을 청년들아! 모든 죄과를 짊어지고 죽겠다. 그러니 너흰 세상을 당당히 살아라."

그리고 끝이었다.


## 그때 그 시절


*조슈아 오펜하이머(J. Oppenheimer)의 다큐멘터리 영화 〈액트 오브 킬링(The Act of Killing)〉과 배동선의 『수카르노와 인도네시아 현대사』를 참조하며.


안와르 콩고(A. Congo)는 산책 겸 밖으로 나갔다. 그는 마른 체격의 인도네시아 할아버지로 느릿한 걸음걸이에 어울릴 법한 온화한 생김이다. 낮잠이 들려다 말고 나왔는지 잠옷과 슬리퍼 차림이었다. 그때 마당 한편에 개구쟁이 손자가 어떤 일에 열중하고 있었다. '오늘 또 어떤 장난을 꾸미려는 걸까.' 할아버지는 혼자 만족스럽게 웃었다.

아이는 쪼그려 앉아 나뭇가지로 뭔가를 뒤적이고 있었다. 콩고 할아버지는 웃음을 거두지 않고 손자에게 물었다.

"뭘 그리 열중하고 있니?"

할아버지를 반기며 아이가 말했다.

"할아버지! 개구리야! 폴짝폴짝 뛰어."

콩고 할아버지는 그런 손자를 당겨 안으며 앉았다. 그리고 인자롭게 말했다.

"얘야, 생명체를 그렇게 괴롭히면 못써. 특히 저렇게 작고 약한 생물을 말이야. 네가 보호해야지."

"왜 괴롭히면 안 돼요?" 아이가 물었다.

"생명은 그 자체로 소중하단다."

콩고는 자상했다. 아이는 할아버지에게 되물었다.

"그럼 나보다 덩치 큰 녀석을 때려줘도 되나요?"

"그 애가 뭘 잘못했지?"

"반 애들을 괴롭혀요."

"그래…? 친구끼리 사이좋게 지내야지. 네가 먼저 말하렴. 함께 잘 지내자고 말이야. 만약 말을 듣지 않고 또 약한 친구를 괴롭히면 네가 그 애들을 지켜줘야 한다. 알았니?"

"혼쭐을 내줘도 돼요?"

콩고 할아버지는 한껏 웃었다.

"그래. 그땐 혼내주렴."

"할아버지도 나쁜 사람들 많이 혼냈어요?"

그는 잠깐 옛 기억을 떠올렸다.

"할아버지가 젊었을 때 군인이었단다. 열심히 나라를 지켰지. 그때 빨갱이들이 사람들을 많이 괴롭혔어. 학교에서 배웠지? (아이는 학교에서 배웠단 사실을 자랑스럽게 말했다.) 그래서 할아버지가 혼쭐을 내줬지."

"대통령 아저씨가 할아버지한테 상 줬지? 나 TV에서 봤어요."

"그래, 나라를 열심히 지켜줘서 고맙다고 대통령 아저씨가 줬어."

"나도 이다음에 어른 되면 할아버지처럼 훌륭한 군인이 될 거야."

콩고는 어린 손자를 힘껏 껴안았다.

1949년 인도네시아는 네덜란드로부터 독립했다. 그리고 독립전쟁 영웅이었던 수카르노(Sukarno)가 압도적 지지로 초대 대통령에 선출되었다. 하지만 항상 권력을 향한 욕망은 끝이 없었다. 그는 인도네시아 의회를 해체한 뒤 종신 대통령직에 취임했다. 즉 독재였다. 하지만 그러자 권력의 위기가 찾아왔다.

이때 군부세력의 대표였던 수하르토(Suharto) 장군이 이슬람 종교세력과 합쳐져 인도네시아 2인자에 올랐다. 이를 달갑잖게 여겼던 수카르노 대통령은 수하르토와 반대 세력을 진압하려 친위 쿠데타(self-coup)를 일으켰다. 1965년 9월 30일에 있었던 '구삼공 사태'였다.

하지만 눈치 빨랐던 수하르토는 단 하루 만에 수카르노를 제압했다. (삼십 년 독재의 서막이었다.) 그는 집권 과정에서 전 대통령의 정치적 세력(공산당과 좌파 세력)을 탄압했다. (본인과 같은) 잠재적 쿠데타 세력을 깔끔히 없앨 계획이었다. 그런데 수카르노의 정치세력이었던 공산당은 당시 합법 정당이었다. 이런 합법 정당을 없애려 군조직을 동원할 수는 없었다. 그래서 공산당을 싫어했던 민간인과 깡패들을 규합하여 프레만(freeman)이라는 준군사조직을 창설했다. 그리고 참혹한 대학살이 펼쳐졌다.

프레만들은 공산당원 및 그와 연관된 (어쩌면 무고했을) 사람들(50~300만)을 잔혹하게 살해했다. 학살 방식도 잔악했다. 즉 막무가내였다. 그들은 공산당원들을 샅샅이 찾았고 즉시 척결했다. (그때 행해졌던 구체적인 학살 방법을 글로 적다 지웠다.) 그리고 안와르 콩고는 이때 프레만 행동대장이었다.

콩고는 어떻게 이런 대학살에 참여했을까. 생명의 소중함을 일깨워 줄 만큼 한없이 자상했던 그였지 않은가.

"그때 공산주의자들은 제멋대로였어. 국민들을 많이 괴롭혔지. 그래서 우린 적개심에 불탔어. 나만 해도 그랬지. 젊었을 때 극장을 운영했었어. 주로 미국 영화들을 틀었어. 액션이 많은 서부 영화들 말이야. 극장은 항상 만원이었다고.

그런데 어느 날 공산주의자 놈들이 미국 영화를 못 틀게 했어. 불온하단 거야. 그럼 뭘 틀겠어! 시시한 영화들밖에 더 있겠어. 그때부터 사람들이 극장에 오질 않아. 딱 굶어 죽게 생겼어. 내게 딸린 식구가 몇인데 말이야. 아주 나쁜 놈들이야.

여하튼 이런저런 이유로 사람들이 화가 많이 났어. 그때 마침 수카르노가 쫓겨났어. 공산당이 망한 거지. 얼마 뒤 수하르토 장군이 프레만을 조직했어. 이때다 싶었어. 나는 곧장 입대했지. 장군께서 말씀하셨어.

'나라를 지켜주십시오. 적들을 없애주십시오.'

장군께서 이렇게 말씀하셨는데 당연히 앞장서야지. 극장이나 지켰던 건달일지언정 국가를 사랑하는 마음은 컸어."

허세일지라도 콩고는 공산당원들을 천 명쯤 죽였다고 말했다. 어떻게 그와 같은 일을 할 수 있었을까.

"그때는 정말 제정신들이 아니었지. 자기가 무슨 짓을 저질렀는지 전혀 깨닫지 못했어. 오직 한 생각뿐이었어.

'빨갱이를 몰아내자!'

대통령께서 직접 부탁하셨잖아. 전쟁이었잖아. 적들을 죽이면서 어떤 생각이 들겠어. 아무런 생각도 없었어. 증오심만 가득했지. 그리고 우린 군인이야. 명령에 복종할 뿐이지.

죄책감이 들진 않느냐고? 지금도 죽었던 이들이 꿈에 나와. 도통 잠을 잘 수 없어. 그래서 불면증 약도 많이 먹었어. 하지만 죄책감을 느껴봤자 달라질 게 있나. 누군가는 해야 할 일이었잖아. 후회하지 않아."

콩고의 말을 경청하고 있던 다큐멘터리 감독 조슈아 오펜하이머는 이런 제안을 했다.

"그때를 재연해 보지 않겠습니까? 당신들이 직접 영화를 제작하는 겁니다. 그리고 우린 그 과정을 촬영하겠습니다."

콩고와 동료들은 찬성했다. 영화 대본도 직접 썼고 연기도 직접 했으며 그때를 자랑스럽게 회상하며 학살을 재연했다. 그리고 오펜하이머는 그런 그들을 고스란히 카메라에 담았다. 이렇게 제작된 다큐멘터리 영화가 〈액트 오브 킬링〉이다.

오펜하이머 감독은 그들이 영화 제작을 거절할 줄 알았다. 어쨌든 학살을 재연해야 하지 않는가. 누가 사람 죽였던 일을 말하고 싶겠는가. 하지만 콩고와 동료들은 그때 그 시절을 자랑스럽게 떠올렸다. 그리고 오펜하이머 앞에서 '효율적으로' 사람을 죽였던 방법을 자세히 설명했다.

(영화 초반에 나왔던 철삿줄을 활용했던 살인법이다. 콩고에 따르면 학살 당시 철삿줄을 사용했던 까닭은 피해자들이 피를 흘리지 않도록 하기 위해서였다. 칼이나 총으로 죽였을 때 바닥이 피로 얼룩졌기 때문이다. 그걸 누가 닦겠는가. 그들은 웃으며 이런저런 살인 행각을 떠올렸다.)

〈액트 오브 킬링〉 속 한 장면을 보도록 하자. 콩고의 동료 중 아디 줄카드리(A. Zulkadrty)가 있다. 콩고와 같이 프레만의 행동대원이었다. 오펜하이머는 그에게 이렇게 물었다.

"혹시 제네바 협정(Geneva Conventions)에 따라 국제 법정에 회부되면 어떨 것 같습니까?"

그러자 줄카드리는 말했다.

"난 그들 생각에 반대예요. (학살 행위가) 그때는 맞았어요. 오늘날 윤리로 나를 범죄자 취급하면 곤란하지. 그랬을 때는 끝이 없어요. 당신 미국인이죠? 미국인들도 인디언을 학살했습니다. 그런데 누가 어떻게 처벌받았나요? 그냥 역사일 뿐이에요.

(오펜하이머: "그래도 우린 진실을 꼭 밝혀야 하지 않겠습니까? 역

사라면 말입니다.")

군이 밝힐 필요가 있나요? 어떤 진실은 나빠요. 후손들의 알권리? 우습죠. 그럼 최초의 살인이었던 카인과 아벨에서 출발하자고요. 왜 하필 우리에게만 초점을 맞추나요.

난 죄가 없습니다. 만약 국제 법정에 회부되면 당당히 갈 거예요. 적어도 유명해지겠지. (한바탕 웃으며) 그럴 수 있도록 도와줘요."

다른 장면을 보도록 하자. 한껏 차려입은 콩고가 동료와 함께 폭포수 앞에 섰다. 주변은 무희들로 가득하다. 그때 학살의 피해자 역할을 맡은 한 사람이 금빛 메달을 콩고의 목에 걸어준다. 그리고 이렇게 말한다.

"나를 죽여줘서 너무 고맙습니다. 덕분에 이렇게 천국에 갈 수 있었습니다. 감사의 뜻으로 이 메달을 드립니다."

(앞서 말했지만 콩고와 동료들이 직접 시나리오를 썼다. 이 장면도 그들이 직접 연출했다.)

이들은 어째서 (본인들의 학살 행각이 정당했음을) 그토록 확신하는가. 전체주의적 열기 때문일까. 그때 사람들은 공산주의자들을 매우 싫어했다. 물론 그 가운데 선한 공산주의자들도 있었겠지만 그런 건 중요하지 않았다. 공산당과 연관된 모든 사람은 '적'이었다. 그리고 대통령까지 앞장서 저들을 없애 달라던 시절이었다. 즉 공산주의자들을 미워할 확실한 명분이 충분히 있었다. 이때부터 옳음과 그름에 대한 구별이 없어졌다. 사회 전체가 최종 권력자의 결정에 전적으로 동의했고 도덕적 원칙, 개인적 양심, 종교적 계율 들은 소멸했다. 오직 하나의 정의에만 만장일치였다.

"적들을 무찔러라!"

이런 전체주의적 통제 불능 속에서 그들은 "살인하지 말라"와 같은 최소한의 인간적 규율도 떠올릴 수 없었다. "순전한 무사유(sheer thoughtlessness)"였다. 그래서 그들은 아주 자유롭게 살인을 행했다.

(아직도 전체주의를 이해할 수 없다면 특정 정당을 강력히 옹호하는 극단적 정치세력들을 보라. 예를 들어 당신은 이들 앞에서 합리적인 주장을 했다. 그런데 저 정치세력들의 견해와 달랐다. 이제 저들이 당신을 어떻게 취급할 것 같은가. 당신에게 온갖 방법으로 적개심과 혐오를 표출할 것이며 욕설을 서슴없이 내뱉을 것이다. 오직 정의라는 이름으로. 나와 다른 어떤 견해도 용납할 수 없는 전체주의적 불능에 빠졌기 때문이다.)

그래 좋다, 백번 양보해 그땐 그럴 수 있었다고 치자. 세월이 흘러 (전체주의적 광란이 끝나고) 학살자들은 정신을 차렸다. 즉 이성을 되찾았다. 그리고 (마침내!) 생각했다. 하지만 도대체 어떻게 말인가. 되찾은 생각들로 살인 행각을 정당화했다. 정부와 언론은 끊임없이 악랄했던 공산주의자들의 행각들을 되풀이했다. 그리고 그들의 악덕을 국민에게 주입했다. 예술과 교육은 그들의 악행을 이미지로 생산했다. 학살 가해자들은 당당했다. 자책은 범죄를 인정하는 꼴이었기 때문이다. 그들은 국가 영웅들이었다. 그래서 어떤 반성도 없었다. 그리고 학살자들의 역사를 합리화했다. 역사는 이렇게 왜곡되었다. (정말 진짜 남의 일이 아니다. 그것은 완벽히 모순된 역사였다.)

다큐멘터리 말미에 콩고는 한때 의무로 여겼던 일이 범죄였음을 어렴풋이 깨달았다. 그리고 이렇게 고백했다.

"내가 죄를 지었던 걸까요(Have I sinned)?"

하지만 때는 늦었다.

---

니체

『짜라투스트라는
이렇게 말했다』

## 어떤 신부님 이야기

독일 철학자 니체(F. W. Nietzsche)는 말했다.

"인간은 영원히 살겠지만, 그 삶은 비극적이다."

영원과 비극… 많은 생각이 든다. 인간은 때가 되면 죽는다. 필멸의 생이다. 이와 달리 신은 불멸이다. 즉 영원성 개념은 인간이 아닌 절대적 존재의 특성이다. 그래서 얼핏 봤을 때 저 말은 틀렸다.

백번 양보해 인간이 영원불멸의 삶을 산다고 하자. 만약 그렇다면 좋지 않을까. 적어도 죽음에 대한 공포 따위 없을 테니까. 하지만 니체에 따르면 인간에게 영원성은 불행이었다. 과연 저 말에는 어떤 뜻이 있는 것일까?

이야기 하나를 들어보자.

시골 마을에 한 신부님이 홀로 성당을 지키며 살고 있었다. 이 신부님은 마음씨가 너무 따뜻했다. 신앙심도 깊었고 인품도 훌륭했다. 중년에 접어들었지만, 항상 땀 흘려 일했다. 교역(教役) 외에 마을 일도 열심히 도왔다. 그래서 마을 사람들은 신부님을 매우 존경했다.

그런데 어느 날 한 소녀가 나타났다. 비가 내리던 저녁이었다. 신부님은 우연히 창밖으로 열일곱 열여덟쯤 된 소녀를 보았다. 성당 앞마당에 쪼그려 앉아 비를 흠뻑 맞고 있었다. 깜짝 놀란 신부님은 얼른 달려나가 소녀를 부축해 돌아왔다. 날이 추웠기 때문에 소녀는 덜덜 떨었다. 신부님은 몸을 데울 담요와 따뜻한 차를 내왔다.

신부님이 물었다.

"얘야, 넌 이름이 뭐니? 어째서 비를 맞고 있었어? 교회에 들어오지 않고. 집은 어디니? 부모님은 어디 계셔?"

묵묵부답이었다. 그런데 침묵하던 소녀가 갑자기 눈물을 흘렸다. 알고 보니 이랬다.

소녀는 어렸을 때부터 의붓아버지에게 성적 학대를 받았다. 그런데 누구도 이 사실을 믿지 않았다. 친어머니조차 말이다. 학대는 날로 심했다.

그날도 의붓아버지의 학대가 있었다. 소녀는 묵직한 무언가로 그를 내리쳤다. 의붓아버지는 '헉!' 하며 쓰러졌다. 그런데 그녀가 아무리 깨워도 그는 깨지 않았다. 덜컥 겁이 났다. 그래서 소녀는 멀리 도망쳤다. 한참을 떠돌다 시골 성당을 보았다. '하룻밤 잘 수 있겠지.' 하며 들어섰지만, 혹시 쫓겨날까 봐 망설였던 것이다.

소녀는 "신부님, 학교 친구들이랑 엄마랑 너무 보고 싶어요. 배도 너무 고파요."라며 울었다. "하지만 집에는 못 가요. 그 사람이 죽었으면 어떻게 해요. 신부님, 무엇이든 다 할 테니 며칠만이라도 성당에 있게 해주세요!"라며 애원했다. 어떻게 해야 할지 몰랐지만, 신부님은 당분간 소녀를 맡기로 결정했다. 이때부터 소녀는 신부님과 함께 생활했다.

그런데 진짜 이야기는 지금부터다. 신부님은 어린 소녀와 사랑에 빠졌다. 물론 신부님은 죄책감에 휩싸였다. 종교적 신념과 성적 욕망이 한데 얽혔기 때문이었다. 그래서 신께 빌었다.

'하느님, 제 죄를 용서치 마십시오!'

'아닙니다! 저를 용서해 주세요!'

그러나 끝내 욕망을 끊지 못했다. 그토록 착했던 그가 어쩌다 이렇게 타락했을까. 하지만 정작 비극은 따로 있었다.

어느 날 젊은 보좌 신부가 성당에 부임했다. 그런데 보좌 신부와 소녀는 사랑에 빠졌다. 이 사실을 알게 된 신부님은 화가 났다.

'어떻게 이럴 수 있지! 나를 두고 말이야. 용서할 수 없어!'

복수와 질투가 마음을 가득 채웠다.

그때 벽에 걸린 예수님을 보았다. 신부님은 고개를 숙였다. 부끄러웠기 때문이다. 그는 무릎 꿇고 이렇게 빌었다.

"하느님 아버지, 저를 구원해 주세요!"

기도는 계속되었다. 그런데 놀랍게도 마음이 평온했다. 신은 마치 이렇게 말하는 듯했다.

'앞으로 어떤 죄악도 그대에게 자라지 않으리라.'

신부님은 무거웠던 짐을 내려놓았다. 신에게 직접 구원받았기 때문이다.

신부님은 보좌 신부를 찾았다. 자신처럼 그를 옳은 길로 이끌고 싶었다. 그래서 말했다.

"우연히 보좌 신부님과 그 애의 관계를 알게 되었습니다. 지금도 늦지 않았어요. 쾌락에 물들지 말고 저와 함께 기도합시다. 하느님께 용서를 구하세요. 제가 도와드리겠습니다."

그런데 보좌 신부가 웃음을 터뜨렸다. 그리고 곧장 얼굴에 엄청난 경멸이 떠올랐다.

"주임 신부님, 제가 모를 줄 아셨나요. 두 사람의 관계를." 그리고 충격적인 사실을 말했다. "신부님은 그 애를 사랑했을지 모르겠지만 걔는 아니었어요. 당신이 방에 올 때마다 얼마나 역겨워했는지 아세요!

그리고 그 애가 여태 성당을 떠나지 않았던 것도, 신부님을 사랑한 척했던 것도 금고에 숨겨둔 헌금을 빼돌리려 했기 때문이에요! 그걸 제게 들켰어요.

그날도 금고를 붙들고 끙끙대고 있길래 제가 '뭐 하는 짓이냐!'며 겁을 줬죠. '경찰에 신고하겠다'고 말이에요. 그러자 저를 유혹했어요."

신부님은 제정신이 아니었다.

"난 그 애를 정말 사랑했어. 그 애도 마찬가지였고. 서로 사랑했던 거야."

보좌 신부는 콧방귀를 뀌었다.

"그렇게 사랑하시면서 어째서 그 애 나이조차 모르죠?"

알고 보니 소녀는 서른 살 성인이었다. 전과범에 사기 혐의로 수배

중이었다.

"사실입니다. 제가 직접 알아봤어요. 어떻게 미성년자로 볼 수 있었지?" 보좌 신부는 그를 조롱했다.

'그럴 리가… 어떻게 이럴 수 있지… 어쩌면 내 욕망이 그녀를 소녀로 보고 싶었던 것일지도….'

신께 용서를 구할 수 없었다. 어쨌든 때는 늦었다.

'아니야! 다 거짓이야. 그 애에게 직접 물어보자!'

그날 밤, 신부님은 소녀를 찾았다. 문을 두드렸다. 아무런 대꾸가 없었다. 그래서 문을 살포시 열었다. 그런데 소녀는 보좌 신부와 애정 행각을 벌이고 있었다. 거짓말이 들통나서였을까, 그녀는 당황하지도 않고 멀뚱멀뚱 쳐다봤다. 보좌 신부는 깜짝 놀라 몸서리치는 신부님을 비웃었다. 얼굴에 핏기가 가셨다. 마침내 이성을 잃고 말았다. 그리고 제정신이 들 때쯤 소녀와 보좌 신부는 죽어 있었다.

신부님은 소녀를 끌어안으며 울부짖었다. 모든 것을 되돌리고 싶었다. 어쩔 수 없이 신께 빌었다. 그것밖에 할 줄 몰랐다.

"하느님 아버지! 제발 저를 용서해 주십시오!"

신부님은 꿈쩍도 안 하고 몇 날 며칠을 빌었다. 그러다 지쳐 쓰러졌다. 얼마나 지났을까. 문득 이상했다. 주위가 너무 고요했기 때문이었다. 신부님은 창밖을 봤다. 놀랍게도 세상이 멈춰 있었다. 새들은 날갯짓도 없이 허공에 매달려 있었고 바람에 흔들려야 할 나뭇잎도 움직이지 않았다. 사람들도 걸음을 멈췄다. 신부님은 지금껏 이러한 고요를 경험해 본 일이 없었다.

'이상하다. 어째서 움직이질 않을까.'

그때 문밖으로 인기척이 났다. '또각또각' 구두 소리였다. 신부님은 흠칫했다. 살인 현장에 있었기 때문이다. 숨죽이며 문을 쳐다봤다.

곧이어 발걸음이 멈췄고 문이 열렸다. 어떤 사람이 들어왔다. 너무 예뻐 빛이 났다. 신부님은 넋을 잃고 쳐다봤다. 그는 방을 둘러봤다. 그리고 미소를 띠며 말했다.

"겁내지 마세요. 저는 천사입니다. 그분이 보내셨어요. 시간을 되돌리고 싶다 하셨죠. 그렇게 하겠습니다."

신부님은 어쩔 줄 몰랐다. 정말 기적 같은 일이었다.

'과거로 돌려보내 준다니! 신께서 나를 버리지 않으셨구나. 죄악에서 구해 주셨어.'

신부님은 천사에게 넙죽 절하며 소리쳤다.

"절대 이런 일이 없을 겁니다. (과거로 돌아가) 그 애를 다시 만나면 아예 무시하겠습니다. 아니, 침을 뱉겠습니다. 죽는 날까지 하느님만 모시며 살겠습니다. 하느님 아버지 만세! 천사님 만세!"

천사는 나가려던 걸음을 멈추고 뒤돌아섰다. 신부님을 빤히 쳐다봤다. 그리고 냉소적으로 말했다.

"왜 이번이 처음이라고 생각하세요?"

천사는 밖으로 나갔다.

## 영원회귀

영겁의 세월 이전 천사는 첫 임무를 맡았다. 신께서 말씀하셨다.

"지상에 한 죄인이 울부짖고 있다. 얼른 내려가 그를 도와라!"

의욕이 넘쳤던 천사는 곧장 지상으로 내려갔다. 하느님 말씀대로 한 신부님이 죄를 짓고 절규했다. 천사는 그를 다독였다.

"걱정 마세요. 모든 걸 되돌려 드리겠습니다. 지난날로 돌아가면 그땐 죄악에 물들지 말고 꼭 불쌍한 이들을 돕고 사세요!"

"정말 감사합니다. 반드시 그러겠습니다!"

하지만 시간 자체가 원환이었다. 신부님은 계속해서 소녀를 죽였고 되돌아왔다. 그는 원환 속에서 절대 벗어나질 않았다. 천사는 지쳐갔다.

어느 날 신께서 말씀하셨다.

"지상에 한 죄인이 울부짖고 있다. 얼른 내려가 그를 도와라!"

천사는 생각했다.

'인간 때문에 내가 영겁의 세월에 갇혔구나.'


이제 앞서 언급했던 니체의 말, "인간은 영원히 살겠지만, 그 삶은 비극적이다"를 이해할 수 있다. 당신은 어제까지만 하더라도 백 살 먹은 노인이었다. 죽기 직전 천사가 찾아왔다.

"되돌려 드릴까요?"

그러자 당신은 이렇게 말했다.

"되돌리고 싶습니다! 지금껏 헛살았어요. 과거로 돌아가면 정말 나답게 살 겁니다." 어떤 까닭에선지 당신은 '오늘'을 택했고 아침에 눈을 떴다. 이제 물어보자.

"당신은 어제와 달라졌는가?"

크게 다르지 않았다. 하지만 괜찮다. 똑같더라도 죽을 때쯤 천사가 찾아온다. 그리고 되돌아가면 그뿐이다. 이처럼 우리는 영겁의 세월을 살고 있다. 그래서 불행하다. 왜냐하면 영겁 속에 갇혔기 때문이다.

매번 새로운 정열로 살기를 다짐하지만, 사람들은 평범한 일상에 파묻혀 모든 것을 반복한다. 도저히 빠져나올 수 없다. (빠져나올 생각은 있을까?) 그래서 매번 똑같이 어제처럼 살아갈 영원불멸의 생은 실존적 재앙이다.

그렇다면 지리멸렬한 반복과 원환에서 벗어날 방법은 없는 것일까. 니체에 따르면 "완전한 죽음"만이 답이다. (물론 자살과 같은 극단적 선택이 아니다. 만일 그렇더라도 어차피 되돌려질 것이다. 삶의 원환에서 절대 벗어날 수 없다.) 그러면 '완전한 죽음'은 무엇일까.

## 완전한 죽음

그토록 기다렸던 비디오 게임이 출시되었다. 당신은 가슴이 터질 지경이다. 얼른 시디(CD)를 구입해 집으로 갔다. 플레이. 너무 흥미진진했다. 하지만 전작보다 어려웠다. 만만히 볼 일이 아니다. 그래서 당신은 끝장을 보기로 작정했다. 그리고 정열을 다해 게임에 임했다. 물론 하루 종일 게임만 할 수는 없었다. 학업과 아르바이트를 병행해야 했다. 그래도 틈틈이 게임을 했다. 이런 상태가 오랫동안 계속되었다.

몇 개월 뒤 마침내 끝을 봤다. 흔한 말로 끝판 대장을 무찔렀다. 오랫동안 정말 최선을 다했다. 그래서 엔딩 장면에서는 뿌듯함과 함께 눈물마저 났다.

앞선 몇 개월은 당신에게 진짜 멋진 시간이었다. 그래서 이 게임을 친구에게 적극 추천했다. 침 튀기며 게임을 칭찬했고 수개월 동안 본인이 얼마나 최선을 다했는지를 알렸다. 그만큼 신났기 때문이다. 얘기를 듣던 친구가 말했다.

"그렇게 재미있었다면 한 번 더 해."

당신은 이 게임을 처음부터 다시 할 것인가. 삶을 다 바쳐 살았다. 울었고 웃었다. 힘들 때 스스로 다독였고 목표를 성취했을 때 뿌듯했다. 이처럼 멋지게 게임을 끝마쳤는데 또 한 번 더 하고 싶겠는가. 당신은 아마도 말할 것이다.

"괜찮아. 나는 정말 진심이었어. 이보다 좋을 수 없을 것 같아. 두 번 할 필요가 없어."

모험하며 살았던 사람들, 하루하루를 창조하며 살았던 사람들, 정열을 다 바쳐 살았던 사람들에게 두 번째 생은 아무런 뜻도 없다. 즉 지리멸렬한 생의 반복과 원환의 고리를 끊을 방법은 삶의 모험심과 단호한 주체적 결의뿐이다. 그들은 평범한 어제와 달리 새롭고 낯선 나를 끊임없이 마주했고 사람들이 비웃더라도 자기의 길을 걸어갔다.

그래서 만일 당신이 진짜 삶을 살았다면 아마도 천사가 찾아왔을 때 이렇게 말할 것이다.

"괜찮습니다. 후회 없이 살았습니다. 다음번 생은 이보다 더 좋을 수 없을 것 같습니다. 저는 되돌리지 않겠습니다."

이것이 본인의 죽음마저 주체적으로 결정할 수 있는 삶의 완결(완전한 죽음)이다. 그리고 삶의 마침표마저 스스로 정할 수 있는 생의 정열과 확신이 나를 '위대한 인간'으로 만든다. 그럴 때 우리는 영겁의 고리를 끊고 삶의 참된 주인이 될 수 있다.

끝으로 니체는 차라투스트라(Zarathustra)를 빌려 말했다.

"자기 자신에게 명령하지 못하는 자는 남들에게 복종하며 살 수밖에 없다. 그리고 사람들은 자기 자신에게 명령할 줄 알더라도 자기 자신에게 복종할 줄 모른다. 고귀한 영혼은 공짜로 얻을 수 없는 법. 부숴 버려라! 제발, 부숴 버려라! 그대들이여, 낡은 목록판을!

(중력을 벗어나) 매일 춤추며 살자. 날아오르자. 그렇지 않으면 전혀 살지 말자!"

## 권정생, 『몽실언니』

 대학원생 시절 나는 뒤늦게 권정생 선생의 『몽실언니』를 읽었다. 이야기의 출발 때가 1947년인 만큼 책을 읽다 보니 우리 어머니와 할머니 세대의 (인생을 힘겹게 살아낸) 역경을 볼 수 있었다. (몽실은 이때 일곱 살이었다.)

 정몽실은 내 최애 캐릭터다. 출판사 창비에서 출간한 책 표지를 보면 몽실이 이복동생 정난남을 포대기에 싸 업고 있다. 짧은 앞머리의 단발 몽실이 너무나 귀엽다. (이철수 작가의 판화 작품이다.)

 몽실을 보면 어딘가 짠하다. 정말 불쌍해 죽겠다. 돈 벌어 오겠다던 아버지를 버리고 엄마는 새살림을 차렸다. 어쩔 수 없었다. 가난했기 때문이다. 그 시절은 그랬다. 그런데 덩달아 따라왔던 몽실은 점점 무섭고 고달파졌다. 새아빠가 몽실을 날로 구박했기 때문이다. (엄마 밀양댁은 주먹으로 뺨을 맞았다.) 밥도 부엌 구석에서 몰래 훔쳐 먹듯 했다. 이뿐 아니었다. 새아빠가 어린 몽실을 떼밀었고, 몽실은 처마 밑 마당으로 굴러떨어졌다. 그래서 왼쪽 다리 무릎이 결딴났다. 몽실은 평생 절름발이로 살았다. (책을 넘기고 열두 장 만에 벌써 이랬다. 앞으로 몽실은 어떤 고생을 더 할지.)

그러던 어느 날 몽실은 엄마 밀양댁 곁을 떠나 친아버지 정 씨와 살게 되었다. 정 씨는 술 취하면 몽실을 때렸다. 밀양댁이 보고 싶었던 몽실이 매번 훌쩍훌쩍 울었기 때문이다.

"화냥년 같은 에미가 무엇 땜에 보고 싶다는 거야? 보고 싶거든 당장 가 버렷!"

그럴 때면 몽실은 무서워 방구석 쪽에 쪼그리고 새우잠을 잤다. (몽실은 아직 여덟 살이었다.)

그래도 몽실은 새어머니 북촌댁을 만났고 정을 느꼈다. 한번은 북촌댁이 몽실을 끌어안았다. 그리고 왼쪽 다리 무릎을 쓰다듬었다. 몽실은 그때 처음으로 북촌댁에게 무릎 다친 얘기를 했다. 북촌댁이 젖먹이 아기처럼 몽실을 무릎에 올려놓고 달래자, 몽실은 말했다.

"다리 다친 건 내 팔자여요." 책을 읽던 나는 울컥했다.

울컥할 일이 아직 많다. 북촌댁은 몽실의 이복동생 정난남을 낳고 사흘 만에 죽었다. 이때부터 몽실이 홀로 난남을 키웠다. (육이오 전쟁이 발발해 아버지 정 씨가 떠났기 때문이다.) 절름발이 몽실은 난남을 업고 이곳저곳을 떠돌았다. 너무나 절친했던 남주에게 화냥년의 딸이라는 말도 들었다. (자세한 사연을 알고 싶다면 직접 책을 읽어 보시길. 아직도 남주가 왜 그랬는지 모르겠다. 물론 몽실이 멀리 떠날 때 엉엉 소리 질러 울었지만.) 식모살이도 했고 구걸도 했다. 친어머니 밀양댁이 죽었고, 아버지 정 씨는 전쟁 불구자가 되어 돌아왔다. 그리고 그마저도 어린 몽실 곁을 떠나 하늘로 갔다. 끝으로 난남과의 헤어짐까지, 몽실의 삶은 참으로 비참했다.

(그래도 몽실은 좌절하지 않고 다짐했다. '그래, 앞으로도 이 절름발이 다리로 버틸 거야. 난남이를 보살펴야 해. 꼭 찾아갈 거야!')

이러니 앞으로 몽실이 잘 살기를 내가 얼마나 바랐겠는가.

아직도 정확히 기억한다. 집 가는 버스 안에서 『몽실언니』의 끝 장을 읽다 왈칵 울었다. 애써 참았지만 쉽지 않았다. 막차라 사람들이 없어서 다행이었다. 사연은 이랬다.

어느덧 몽실은 마흔이 훌쩍 넘었다. 그리고 기덕과 기복 남매의 엄마였다. 또 가난했고 여전히 착했다.

그런데 남편은 가슴과 등이 불룩하게 튀어나온 꼽추였다. 척추 장애를 비하할 생각은 전혀 없지만 몽실은 잘생긴 청년과 결혼했길 바랐다. 하지만 그렇지 않았다. (권정생 선생은 대체 어떤 삶을 사셨길래 이리도 몽실을 괴롭히시는지.) 몽실이 불쌍했지만 이때는 울지 않았다.

다음 대목이었다. 결핵을 앓고 입원한 난남을 몽실이 찾았다. 그날 몽실은 새벽에 일어났다. 그리고 남편에게 말했다.

"여보, 나 다녀올 테니 몸조심하세요."

남편은 조그만 몸집을 일으키며 말했다.

"그래, 무사히 다녀오구려."

내겐 이 말이 너무 따뜻했다. 그리고 남편이 좋은 사람처럼 느껴졌다. '참 다행이다'고 생각했다. '몽실은 행복하구나!' 이때부터 눈물이 펑펑 흘렀다. 난남을 병문안했을 때도 그랬다. 자매는 서로를 애틋하게 어루만졌다. 병실은 착한 마음씨들로 가득했다.

'정작 내가 불쌍했구나.'

『몽실언니』를 읽고 어린이를 대하는 마음가짐이 달라졌다. 특히 개구쟁이 조카 하루를 볼 때 가끔 울컥했다. 항상 저렇게 해맑기를 바랐기 때문이다. 어린이를 들러리로 삼아 눈물을 쥐어짜는 몇몇 상업 영화를 보고서는 이러한 정서를 절대 떠올릴 수 없다. 좋은 책이 갖는 매력은 바로 이런 게 아닐까.

나는 책과 함께 자랐다. 그리고 많은 책들이 마음에 쌓였다. 그래서 『몽실언니』를 읽었을 때처럼 책에 관한 추억들이 많다. 물론 독서가 실생활에 얼마나 유용할지 잘 모르겠다. 그래서 가끔 학생들이 이렇게 물을 때 난처했다.

"책을 읽으면 뭐가 좋아요?"

"글쎄…."

여태껏 답하지 못했으니 나는 아직 배움이 짧나 보다. 대신 옛 은사님 말씀을 여기에 적어 본다.

"인문학은 사람 인(人)에 글월 문(文)을 써서, 사람 마음을 글로 깎는 일이다. 그러니 인문학하는 사람은 좋은 글을 많이 읽어야 해. 좋은 사람이 되어야 해."

훌륭한 가르침이다.

걸그룹 뉴진스(NewJeans)의 뮤직비디오에서 한 멤버가 이디스 워튼(E. Wharton)의 『순수의 시대』를 읽는 장면이 나왔다. 이 때문에 워튼의 책을 읽는 사람들이 많아졌다. 그뿐 아니라 비티에스(BTS)와 아이유가 추천했던 소설들(헤르만 헤세(H. Hesse)의 『데미안』과 밀란 쿤데라(M. Kundera)의 『참을 수 없는 존재의 가벼움』)의 판매 부수도 한껏 늘었다. 특히 청년층을 중심으로 '고전 읽기'가 유행처럼 번졌고, 어떤 이들은 북스타그램을 개설하여 독서를 인증했다. 사람들은 이런 현상을 텍스트힙(Texthip)이라 했다.

모 텔레비전 프로그램에서 진행자는 황석영 작가에게 텍스트힙 현상에 관해 이렇게 질문했다.

"혹시 허세 아닐까요?"

자신을 한껏 뽐내려는 이런 식의 독서가 과연 옳은지를 노(老)작가에게 물었던 것이다. 황석영은 답했다.

"그렇게 시작하는 거예요. 운동을 처음 할 때와 같아요. 어떤 계기로든 시작하는 겁니다."

나도 같은 생각이다. "허세면 좀 어때?" 이런 허세는 얼마든지 좋다. (물론 책 몇 권을 읽고 그 얄팍한 한낱 지식으로 사람들을 업신여겨선 절대 안 되겠지만.)

사실 책을 정말 많이 좋아하게 되면 허세를 부릴 수 없다. 책을 읽고 내용을 요약하는 일과 내용을 내 것으로 만드는 일은 엄연히 다르다. 처음에는 책 내용을 앵무새처럼 재잘대며 허세를 부릴 수 있다. 하지만 갈수록 내 것으로 만들고 싶어 말을 줄인다. 말보다 생각을 다듬기 때문이다.

이제 글을 끝맺을 때가 되었다. 나는 사람들이 책을 사랑했으면 좋겠다. 왜냐하면 세상을 바꿀 가장 효율적인 방법이기 때문이다. 그리고 사람들이 서로 이렇게 대화하길 꿈꾼다.

"요즘 어떤 책 읽어?"

"권정생 선생의 『몽실언니』를 읽고 있어. 자꾸 눈물이 왈칵해서 죽겠어."

"슬픔 선율을 곁들이면 더 그럴걸."

"넌 요즘 뭐 읽니?"

"얼마 전에 추천받았던 마르쿠스 아우렐리우스의 『명상록』을 읽는 중이야."

"어렵지 않아?"

"어렵더라도 한번 읽어보려고."

"최근 인문학 관련 책들 많이 읽는다?"

"응. 다음에는 플라톤의 『국가』도 읽으려고."

"나는 아동문학을 계속 읽을 생각이야."

"그럼, 말 나온 김에 지금 책방에 갈까?"

"좋아."

정말 꿈만 같다. 이런 세상에 살면 얼마나 좋을까. 어떤 불화나 다툼도 없지 않을까. 물론 말 그대로 꿈일 뿐이다. 그래도 세상에 책 읽는 즐거움들로 가득하길 바라며 마침표를 찍는다.

# 책방의 책들

초판인쇄 2025년 6월 9일
초판발행 2025년 6월 9일

지은이 이용훈
펴낸이 채종준
펴낸곳 한국학술정보(주)
주 소 경기도 파주시 회동길 230(문발동)
전 화 031-908-3181(대표)
팩 스 031-908-3189
투고문의 ksibook1@kstudy.com
등 록 제일산-115호(2000. 6. 19)

ISBN 979-11-7318-434-5 03810